教育部人文社会科学研究青年基金项目《欧内斯特·盖恩斯小说中对新黑人社区的建构》
（项目批准号：14YJC752015）的最终研究成果

新黑人社区的建构：
欧内斯特·盖恩斯小说研究

刘晓燕　著

WUHAN UNIVERSITY PRESS
武汉大学出版社

图书在版编目(CIP)数据

新黑人社区的建构:欧内斯特·盖恩斯小说研究/刘晓燕著.—武汉:武汉大学出版社,2019.6
ISBN 978-7-307-20310-5

Ⅰ.新…　Ⅱ.刘…　Ⅲ.欧内斯特·盖恩斯—小说研究　Ⅳ.I712.074

中国版本图书馆 CIP 数据核字(2019)第 115079 号

责任编辑:陈　帆　　　责任校对:汪欣怡　　　版式设计:马　佳

出版发行:**武汉大学出版社**　(430072　武昌　珞珈山)
(电子邮箱:cbs22@whu.edu.cn　网址:www.wdp.whu.edu.cn)
印刷:北京虎彩文化传播有限公司
开本:720×1000　1/16　印张:15.25　字数:219 千字　插页:1
版次:2019 年 6 月第 1 版　2019 年 6 月第 1 次印刷
ISBN 978-7-307-20310-5　定价:46.00 元

目　录

引　言

第一节　作家作品简介

20世纪美国政治形势风起云涌，少数族裔纷纷展开了争取平等和民主的政治运动，这也促进了少数族裔文学的崛起和繁荣。黑人文学在经历了漫长的沉默期后，于20世纪20—30年代在纽约的哈莱姆区发起了“文艺复兴”活动，20世纪60年代兴起了“黑人艺术运动”，黑人文坛涌现出许多优秀的具有强烈历史责任感的黑人作家，欧内斯特·盖恩斯便是代表人物之一。盖恩斯自20世纪60年代开始发表作品，成名于20世纪70年代，但因为并不喜欢当时的“黑人艺术运动”过于激进和政治化的创作风格，所以他一直以一种特立独行的姿态，与如火如荼的“黑人艺术运动”保持一定的距离，坚守自己的创作风格和宗旨，书写自己所熟悉的美国南方路易斯安那州乡村的黑人民众和他们的生活。小说家比尔·波罗德(Bill Broder)曾这样评论盖恩斯：“在我当时认识的所有作家中，盖恩斯是最不愿意妥协的，无论是向潮流或政治。在60年代，黑人激进主义者们为他不够政治化而遗憾。但他写的是他认为他觉得应该写的东西。”①

---

① Anne K. Simpson. A Gathering of Gaines: The Man and the Writer [M]. Lafayette: University of Southwestern Louisiana, 1991: 78.

盖恩斯出生在美国南部路易斯安那州的 Pointe Coupée 教区，即小说中的“贝荣镇”和“圣·拉斐尔教区”。盖恩斯自小生活在这片土地上，9 岁起就在田地里劳作，摘棉花、挖土豆等，一天挣 50 美分。盖恩斯的姑婆(妈妈的姑妈)奥古斯汀·杰弗逊女士对幼年的盖恩斯有巨大影响。奥古斯汀·杰弗逊自小双腿残疾，无法行走，还要抚养好几个孩子，但她从不抱怨生活，而是辛勤劳动。她的坚强与乐观深深地影响了盖恩斯，让他认识到普通黑人民众优良的性格品质，奥古斯汀·杰弗逊因而成为盖恩斯一系列小说中“姑妈”的原型。盖恩斯 15 岁时去加利福尼亚与母亲和继父一起生活，结识了许多来自不同种族背景的人：墨西哥人、日本人、中国人、菲律宾人等，这开阔了他的视野，也让他意识到世界由不同的人群所构成，每一个群体都应该是平等的。盖恩斯的继父对盖恩斯很严格，督促他远离街头玩伴，于是盖恩斯的空余时间都泡在市图书馆里认真读书。“那时并没有黑人写的书或关于黑人的书。南方文学是有的，白人写的，里面只有些刻板印象的黑人形象，与他所熟悉的真实的、活生生的人物形象相去甚远。”①20 世纪 40 年代，虽然理查德·赖特(Richard Wright)已经开始发表作品并引起了极大反响，但他的书并没有进入太多图书馆或大学课堂，其他黑人作家的作品更是完全被白人主流社会忽略。盖恩斯能接触到的只有白人作家的书。盖恩斯很喜欢阅读威廉·福克纳(Willian Faulkner)的小说，但福克纳虽然对黑人所遭受的苦难深表同情，也能洞察到黑人民众身上所蕴藏的美好品质，但由于其阶级种族身份的限制，他笔下的黑人角色多为忠心耿耿的仆人，对白人主人顺从、忠诚，甚至在白人主人家族没落的时候起到精神支柱的作用。福克纳不可能完全从黑人的角度来描写他们真实的内心世界，而黑人不满社会体制的叛逆和挑战行为更被视为大逆不道的做法。马克·吐温在《哈克贝利·芬历险记》中表现了对白人种族主义者

① Dennis Abrams. Ernest J. Gaines[M]. New York: Infobase Publishing, 2010: 37.

的批判，对黑人的同情以及其美德的赞赏，但他“笔下的黑人从根本上也没有突破美国文学和文化中所赋予他们的固定形象模式：思维混乱、吹牛、迷信、孩子气、懒惰、缺乏独立性和逆来顺受。在《哈克贝利·芬历险记》中的吉姆就被描写成一个迷信、思维混乱、愚笨和孩子气的人物”①。因此，盖恩斯发现大多数作品与他的亲身经历相去甚远，他不喜欢那些书中的语言，黑人角色所使用的语言完全脱离真实生活，黑人形象也被塑造得刻板单一，缺乏可信性。“那些小说无论何时提到黑人时，女性就是保姆，男性就是汤姆；如果是个年轻的黑人男性，那么他就是一名潜在的汤姆，一个好黑鬼；或者，他不是一名潜在的汤姆，那么他就是一个坏黑鬼。如果是个年轻的黑人女性，她要么是潜在的保姆，要么是荡妇。”②盖恩斯感到那些书中并没有他熟悉的南方民众和他们的真实生活，自己的文化在美国是不为人知的，而这激发了他的创作欲望。盖恩斯曾在访谈中说过，“我读了许多书，但我在读过的书里并没有找到我自己和我的朋友们、家人和亲戚。我在南方作家的作品里也没读到我们……因此我开始试着自己写，当然，我首先回到童年时光来书写”③。盖恩斯力图在作品中表现真实的普通黑人民众的生活场景，反思、重构黑人民族的发展史，反映美国南方社会中的白人、法裔白人、克里奥人、黑人等构成的错综复杂的阶级和种族关系，书写他所熟悉的美国南方黑人社区的生活。

盖恩斯的创作生涯并非一帆风顺。他的第一部小说《一条溪流》遭到退稿，随后写作的几篇关于旧金山的小说并不太成功，他自己也感觉这些作品没有灵魂。盖恩斯意识到他真正熟悉的生活是在南方的路易斯

① 张立新. 文化的扭曲：美国文学与文化中的黑人形象研究，1877—1914[M]. 北京：中国社会科学出版社，2007：41.

② Ernest J. Gaines. Mozart and Leadbaly[M]. New York：Alfred A. Knopf，2005：8.

③ Anne K. Simpson. A Gathering of Gaines：The Man and the Writer[M]. Lafayette：University of Southwestern Louisiana，1991：17.

安那州的乡村，于是他回到故乡住了半年，走访当地的老人们，随后出版了在《一条溪流》的基础上改编的《凯瑟琳·卡米尔》(*Catherine Carmier*)。这部小说接着分别被英国伦敦、德国慕尼黑、瑞士伯尔尼的出版社再版，虽然盖恩斯的才华引起了关注，但由于书中并没有描绘美国20世纪60年代激烈的政治运动或继承理查德·赖特的“抗议传统”，它并没有引起太大反响。

盖恩斯的第二部小说《爱与尘》(*Of Love and Dust*)主要描写了一名黑人男青年与种植园白人监工的妻子之间的恋爱悲剧。它引起了评论界的关注并获得了不少好评。美国舆论杂志《民族周刊》(*The Nation*)的评论家称之为“一位有才华的作家所写的一本严肃的、强大的小说……(盖恩斯先生)有巨大的能量；他的人物有深度，真实可信，能让我们了解并关心他们”①。《纽约时报书评》(*The New York Times Book Review*)称赞书中描绘的“种植园生活令人信服”。② 这部作品为盖恩斯赢得了“国家艺术基金奖”(National Endowment for the Arts Award)。

1968年，盖恩斯的短篇小说集《血统》(*Bloodline*)帮助盖恩斯奠定了其在当代美国文坛的重要地位。集子里包括《十一月漫长的一天》《阴沉沉的天》《三个男人》《血统》和《就像一棵树》五篇短篇小说。它们描述了黑人生活的不同阶段，包括童年、少年、青年、成年，以及黑人社区的力量。其中《阴沉沉的天》经常被收入各种短篇小说集或教科书，还被改编成电影。盖恩斯最喜爱的是《就像一棵树》，曾在不同的场合阅读里面的片段。美国黑人作家拉尔夫·埃里森(Ralph Ellison)将《血统》列为他在1968年最喜爱的三本书之一。

1971年，《简·皮特曼小姐的自传》(*The Autobiography of Miss Jane Pittman*)的出版终于为盖恩斯带来了如潮好评，使其名利双收。该书成

---

① Anne K. Simpson. A Gathering of Gaines: The Man and the Writer[M]. Lafayette: University of Southwestern Louisiana, 1991: 189.

② Anne K. Simpson. A Gathering of Gaines: The Man and the Writer[M]. Lafayette: University of Southwestern Louisiana, 1991: 189.

为美国当年的畅销书，并在此后的15年内再版了近30次，还被翻译成多国文字，如德语、荷兰语、瑞典语、中文、西班牙语等。此书使盖恩斯荣获“古根海姆奖”(Guggenheim Fellowship)、“路易斯安那图书馆联合奖”(Louisiana Library Association Award)①、“加利福尼亚最佳图书金项奖”(California Gold Medal for the Best Book)和“黑人文学艺术学会奖”(Black Academy of Arts and Letters)。1974年这本书由哥伦比亚广播公司改编成电影，几乎席卷了该年度所有的艾美奖(Emmy Awards)，包括最佳女演员奖、最佳剧本奖、最佳导演奖和最佳音乐奖等。此外，这本书使盖恩斯获得美国全国图书奖和普利策小说奖提名。《时代》(*Times*)将它评为“年度最佳小说”之一。杰弗里·沃尔夫(Geoffrey Wolff)在《新闻周刊》(*Newsweek*)上评论道：“盖恩斯的这部小说让人联想起其他一些伟大的作品，如《奥德赛》，因为女主人公的旅途试图勾勒出美国的黑人种族史。”②乔什·格林菲尔德(Josh Greenfield)把小说中的简小姐与威廉·福克纳的《八月之光》中的丽娜相提并论，认为她让人印象深刻。杰瑞·H. 布赖恩特(Jerry H. Bryant)充满热情地写道：

> 在盖恩斯的作品中，我深刻地感觉到了里面的人性、热情和诚实，我想不出美国当代小说家中还有谁的作品能如此打动我。它有着高贵的尊严，也有古代史诗般的朴实，关注人类最强烈的激情，以及由激情而产生的行动。作家具有艺术家天生的直觉，小心地将这种激情和行动在小说中呈现出来。盖恩斯也许是我们这个时代最具有讲故事的天分的人。③

---

① 盖恩斯是22年内首位获得该奖项的小说家。

② Dennis, Abrams. Ernest J. Gaines [M]. New York: Infobase Publishing, 2010: 66.

③ Jerry H, Bryant. From Life to Death: The Fiction of Ernest Gaines[J]. The Iowa Review, 1972, 1(3).

第五本小说《在父亲的房子里》(*In My Father's House*，1978)花了盖恩斯大概7年时间才完成，主要探讨了美国黑人父与子的关系问题，反响并不太热烈，但也有不少好评。以实玛利·里德(Ishmeal Reed)称赞这本书的对话引人入胜，人物刻画生动形象。梅尔·维特肯斯在《纽约时报》上将之称为"一本深刻的书。马丁牧师是一个复杂的、令人难忘的角色。盖恩斯描写南方生活节奏和基调的能力无可置疑……这是美国南方最优秀的作家之一对美国文学的贡献"①。这本书在1978年被美国图书馆协会评为50本"年度优秀小说"之一。

《老人集会》(*A Gathering of Old Man*)是盖恩斯的又一重要力作，他再次回到路易斯安那的乡村生活。小说采取"复调"叙事的方法，控诉了美国南方社会白人种族主义者对黑人群体的压榨、剥削和伤害，展现了错综复杂的种族关系。该小说被美国图书馆协会青年读者服务部评为"1983年青年读者最佳作品"之一，同时被加利福尼亚共同体俱乐部(Commonwealth Club of California)推选为"1983年年度最佳小说"。1988年，因为他对美国和美国南方的文化和文学以及世界文学所作的重要贡献，盖恩斯荣获"东南图书馆联合奖"(The Southeastern Library Association Award)。另外，1989年，盖恩斯又因该书获得由路易斯安那人文主义基金会(Louisiana Endowment for the Humanities)颁发的"年度人文主义者奖项"(Humanist of the Year Award)。《洛杉矶先驱报——观察者》(*Los Angeles Herald—Examiner*)的一位评论家写道："盖恩斯的写作有着幽默感和强烈的戏剧性，以及对人物的深刻的理解……他知道如何讲故事，《老人集会》是部佳作。"②《芝加哥论坛报》(*Chicago Tribune*)将《老人集会》称为"不容错过的精彩而优雅的小说……盖恩斯用简单的

① Anne K. Simpson. A Gathering of Gaines：The Man and the Writer［M］. Lafayette：University of Southwestern Louisiana，1991：305.

② Dennis，Abrams. Ernest J. Gaines［M］. New York：Infobase Publishing，2010：78.

语言，没有任何道德说教，却传递了所有的信息"①。《乡村之声》(*The Village Voice*)将它称为"十多年来关于南方种族关系的最优秀的小说"②。

《刑前一课》(*A Lesson Before Dying*)主要讲述一名无辜的黑人男青年杰弗逊被白人法庭判为杀人犯，被指控枪杀了一名白人店主。法庭批判的白人律师为其辩护时声称杰弗逊是头猪，根本没有成熟的行动力。而黑人男青年的教母则希望他能用尊严面对死刑。于是在格兰特、牧师和社区的帮助下，杰弗逊终于意识到了尊严的重要性，勇敢地走向死亡。这部小说将盖恩斯的声誉推向了另一个高峰，它一经出版即获得好评。《芝加哥论坛报》宣称："这部庄严、震撼人心的小说立刻成了人们心中的经典，它将在我们以后的日子里不断地被阅读、讨论、讲授。"③该书获得 1993 年年度的"国家图书评论界奖"(National Book Critics Circle Award for Fiction)，再次获普利策小说奖提名，并使盖恩斯获得由麦克阿瑟基金会颁发的数额高达 35.5 万美元的"天才奖"(Genius Award)。

不仅如此，盖恩斯还因为其对美国文学和文化的贡献陆续获得其他一些奖项，如"全国人文主义奖章"(National Humanities Medal Award)、"路易斯安那作家奖"(Louisiana Writer Award)、"全国总督艺术奖"(National Governors' Arts Award)，盖恩斯还成为"美国文学艺术学会"(The American Academy of Arts and Letters)的会员，并由法国政府授予"法国文学艺术爵士"(Chevalier of the French Order of Arts and Letters)的荣誉称号。由此可见，盖恩斯在美国国内和国际上都取得了一定声誉，其作品也获得评论界的好评，是一位值得研究的美国当代作家。

---

① Simpson, Anne K. A Gathering of Gaines: The Man and the Writer [M]. Lafayette: University of Southwestern Louisiana, 1991: 327.

② Simpson, Anne K. A Gathering of Gaines: The Man and the Writer [M]. Lafayette: University of Southwestern Louisiana, 1991: 327.

③ Abrams, Dennis. Ernest J. Gaines [M]. New York: Infobase Publishing, 2010: 88.

就像福克纳笔下的“约克那帕塔法镇”一样，盖恩斯的小说主要基于他所熟悉的美国南方路易斯安那州乡村的普通黑人民众的生活，全部作品都是围绕他的家乡，即小说中的“贝荣镇”和“圣·拉斐尔教区”展开。盖恩斯曾多次在不同场合表达了他对这块土地的眷恋：

> 我想要嗅到路易斯安那的土地，感觉到路易斯安那的阳光，坐在路易斯安那的橡树下的荫凉里，在路易斯安那的长湖畔，离路易斯安那的河流不远处的路易斯安那的田园的草地上寻找碧根果。我想要在书中讲到路易斯安那的黑小子们在寒冷的天气里走路去上学，而黄色的路易斯安那汽车从他们身旁驶过。我想要在书中读到路易斯安那的黑人父母在日出前去田地里劳作，日暮后才能回家照顾幼儿。我想要在书中读到那些黑人父亲离家出走的真正原因——并不是因为他们是浪荡子或毫无责任感，而是因为他们厌倦了某种处境。我想要在书中读到乡村的小教堂(不做礼拜的日子里就是学校)，我想要听见那些旋律简单的宗教歌曲、那些语句简朴的祷告——那种真正的信仰。我还想听见路易斯安那的方言——白人英语、克里奥人英语、法裔白人的英语和黑人英语的混合。对我而言，没有比这更美妙的声音了……我想要读到白人和黑人之间关系的真实情况——关于我所了解的人们。(*Mozart and Leadbaly*，9-10)

盖恩斯成功地做到了这些。与他同时代的许多黑人作家更关注城市里的黑人群体的生活状况，以及轰轰烈烈的黑人民权运动、政治斗争，而盖恩斯坚信一位作家必须写作他所熟悉的生活。他从普通人的视角描述路易斯安那州乡村的黑人民众的生活，却超越了地理的局限性，具有一定的普世性。盖恩斯关注美国南方黑人社区的发展，因为黑人社区是黑人个体的安身立命之所，以及成长和发展的直接外在环境。盖恩斯描写了在时代的冲击和经济形势的变化下旧黑人社区的衰落，但与此同时，新黑人社区逐渐形成，并表现出与旧黑人社区既一脉相承又迥然不同的特质。盖恩斯在小说中表现出新黑人社区的文化传承与延续，梳理了美国百年来黑人民族的境遇与发展。盖恩斯小说中的故事大多发生在过去，在20世纪30年代到70年代，这说明了他试图重述过去，以填补白人官方叙事的缝隙和空白，还原被扭曲的事实真相，为历史提供不同的解读，帮助黑人民众找到其历史之根。同时，盖恩斯注意黑人社区中黑人传统文化的延续与传承，坚持运用黑人英语表现黑人民众的话语模式，并表现了黑人民众的口头叙事传统和黑人音乐在社区黑人民众的生活与精神方面所具有的重要作用。盖恩斯小说中的人物，大多表现出海明威笔下的“压力下的优雅”，这些普通黑人民众在面对各种生存困境时表现出巨大的勇气，并在困境中奋力挣扎。不论最后的结局如何，他们至少在勇敢地直面白人统治阶级制约下的各种不平等局面，努力地探索黑人民族的发展出路，并尽量地捍卫自己的尊严和平等权益。他们的经历有着不可替代性和具体性，真实地反映了美国社会在20世纪中后期所发生的波澜起伏的变化。这些黑人形象不同于白人作品与主流叙事中的旧黑人形象，反映了黑人社区的崭新的精神特质。此外，盖恩斯还描写了黑人社区内外人与人之间的伦理关系，如实地反映了社区内的矛盾与分歧，以及黑人与白人之间紧张、对立、充满了张力的局面，同时也表现了人与人之间的理解、尊重与支持。随着时代的进步与发展，以及各少数族裔的人民不断反抗霸权、压迫与剥削的斗争，黑人社区将得以更健康地发展，同时，更为合理、公正、公平的新型种族关系将逐渐建立。总之，盖恩斯的作品描述了美国南方黑人社区的衰落与重建，表现了黑人社区重要的文化、精神特质与伦理关系，以此体现了美国南方黑人民族的发展历程，并展望未来，探索了其前进方向与道路。

第二节 国内外研究现状

盖恩斯是当代美国具有国际声誉的著名作家。他的作品早已被翻译成多国文字，每部作品一经出版，都会在美国国内及欧洲大陆引起不俗的反响。英国的评论界非常关注盖恩斯，法国政府于 1996 年给盖恩斯颁发了“法国文学艺术爵士”的荣誉称号，日本东京都会大学的 Hitoshi Namekata 教授认为“盖恩斯是我们这个时代最伟大的作家之一”①。《纽约时报》更是声称“不论其肤色如何，他（盖恩斯）都是美国的最佳作家之一”②。可以说，盖恩斯的作品无论是在人物塑造、思想内涵还是艺术手法方面都已引起文学评论界的广泛关注，目前已有一些相关专著出版，学术论文的数目则更多。路易斯安那大学还设立了欧内斯特·盖恩斯研究中心，并于 2009 年春召开了全美范围内的盖恩斯作品学术研讨会，这充分说明，对盖恩斯的研究已经在美国的评论界形成对话局面。

目前，笔者收集到的有关欧内斯特·盖恩斯的专著共 7 部，国内外论文 60 余篇，与其相关的博士论文 2 篇、硕士论文 1 篇，此外还有一些著作将盖恩斯纳入美国文学研究的宏观领域，将其与其他作家进行对比研究，或者辟有单独章节分析盖恩斯的作品。综合来说，对盖恩斯的研究目前主要集中于主题分析、艺术特色、作家的宗教观、女性人物书写、新黑人男性气概的建构等方面。

第一，对盖恩斯其人其作的介绍性作品。安妮·K. 希姆逊（Anne K. Simpson）所著的《盖恩斯其人、其作》（*A Gathering of Ernest Gaines: The Man and the Writer*）、维勒瑞·慕利莎·拜珀（Valerie Melissa Babb）所著的《欧内斯特·盖恩斯》（*Ernest Gaines*）以及丹尼斯·阿布姆斯（Dennis Abrams）于 2010 年出版的《欧内斯特·盖恩斯》（*Ernest Gaines*）均属此类。安妮·K. 希姆逊的《盖恩斯其人、其作》按时间顺序跟踪了 1991 年以前盖恩斯的成长和创作历程，详细地介绍了盖恩斯主要作品的基本内容、接受情况、所获奖项等，涉及盖恩斯小说创作的许多重要

① Reggie Scott, Young & Marci Gaudet, etc. This Louisiana Thing That Drives Me: The Legacy of Ernest J. Gaines[M]. Lafayette: University of Louisiana at Lafayette Press, 2009: 77.

② Anne K, Simpson. A Gathering of Ernest Gaines: The Man and the Writer[M]. Lafayette: University of Southern Louisiana, 1991: 205.

层面，包括他本人对小说创作的一些看法。但可惜的是，这本书未能收入盖恩斯晚年的重要作品《刑前一课》。而且，它侧重于普及型的常识性介绍，较少结合文学批评理论对作品进行深入分析，因此缺乏一定的理论深度。维勒瑞·慕利莎·拜珀所著的《欧内斯特·盖恩斯》回溯了盖恩斯的成长历程，探讨了其幼年的生活环境对其创作的深刻影响，并逐一讨论了作品中的一些重要主题，如对个人尊严和黑人男性气概的追求、黑人知识分子的个人虚无主义、个人与社会体制的抗争、对黑人民族的历史记忆、奴隶制的遗产以及作家对美国文坛的贡献。丹尼斯·阿布姆斯的《欧内斯特·盖恩斯》较详细地描述了盖恩斯的童年经历、成长环境、写作动机、作品的出版与接受情况等，虽然能提供有关盖恩斯的详细信息，但缺少对作品的主题、人物塑造、写作技巧等方面的探讨，也没有运用任何文学批评理论对作品进行系统研究，研究深度不够。以上三本均以介绍性信息为主，以评论为辅，能帮助读者了解盖恩斯的创作情况、创作动机，以及作品的梗概和重要主题，但并没有进行深入、系统的分析。

第二，盖恩斯的访谈集。如马歇尔·高第(Marcia Gaudet)和卡尔·伍顿(Carl Wooton)的访谈集《和欧内斯特·盖恩斯的门廊谈话》(*Porch Talk with Ernest Gaines*：*Conversations on the Writer's Craft*)简略地回顾了盖恩斯的生平和文学作品的主要内容，从不同的视角就其作品对盖恩斯进行了访谈，主要讨论了盖恩斯的创作宗旨、人物原型、写作技巧，如口头叙事、民俗文化、黑人方言和幽默的运用以及盖恩斯对其作品改编成电影和作家与编辑的关系等话题方面的观点。约翰·洛(John Lowe)所编著的《盖恩斯对话录》(*Conversations with Ernest Gaines*)按时间顺序收入了盖恩斯在不同时期和场合的重要访谈，涵盖了他的所有作品。盖恩斯在访谈中谈到了其小说的创作动机、写作过程、美学观念，其早期所受到的著名作家的影响，以及他对宗教、黑人文化传统、黑人音乐、黑人男性气概等重要主题的观点。这两部作品提供了大量的第一手资料，对读者了解盖恩斯的思想内涵和小说艺术大有帮助。

第三，对盖恩斯作品的主题分析，主要集中于盖恩斯的历史观、其文学创作与南方文学传统的关系、新黑人男性的塑造、复杂的黑白种族关系、黑人家庭内部的关系等。如凯瑞恩·卡米恩(Karen Carmean)的《欧内斯特·盖恩斯——批评指南》(*Ernest J. Gaines: A Critical Companion*)是“当代著名作家评论指南”系列中的一部专著，对盖恩斯的创作类型和观念进行了细致的探讨。该著作较详细地逐一介绍了盖恩斯每部作品的主要情节，分析了作品的视角、结构、人物塑造、主题思想和叙事策略等，但此书的介绍多于论证，也缺乏对盖恩斯小说的重要主题的深入、连贯的研究。大卫·埃斯特(David C. Estes)所编辑的《欧内斯特·盖恩斯作品论文集》(*Critical Reflections on the Fiction of Ernest J. Gaines*)，收入了14篇关于盖恩斯作品的重要论文，分别从不同视角对其作品进行分析，如分析作品中的机械文明对传统农业生活方式的摧毁、路易斯安那州复杂的种族关系、盖恩斯小说中的黑人女性等。这部论文集涉及盖恩斯的几乎全部长篇小说和部分短篇小说，运用了一定的文学批评理论；分析较深入，但是所挖掘的视角有限，还留下许多空白待其他学者进一步研究。

玛丽·艾伦·道尔(Mary Ellen Doyle)出版了《来自黑人社区的呼声——欧内斯特·盖恩斯小说研究》(*Voices from the Quarters: The Fiction of Ernest J. Gaines*)，比较深入地讨论了盖恩斯小说中的一些重要的主题思想，如黑人男性气概与社会体制之间的冲突，黑人个体与黑人历史、传统文化、黑人社区之间的联系和传承，复杂而相互依存的种族关系，时代进步所带来的各种变化，以及盖恩斯的创作手法和技巧。但该作的每个章节都是针对一部小说撰写的论文，各章节运用了不同的研究方法，相对分散，缺乏对盖恩斯小说中的任何一个重大主题的贯穿始终的研究。

盖恩斯作品中新黑人男性气概的塑造和种族关系是一个突出主题，许多学者就此进行了较深入的探讨。他们重点分析盖恩斯作品中的新黑人男性形象，与白人主流文学中的黑人刻板形象不同，纠正了白人主流文学中对黑人形象的扭曲和妖魔化，和其他黑人作家相比亦有其独特性。如沃尔特·R. 麦克唐纳德(Walter R. McDonald)的论文《"你不是一个胆小鬼，你是个男人"：欧内斯特·盖恩斯的〈血统〉》("'You Not a Bun, You a Man'：Ernest J. Gaines Bloodline")分析了《血统》中的5个短篇故事，认为它们表达了一个统一的主题，即在路易斯安那州的种植园下对男性气概和尊严的追求。威廉·T. 马伦(William T. Mallon)的"呼唤男性气概"：盖恩斯的《阴沉沉的天》《三个男人》和《老人集会》中的男性气质和对话指出，"盖恩斯的人物建立了一种新的范式，通过对话建构了其男性气质"，认为黑人民众在语言领域内对话语权的争夺表现了他们的主体性、男性气概以及与白人平等的权利。还有许多学者分析了盖恩斯的作品中包括黑人、富有的白人种植园主、穷白人、卡郡人和克里奥尔混血儿等在内的错综复杂的阶级和种族关系，反映了黑人在美国真实的生存境况，表现了黑人和白人之间的对抗与斗争，同时也反映了奴隶制对黑人、白人双方所造成的伤害，表现出时代与社会进步对种族关系的影响，说明了种族关系改善的可能性。

盖恩斯的历史和社区意识也是其作品比较突出的主题之一。学者杰克·希克斯(Jack Hicks)在论文《让这些骨头活着：欧内斯特·盖恩斯小说中的历史和社区》("To Make These Bones Live：History and Community in Ernest Gaines's Fiction")中分析了盖恩斯小说中的历史意识、历史对人物命运的影响和对人们的启迪，以及个人与社区之间的紧密联系。大卫·麦登(David Madden)的《欧内斯特·盖恩斯的"就像一棵树"：根》("Ernest Gaines's 'Just Like a Tree'：Roots")探讨了短篇小说《就像一棵树》中黑人社区对个人的深刻影响，认为黑人社区是个人的文化之根，故事中的"树"枝繁叶茂，象征着黑人社区的蓬勃发展以及社区与个人之间互相依存的关系。杰弗瑞·J. 福克斯(Jeffrey J. Folks)在论文《欧内斯特·盖恩斯的〈刑前一课〉中的社区责任》("Communal Responsibility in Ernest J. Gaines's *A Lesson Before Dying*")中指出黑人社区对杰弗逊的帮助，使后者找到做人的尊严，用勇气和胆量迎接不公平的命运。

盖恩斯的作品多围绕家乡路易斯安那州的乡村生活，有着浓郁的地理特色，因此有一些学者就此进行了较深入的研究。如威廉·伯克(William Burke)的《〈血统〉：黑人的南方》("*Bloodline*：A Black Man's South")认为盖恩斯的小说《血统》展示了南方生活传统的衰落和种族关系的变化。杰尔斯·H. 罗威尔(Charles H. Rowell)的《黑人社区：欧内斯特·盖恩斯与地方感》("The Quarters：Ernest Gaines and the Sense of Place")分析了南方路易斯安那州乡村的地理特征，认为其表达了黑人民众独特的南方经验，并通过对个体、家庭、社区和过去的探讨，象征了现代人类的整体经验。盖恩斯虽以其家乡作为故事背景，但超越了地域的局限性，其社区概念更多的是精神层面的，表现的是一个民族在逐渐形成、发展过程中的社会、经济、政治等方面的奋斗。

还有些学者关注到盖恩斯作品中的黑人女性形象。如劳伦·罗斯(Lauren J. Roth)的硕士学位论文《非裔美国人家庭中的权力制衡：盖恩斯小说私密场域中的女性主权和男性忽略》(2010)特别探讨了盖恩斯作品中的黑人女性在家庭中所起到的不同作用，如女性对私人领域的保护、对家庭和身份的维护，以及女性的信仰和责任感对家庭的影响等。马歇尔·高迪(Marcia Gaudet)的论文《黑人女性：盖恩斯小说中的种族，性别和文化》("Black Women：Race, Gender, and Culture in Gaines's Fiction")认为盖恩斯在作品中主要关注了黑人女性的三个方面，包括女性对男性的影响、女性所受到的暴力和女性社区。该论文主要分析了黑人社区里的女性，特别是年龄较大的女性所表现出来的良好品质，如坚强、忍耐、智慧等，以及她们在社区里起到的凝聚力，特别是在黑人文化传承方面的作用。

第四，将盖恩斯纳入美国文学研究的宏观领域，将其与同时代的其他黑人作家进行比较研究。如赫尔曼·比弗斯(Herman Beavers)的著作《将天使扭入歌曲》(*Wrestling Angels into Song*)，主要对盖恩斯和詹姆斯·艾伦·麦克弗森(James Alan Mcpherson)进行比较，研究两位黑人作家在美国黑人的文化身份和困惑、黑白种族关系、对于黑人的民族历史的回望以及民族的发展出路等方面所做的探索。另外，凯斯·科拉克(Keith Clark)的著作《詹姆斯·鲍德温、欧内斯特·盖恩斯、奥格斯特·威尔逊作品中的黑人男性气概》(*Black Manhood in James Baldwin, Ernest J. Gaines, and August Wilson*)则着重分析了这些当代知名黑人作家作品中的新黑人男性形象，探讨他们对男子汉气概的理解和阐释、黑人男性与黑人社区之间的关系等。该著作旗帜鲜明地指出黑人男性气概在黑人男性作家创作中的重要地位，以及作家在黑人男性气概建构方面所做的努力。菲利普·奥格(Philip George Auger)的《重写非裔男性气概：詹姆斯·鲍德温、艾丽斯·沃克、约翰·埃德加·怀德曼和欧内斯特·盖恩斯小说中话语空间的协商》(*Rewriting Afro-American Manhood: Negotiations of Discursive Space in the Fiction of James Baldwin, Alice Walker, John Edgar Wideman, and Ernest Gaines*)着重分析了三位作家的作品中如何在语言层面挑战白人权威，确立黑人的主体性。

第五，关于盖恩斯的创作特色与艺术风格的分析。这方面并没有系统专著出现，但有不少论文分析了盖恩斯作品里的口头叙事传统，如巴利·贝克曼(Barry Beckhman)的《简·皮特曼和口头叙事传统》("Jane Pittman and Oral Tradition")认为盖恩斯在小说《简·皮特曼小姐的自传》里忠实地再现了路易斯安那贝庸地区的方言特色，"其目的不仅仅是保存了语言的纯正性，同时也保留了南方黑人口头语言的特质和鲜活。拉菲尔·兰波特(Raphaël Lambert)的论文《欧内斯特·盖恩斯的〈老人集会〉中的口头交流与音乐性》("Race and the Tragic Mode in Ernest J. Gaines's *A Gathering of Old Men*")分析了这部小说的口语特色，认为盖恩斯真实地表现了黑人老人们的语言表达特色，在语言层面颠覆了白人霸权，表现了黑人老人们对主体性、尊严、平等权利和文化身份的追求。还有些论文分析了盖恩斯在作品中多视角叙事、象征、意识流等手法的运用。

第六，关于盖恩斯的宗教观和作品中其他人物的宗教意识。如伊芙琳·凯莉(Evelyne Kelly)的博士学位论文《祈祷吧，如果你愿意：重新审视盖恩斯小说中的宗教观》("Pray If You Want to: A Reevaluation of Religion in the Fiction of Ernest J. Gaines")主要认为盖恩斯对宗教并不排斥也不态度模糊，相反，宗教对其作品中的人物有着深刻影响，对黑人男性气概的建构起到积极作用，并分析了其作品中殉道者的形象。还有些作家分析了盖恩斯的小说《刑前一课》中的宗教意识，认为杰弗逊的受刑有着基督殉道的意味，他的死将启迪黑人民众铭记他们所受的苦难，从而促进他们为种族解放和独立而奋斗。

总的说来，国外学术界对盖恩斯的研究前期主要有一些介绍、概论，以及对一些重大主题的探讨，更多集中在其作品中对男子汉气概的塑造、盖恩斯的南方情结、父与子的伦理关系、种族关系、宗教信仰、黑人女性等方面的研究，而近年来对盖恩斯的研究趋向多元化，更细致深入，并挖掘出一些新的研究方向，但主要还是集中在作品的主题研究方面，对于盖恩斯的创作技巧和艺术特色等论述略有不足。同时，一些主题的挖掘还不够深入，如盖恩斯的作品中对黑人传统文化的呈现与继承、奴隶制对黑白双方的影响、盖恩斯与美国文学传统之间的关系、盖恩斯与美国南方传统等还有待其他学者继续研究。

与国外研究相比，国内对盖恩斯的研究刚刚起步，还处于比较零散的状态。在专著方面，只有隋红升的《危机与建构：欧内斯特·盖恩斯小说中的男性气概研究》(2011)，该书为在其博士学位论文的基础上出版。它主要讨论盖恩斯作品中的黑人男性气概的内涵和建构，认为盖恩斯表现了黑人男性在压力下的勇气，并较详细地探讨了女性、父性、政治文化身份、宗教、教育、社区以及历史等不同元素对黑人男性气概建构所起到的作用。这是国内迄今为止唯一一部相对系统、全面的研究著作，但遗憾的是，它只局限于盖恩斯创作的重要主题之一，而对其他方面则未能触及。

在论文方面，据笔者在期刊网上搜索的结果，从1994年至今只有10余篇论文，而且都是最近几年发表的，这说明国内才刚刚开始关注这位作家。其中比较重要的论文有以下几篇。

李庆学在 2007 年第 4 期《译林》上发表了一篇译作《南方黑人文化的记录者》，是学者沃尔夫冈·莱普斯切对盖恩斯的访谈，在前面的介绍中，李庆学肯定了盖恩斯在美国文学史上的重要地位，称其是“当代美国继福克纳之后最有影响力的南方小说家之一，其作品已跻身美国大学必读书目”①。他谈到了福克纳、海明威对其语言风格的影响，福楼拜和莫泊桑对其文体风格的影响，以及屠格涅夫和契诃夫对其主题的影响，并认为“盖恩斯基于自己的亲身经历，以饱满热情的笔触表达了对南方黑人过去、现状及未来命运的关怀，表达了对所有黑人历史，甚至整个美国历史的重构……他关注的并非黑人与白人的对立，而是同一片土地上不同种族人的共性与趋同”②。上海对外贸易学院外语学院的栾奇在《社会科学战线》2009 年第 12 期上发表了《进步源自任何微小的有益的改变》，运用达尔文的进化理论重点分析了《临终一课》《刑前一课》中主人公格兰奇的内心改变。他从一个有些愤世嫉俗、漠然、缺乏责任感，对黑人所受到的歧视、不公正待遇软弱接受、矛盾尴尬却无力抗争的形象，转变为自尊、自立，积极抗争、努力教育并带动其他黑人民众的形象。扬州大学的严华和谈言玲在《是神话，还是谎言?》一文中讨论了盖恩斯如何在小说《刑前一课》中揭穿所谓的“白人神话”，即白人认为他们是世界上最优秀的人种的言论不过是谎言，并详细地分析了盖恩斯所塑造的两位黑人男性形象如何获得精神上的自由和尊严。计艳辉在《成长的艰难》一文中从成长小说的视角来分析作品《阴沉沉的天》中的主人公詹姆斯的成长模式、成长道路上的引路人，以及成长中的艰难。她认为詹姆斯经历了“离家—考验—顿悟—认识人与自我”这一成长小说的基本模式，其母亲在父亲缺席的情况下充当了引路人，用近乎残忍

① 沃尔夫冈·莱普斯切. 南方黑人文化的记录者——欧内斯特盖恩斯访谈[J]. 李庆学，译. 译林，2007(4)：183.

② 沃尔夫冈·莱普斯切. 南方黑人文化的记录者——欧内斯特盖恩斯访谈[J]. 李庆学，译. 译林，2007(4)：183.

的方法去训练小主人公，从而督促其成长为真正的男子汉。然而，家庭环境和社会现实注定了詹姆斯的成长道路会充满艰辛。盖恩斯的小说确实涉及黑人男性的成长，但这一视角并未能完全揭示盖恩斯作品的丰富内涵和特色。鲁莉在《回顾历史，展示现状，思索未来》一文中指出《老人集会》这部小说回顾了残酷的奴隶制压迫下的黑人民众悲惨的过去，同时展示了民权运动之后的种族关系现状，虽然一些白人对黑人相对友善，但他们在骨子里依然有顽固的优越感，并不承认黑人和白人一样拥有尊严、智慧，并能掌握自己的命运。该论文还指出，小说表现了作者对种族融合必然性的思索，不同肤色的人都应享有人的尊严并和谐地生活在一起，种族融合是美国这个多元化国家未来发展的基础。沈晓红、聂薇在论文《南方黑人之树》中介绍评析了短篇小说《就像一棵树》，认为这篇小说反映了美国南方社会多种文化间的相互渗透与融合的可能性，论文还分析了小说的多视角叙事结构以及象征手法的运用。

浙江大学人文学院隋红升关于盖恩斯的研究比较全面、深入。他于2010年在《外国文学动态》第2期上发表了论文《从〈十一月漫长的一天〉到〈刑前一课〉》，比较全面地介绍了盖恩斯小说的简要内容和主题。隋红升还在《外国文学研究》2010年第3期上发表《欧内斯特·盖恩斯小说中的黑人父性的缺失与回归一文》，探讨了盖恩斯小说《刑前一课》中的父亲形象缺失现象，认为黑人父性的缺失对黑人男性的成长有着不容忽略的危害，分析了父性缺失的社会原因、政治原因、历史原因和文化原因，认为个人必须承担起对家庭的责任，而不是一味地埋怨社会不公。此外，隋红升在《非裔文学国际研讨会论文集》上发表论文《个人与集体之间：论欧内斯特·盖恩斯小说中的社区意识》，主要从盖恩斯小说对黑人“北迁”的质疑、黑人社区对个体的生存与种族解放的意义、个体对黑人社区的责任及团结对黑人社区的重要性等四个方面对盖恩斯小说中的社区意识进行剖析。

此外，笔者亦致力于对欧内斯特·盖恩斯进行研究，并已发表3篇论文，分别是《新历史主义批评视角下的〈简·皮特曼小姐的自传〉》，运用新历史批评的理论分析了盖恩斯在其作品中从普通黑人民众的视角讲述历史，从而对主流官方叙事起到了质疑、解构、颠覆的作用；《从文学伦理学批评视角解读〈爱与尘〉中的黑白爱情悲剧》主要从文学伦理学批评的视角解读了盖恩斯的早期作品《爱与尘》中的黑人男性与白人女性之间的爱情悲剧，分析了种族歧视下的伦理环境、伦理禁忌，以及男女主人公伦理身份的转变，指出个体无法超越社会伦理环境而自由存在，因此双方的爱情注定以悲剧结尾；论文《沉默·言说·颠覆白人的主流话语霸权》主要借用米歇尔·福柯的权利话语理论，探讨了《老人集会》中黑人老人们对话语权的争夺，重点分析了盖恩斯小说中的黑人老人们从"沉默"到"言说自我"的转变和对白人主流话语霸权的颠覆，认为这一转变表现了黑人民众为反抗白人统治阶级的压迫和剥削，追求独立、自主、尊严而付出的努力，说明了时代的进步，预示了黑白种族关系的新走向。

另外，笔者检索了国内的硕博士论文库，检索到2篇博士论文。一篇是栾奇2009年的论文《进步源自改变》，运用达尔文进化论重点分析了《刑前一课》中主人公的转变，无知的黑人青年杰弗逊在黑人教师威金斯、社区牧师以及社区民众的帮助下逐渐觉醒，认识到尊严的重要性，最终勇敢、体面、有尊严地面对不公正的裁决，从而树立了黑人男性的新形象，打破了白人种族主义者对黑人的歧视性定义。同时，黑人教师威金斯在整个过程中也受到深刻的教育，他意识到黑人民众身上所蕴藏的力量以及教育的作用，对自己能为黑人民众做些什么有了更深刻的认识。这篇论文通过分析两者的进步，进而探讨了黑人民众在百年的种族史中由于歧视和不公平政策而遭受的种种创伤、他们的觉醒，以及他们为建设黑人社区所做的努力、为黑人民族的进步所作的贡献。另一篇是隋红升的《身份的危机与建构——欧内斯特·盖恩斯小说中的男性气概》，已以专著形式出版。

虽然国内研究盖恩斯的作品的论文数量不多，但一些近年出版的美国文学史都用相当的篇幅介绍了这位当代重要的黑人作家。例如，王守仁主撰的《新编美国文学史》(2002)第四卷第四章“美国黑人文学的第三次高潮”重点介绍了三位黑人男作家和三位黑人女作家，其中就包括盖恩斯，认为他自发表第一部长篇小说《凯瑟琳·卡米尔》起，“浅肤色的克里奥人与黑人之间的冲突以及南方黑人传统生活方式的解体在盖恩斯其他作品里屡屡出现”①，并重点介绍了《简·皮特曼小姐的自传》这部作品，认为它“成功地塑造了一位饱经苦难、性格坚强的黑人女性，展现了南北战争以来长达一个世纪美国黑人的历史画卷。歌颂了美国黑人为争取平等、自由的权利前赴后继、不屈不挠的抗争精神”②。王家湘撰写的《20 世纪美国黑人小说史》在第七章“黑人文学大发展的最后 30 年：寻求创新突破的黑人男作家”介绍了盖恩斯小说的主要内容，分析了几乎贯穿所有作品的一个重要主题，即“黑人在逆境中显示的尊严和追求人生价值的努力。他们并不是天生的英雄，而往往是在长期的屈辱和忍受中感悟到采取行动掌握自己命运的必要”③，认为盖恩斯“以路易斯安那州乡村的微观世界，反映在复杂的种族和阶级关系及传统的种族观念支配下的社会，是如何左右和影响着生活在其中的黑人、白人、法裔白人和克里奥尔混血人的情感和生活的，从而使读者体会到，只有从这种社会制度下解放出来，人们才可能有真正的幸福”④。

由上可知，国内目前已有学者开始关注盖恩斯，并取得了一定的成绩，但总的说来对其不够重视，没有形成规模，研究比较零散，尚处于起步阶段。多数论文主要是对盖恩斯的比较知名的单个作品进行了主题研究，涉及黑白种族关系、黑人个体成长、人物形象塑造、黑人父子关系、社区意识等方面，仅有一篇文章关注了盖恩斯的创作手法与艺术特

① 王守仁. 新编美国文学史(第四卷)[M]. 上海：上海外语教育出版社，2002：293.

② 王守仁. 新编美国文学史(第四卷)[M]. 上海：上海外语教育出版社，2002：294.

③ 王家湘. 20 世纪美国黑人小说史[M]. 南京：译林出版社，2006：523.

④ 王家湘. 20 世纪美国黑人小说史[M]. 南京：译林出版社，2006：523.

色，总体来看不够系统、全面、深入。除了几篇文章有意识地运用了达尔文的进化论、社会学理论、新历史主义批评、文学伦理学批评以及文化研究的理论之外，多数论文缺乏相关文学批评理论的指导，因而显得不够深刻。这与盖恩斯在美国文坛的地位和文学成就极不相称。虽然目前已有一部专著问世，但它主要关注盖恩斯小说中的黑人男性气概的塑造，而其他重要主题以及创作手法、艺术特征和作者的美学观念等方面还有待挖掘。因此，可以说，国内有关盖恩斯的研究落后于国际学术界，尚有许多空白点有待进一步研究。

第三节　本书的研究对象、研究方法、结构、意义

本书主要研究盖恩斯作品中新黑人社区的建构。社区是个体生存与发展的具体环境和根本基础，其繁荣也有赖于个体对其的建设。美国南方黑人社区有其独特性，以农业为主要的经济模式，更多地保留了传统的生活与思维方式，但在北上浪潮中由于大批黑人民众不堪忍受南方浓厚的奴隶制残余和严重的种族歧视而纷纷离去，南方黑人社区呈现出衰败、破落的态势。但随着时代进步与各种族人民的不断努力，南方黑人社区逐渐发生了转变，表现出新的特质与面貌。

黑人社区在盖恩斯的小说中占有重要地位，是其故事发生的重要场景和参与者。盖恩斯在作品中如实地反映了旧黑人社区衰败、破落的情况，但更重要的是表现了新黑人社区的崛起。本书将主要分析欧内斯特·盖恩斯小说中对美国南方新黑人社区的建构。这一研究有其现实意义。在很长的一段历史时期内，美国的黑人社区一直是“脏、乱、差”的代名词。一般来说，黑人社区都位于较偏远的位置，里面的公共设施存在着短缺、破旧等问题，同时犯罪率偏高，因而黑人社区就像是美国社会的阴暗面，反映了这个国家的落后、不公、失衡等问题。在这种情况下，对新黑人社区的建构显得尤其重要。只有黑人社区表现出新的精神风貌，黑人社区里的问题得以妥善解决，黑人民族以及整个国家才有

健康、良性发展的希望。

盖恩斯是一位具有强烈社会责任感的作家，他为主流文学中黑人形象刻板化和黑人民族历史的缺失与扭曲感到愤怒，为黑人社区的衰落感到痛惜，因此他希望能用自己的文字反映真实的黑人生活，表现黑人民众在困境中的勇气和努力，在逆境中的挣扎与斗争，在主流意识形态的压制下执着地追寻自己的文化身份，在社会体制的压迫下依然试图用尊严来面对一切不公正的待遇，从而为民族的未来发展道路作出了有益的尝试。盖恩斯在作品中对黑人民族发展史的梳理以及对黑人文化的呈现帮助黑人社区明确其历史根源和文化身份，同时也指出了黑人社区内在的无形的凝聚力。黑人社区由一个个鲜活的个体构成，同时又为每个个体提供支持和帮助，是他们的力量源泉。盖恩斯所塑造的崭新的黑人男性形象其实代表了新黑人社区的一种崭新的精神特质，显示出新的精神面貌。同时，盖恩斯并没有在作品中过多地渲染20世纪60年代美国北方城市中风起云涌的政治斗争，但他描述了种植园里看似平静的生活表面下的暗流，路易斯安那州的富有白人、卡郡人、克里奥尔人、黑人等各种族之间的复杂关系，黑人社区内部的分歧，以及黑白种族之间既对抗又合作的关系。同时，盖恩斯的小说所呈现的世界并不是固定不变的，而是流动的、变化的，特别是随着时代的进步与发展，人们的思想也会逐渐解放，人与人之间的关系也会随之表现出新的趋势。

本书在完整搜集欧内斯特·盖恩斯的作品及对他的研究成果等研究资料的基础上，将采取文本细读与理论分析相结合，以及跨学科的研究方法，对盖恩斯进行多维度的考察，力求使研究比较系统深入，并试图参与国际文学批评界盖恩斯研究领域的对话。本书建立在对盖恩斯的作品、访谈集以及其他参考文献进行仔细研读的基础上，论点的提出、文章的结构、论据的使用和论证的开展都离不开对文本较为熟悉的掌握。同时本书将运用社会学、伦理学等领域的相关成果，为黑人社区的研究提供理论参照。

第一，本书将盖恩斯的生平经历与其文学创作结合起来进行研究。

盖恩斯的家庭背景、早年生活环境、求学经历等对其心理结构、思想和创作都有着巨大的影响。盖恩斯小时候在老家的门廊上所听到的那些邻居老人们的谈话和故事变成了他日后创作的重要素材，他的故乡成为作品中不可或缺的背景和参与者，周围的人和事亦成为作品中的某些原型。因此，本书在细致考察盖恩斯的生平经历的同时，注意探讨其对盖恩斯的文学创作思想和手法的影响。

第二，本书将比较全面地研究盖恩斯的作品，主要包括短篇小说和长篇小说，对其散文集也有涉及。本书力图在仔细研读盖恩斯全部作品的基础上，揭示其早期的短篇小说创作与后期的长篇小说创作在重大主题和艺术手法等方面有一以贯之的内在联系。他早期的短篇小说创作其实已包含了后期创作的许多重大主题，一些艺术手法也初见端倪，人物形象亦有一定的一致性和联系，为后期的代表作如《简·皮特曼小姐的自传》《刑前一课》和《老人集会》等做了很好的准备。其散文集则对研究者了解盖恩斯的创作动机、美学观、思想内涵等大有帮助，对其小说创作起到了注解作用。因此，对盖恩斯作品的全面研读有助于我们把握他的创作动机、艺术特色和主题思想。

第三，本书将结合不同的文学理论批评方法，如文化批评理论、新历史主义批评、文学伦理学批评、后殖民主义批评等对盖恩斯小说中的美国南方新黑人社区的建构这一主题进行多维度的考察。具体来说，本书将从历史文化、精神特质和伦理关系三个角度来分析新黑人社区的建构。本书将首先在第一章中讨论新黑人社区与旧黑人社区的本质区别与联系。其次，在第二章“新黑人社区的历史文化建构”中，本书将着重讨论盖恩斯对黑人民族在美国的发展史的梳理，宗教信仰在黑人民众的精神世界里起到的重要的救赎与引领作用，以及黑人民族的传统文化在黑人社区中的传承与发展。接着，在第三章“新黑人社区的精神特质——男性气概的塑造”中，本书将着重讨论盖恩斯在作品中所塑造的黑人男性气概。这种男性气概是一种面对困难与压迫所表现出来的勇气和大无畏精神，它并不只局限于男性人物，而是属于整个黑人民族的一种崭新的精神气质。这种男性气概扭转了美国白人主流文学中对黑人形象的塑造，黑人民众不再麻木不仁、忍耐顺从，或对白人统治阶级卑躬屈膝、唯唯诺诺，而是奋起抗争，努力捍卫自己的尊严，追求平等和自由，体现了海明威笔下的“压力下的优雅”。正是有了这样一种男性气概，黑人社区才有希望在充满压力和敌意的环境中得以凝聚和重建。在第四章“新黑人社区的伦理关系建构”中，本书将主要从两个方面进行讨论。第一个方面是黑人社区内部的伦理关系反思与建设，包括黑人家庭内部的伦理关系，夫妻、父子之间关系的建构，以及黑人个体与黑人社区之间的伦理关系建构。第二个方面则主要讨论黑白种族之间的关系问题。盖恩斯在作品中真实地反映了种族之间以及种族内部的矛盾，并且探讨了种族制给黑人、白人双方带来的伤害。但盖恩斯的目的并不在此，他还探索了各种族间建立和谐、平等、互相理解、尊重的可能性。只有当黑人社区内部的人际关系能够和谐团结，黑人种族与白人种族之间的关系才能够得到改善，黑人社区才能得以健康发展，黑人民族的未来才会充满希望。

第四，本书对盖恩斯作品中的新黑人社区的研究将注意与美国的文化传统、历史和社会背景，特别是美国黑人民族的发展史、黑人文化文学传统结合起来考察。黑人社区既是一种物质层面的现实存在、精神层面的建构，也是黑人文化、美国文化的一个重要部分。对盖恩斯作品中的新黑人社区建构的研究有助于厘清黑人民众的文化传统、生存处境和精神追求，能促进学界对美国黑人文化文学、美国文化文学的研究。同时因为从黑人社区建构这个视角来研究盖恩斯作品的并不多见，本书无疑能够提供一个较新的研究方向，为促进国内的盖恩斯研究、黑人文学研究等提供一些参考价值。

第五，本书对欧内斯特·盖恩斯作品的研究将有助于改变国内对美国黑人作家研究不平衡的局面，有利于黑人文学研究的全面拓展。目前国内的美国非裔文学研究对黑人男性作家的研究落后于对黑人女性作家的研究，而且较关注书写美国北方城市生活的黑人男性作家，如理查德·赖特、拉尔夫·艾利森、詹姆斯·鲍德温等，而盖恩斯的作品主要围绕美国南方路易斯安那州的乡村生活，是与美国北方城市生活图景不一样的风土人情，有一定的独特性。因此，对盖恩斯的研究有助于促进国内学界对美国黑人文学研究的多元性和丰富性。

总的说来，本书以盖恩斯作品中的新黑人社区建构为切入点，从文化、精神特质和伦理关系三个维度进行分析，力图对盖恩斯其人其作有一个较为系统、深入的研究，使国内学术界能更好地了解这位作家，同时希望通过这一视角能更好地揭示盖恩斯作品的主题思想和作家的艺术特色，从而对研究盖恩斯、美国黑人文学、美国文学作出一定的贡献，同时促进国内对美国黑人文学的研究。

第一章 新黑人社区的文化建构

西方关于文化的定义非常繁多，“雷蒙德·威廉斯称文化是英语语言中最复杂的词汇之一”①。“文化”一词在本文源自拉丁语，原指农耕和对植物的培育。到了18、19世纪，“文化”逐渐被用来指对人的心智的训练和能力的培养，“是人在精神上进步和完善的建构过程”②，强调的是后天的教养。从广义上讲，文化是一个大范畴，几乎可以涵盖人类所有精神和物质的创造物。美国文化语言学的奠基人萨皮尔把文化定义为“被民族学家和文化史学家用来表达在人类生活中任何通过社会遗传下来的东西，这些包括物质和精神两方面”③。文化可以指“某个社会或部落所遵循的生活方式”④；文化可以是“一个社会群体中一代代人学习得到的知识在风俗、传统和制度等方面的体现，是一个群体所学到的如何共同生活的知识的总和”⑤；狭义的文化可以指“艺术活动的成果和实践”⑥；文化也可以指某个群体、部落或民族的价值、信仰系统。基于对文化的诸多理解，本章对新黑人社区的文化建构的讨论将主

---

① 约翰·斯道雷. 文化理论与通俗文化导论[M]. 杨竹山，等，译. 南京：南京大学出版社，2001：1.

② 范可. 全球化语境下的文化认同与文化自觉[J]. 世界民族，2008(2)：3.

③ 郭莲. 文化的定义与综述[J]. 中共中央党校学报，2002(6)：115.

④ 郭莲. 文化的定义与综述[J]. 中共中央党校学报，2002(6)：115.

⑤ 郭莲. 文化的定义与综述[J]. 中共中央党校学报，2002(6)：117.

⑥ 约翰·斯道雷. 文化理论与通俗文化导论[M]. 杨竹山，等，译. 南京：南京大学出版社，2001：1.

要从黑人民族过去的共同生活经验的总和，即历史、宗教信仰和传统文化如生活方式、语言、音乐等三个角度来展开。

盖恩斯的作品中的故事多发生在过去，时代背景设置于 20 世纪 30 年代至 70 年代，这本身就说明了盖恩斯对于历史的关注。盖恩斯也多次在公开场合阐明历史的重要性，认为一些黑人作家以及现在的年轻人忽视甚至遗忘了黑人历史。同时，黑人文化由于白人霸权文化的压制，成为他者，处于被贬抑、被扭曲、被否定的局面。黑人与过去的历史以及与文化传统之间的联系被强行割裂。此外，黑人民众还面临着精神信仰方面的危机。当黑人民众被带到美洲大陆之后，许多黑人被迫放弃了自己民族的传统宗教，转而皈依基督教，但基督教作为白人的宗教，对于黑人民众而言具有两面性。因此，如何看待基督教，如何利用基督教为黑人民众服务，如何帮助黑人民众找到可以皈依的精神家园是盖恩斯在作品中重点探讨的主题之一。盖恩斯对历史的梳理帮助黑人民众了解历史真相，明确其历史根源；对精神家园的建构帮助黑人民众解决信仰危机问题，找到精神上的慰藉与救赎，使他们能顽强、坚韧地面对现世的苦难；对传统文化元素的传承与发展则帮助黑人民众了解黑人民族的传统文化中的优良因子，重新树立对黑人文化的自豪感与自信心，抵制白人文化价值观的侵袭，增强对黑人文化的认同感。这三个方面相辅相成，共同帮助新黑人社区进行文化建构，增强社区的凝聚力，使黑人民众解决其文化身份之惑，并推动黑人文化的发展。这种文化建构其实是盖恩斯所采取的文化策略，它颠覆了白人的文化霸权，消解了二元对立的模式，是黑人文化从边缘位置向白人中心文化发起的挑战与攻击，并使基于“文化多样性”的多元文化主义模式成为可能。

第一节　重现历史真相，填补官方叙事空白

盖恩斯是位具有深刻历史意识的作家，其作品多以过去的事件为主题，如《刑前一课》的故事发生于 20 世纪 40 年代，《老人集会》里的故

事发生于20世纪70年代，《爱与尘》的故事发生在20世纪40年代，《凯瑟琳·卡米尔》书写的是20世纪60年代的故事，《简·皮特曼小姐的自传》始于1862年，一直到民权运动时期，《血统》中的故事都发生在20世纪40年代到60年代之间。盖恩斯曾描述过他的历史情结："当我出版了两本小说和一本短篇故事集《血统》后，我意识到我总是在按照某个固定的模式书写。第一，我写的是一个固定的地区；第二，我越来越回到过去。我试图回去、回去、回去，回到我们在这个国家里的经历，为我们现在的生活找到某种意义。"("Miss Jane and I", *Mozart and Leadbaly*, 34)这段话说明盖恩斯书写历史，梳理黑人民族在美国的发展轨迹，从而为黑人民族的当下生活和未来发展找到根基，并提供指引。同时，这也是因为盖恩斯发现黑人历史在美国不受重视，被白人主流文化所遗忘、忽视、甚至扭曲，因此书写历史有其必要性。盖恩斯年轻时在旧金山州立学院文学系学习时，曾阅读了"大量美国作家的作品，但是书中并没有他希望讲到的他所熟悉的南方黑人和流传在他们之中的故事。他逐渐感到自己的文化在美国是不为人所知的"①。因此，梳理、表现、反思黑人民族在美国的发展历史成为盖恩斯创作的原动力。盖恩斯试图书写黑人民族的过去，以找到他们在美国的发展轨迹。盖恩斯曾在访谈中说道：

> 我们的历史很多都没有被讲述；我们的问题倒是被提到了，好像我们没有历史似的。我们的文学大多数讲的是大城市里的贫民区，但是我们在去大城市之前就早已存在了。从一开始踏上这片土地，我们是作为奴隶来到这个国家的。
>
> 许多离开南方的黑人作家忽视了在土地上劳作的黑人农民的生活，好像是要彻底忘掉它似的。我猜想我们太多离开南方的黑人知识分子已经把那些经历和体验抛在脑后，认为那些经历和体验不值

---

① 王家湘. 20世纪美国黑人小说史[M]. 南京：译林出版社，2006：499.

得一写。回首往事和书写过去实在太令人心痛了。

确实很让人心痛，但我认为这里也有美好的东西，给人力量的东西。我们在贫民区生活的时间不过 75 年左右，但其他的 300 年——我认为有很多值得书写的东西。我认为我们已经做了巨大的牺牲，我们也展示了巨大的力量。在城市里的贫民区，你能看到的是许多挫败；你看不到什么力量。

大多数年轻的黑人作家仅仅局限于这一点，似乎他们的生活再没有别的什么了；这让我感觉到他们对过去的事情感到羞耻，或者说他们对过去的人感到羞耻。①

盖恩斯与 20 世纪哈莱姆文艺复兴以及黑人艺术运动时期的许多黑人作家不同，他并没有把写作重心放在书写美国北方城市的生活，而是着眼于美国南方的乡村生活，更具体地说，是围绕其家乡路易斯安那州的贝荣镇和种植园而写作。对他而言，北方城市里的黑人生活不足以表现美国黑人 300 多年来的经历，并不具备典型性。南方乡村才是美国黑人真正的家园，是其在美国的文化传统之根。无独有偶，除了盖恩斯之外，有些其他黑人作家也认识到了南方对于挖掘黑人民族历史、认识黑人真实生活境遇的重要性。“欧文·豪向拉尔夫·艾里森提过这样一个问题：‘你为何对南方如此钟情?’后者回答因为南方到处是黑人。莫里森对此感同身受。来到她父辈生活过的南方，在那里那首次看到了黑人们的真实生活状况，这种生活正是她的父辈曾经经历过的，了解到她的祖先曾经经历过的光荣而痛苦的斗争历史，尤其白人如何卑劣地掠夺她的祖先们财产的往事。”②

盖恩斯写作的一个重要目的就是呈现他所熟悉的南方黑人的生活，

---

① Lowe, John. ed. Conversations with Ernest Gaines[M]. Jackson: University Press of Mississippi, 1995: 195. 此段译文部分参考了隋红升的翻译。

② 荆兴梅. 莫里森作品的历史记忆和身份危机[J]. 当代外国文学，2011(1): 14.

从而填补主流叙事的缝隙和空白，纠正主流叙事对黑人历史、黑人生活和黑人形象的任意扭曲和篡改。同时，盖恩斯的历史观与莫里森和福克纳的都不同。莫里森认为历史和记忆是恐怖的，是幸存者无法面对的，而盖恩斯认为历史就好像是一个伤疤，如果伤疤没有被暴露出来会继续化脓溃烂，因此，不论多么困难，都应该把伤疤暴露出来以利于愈合恢复。① 福克纳在其作品中为逝去的过去而哀悼，为那个时代的没落而痛惜，而盖恩斯更多的是认清历史后，向前看。历史不应该被遗忘或忽略，历史的阴影甚至会影响人们现在和未来的生活，但人们终将坦诚地面对历史，不回避过去所受到的伤害，唯有如此，黑人民众才有可能摆脱过去的沉重包袱，在精神上得以真正解脱。这一点对于新黑人社区的建构尤其重要。只有了解了黑人民族的苦难史，新黑人社区里的民众才能从历史中吸取教训和力量，从而更好地把握现在，创造美好未来。

发轫于20世纪80年代的新历史主义批评对文学文本和历史的关系作了深入探讨，认为“文学作品能够帮助我们理解它们所处的时代。现实主义文本尤其提供了对具体历史时刻、历史事件或历史时期想象性的再现”②。历史不再是铁板一块，而是充满需要阐述的空白点，在缝隙中充满了可能性，其权威性和真理性都受到了前所未有的挑战。历史并不是事实的重复，而在其被选择、被忽略、被讲述、被编纂的过程中体现了主流社会的价值观、意识形态和权力意志。历史成为一种叙事，是与文学作品同等重要的“同质文本”，像文学文本一样，将经验纳入了意义模式。这样，历史的客观性和权威性受到了前所未有的挑战，而历史与文学文本之间的界线被模糊、被抹去。因此，“受到后现代历史对

---

① 参看 Keith Byerman. Bearing Witness: The Recent Fiction of Ernest Gaines, Remembering the Past in Contemporary African American Fiction [M]. Chapel Hill: University of North Carolina Press, 2005: 4.

② 石坚，王欣. 似是故人来——新历史主义视角下的20世纪英美文学[M]. 重庆：重庆大学出版社，2008：6.

宏大叙事消解的影响，新历史主义所强调的历史概念不是大写的历史，而是小写的历史；不是独语式的历史，而是复数的历史(histories)；或者说，是强调叙述者的历史(his-stories)”①。由于置身于社会边缘，非裔美国人的历史一直处于被书写、被强加、被编纂或被忽略的地位。对于美国黑人的历史，白人主流作家很少触及，或只有零星的、扭曲的反映。白人所编纂的历史书如菲利普斯的《美国黑人奴隶制》认为蓄奴制“在非洲的野蛮人及其后代的身上留下了文明的辉煌的印记”②。白人主流文学作品如南方流行小说《飘》等对黑奴制进行了不遗余力地美化，“少数黑人凭借自身的勤快、才华和责任心成为令人羡慕的宅奴，他们几乎铁板一块，以南方白人贵族的价值观为荣；而多数黑人则沦为田奴，他们要么愚笨幼稚、懒散邋遢、不思进取，要么野蛮成性、自甘堕落。换言之，黑人们之所以沦为田奴，并非一个以种族取向构筑的劳动制度使然，而是因为他们面对平等的机会无法胜任更高的社会职业和角色”③。威廉·福克纳的小说“约克纳帕塔法”系列虽然表现出强烈的历史意识，但他关注的更多的是南方白人社会和家族的变迁，黑白关系亦被美化为互帮互助、和谐融洽的理想画面。黑人作家对黑人民族发展史进行全面梳理的也不多见。由于早期黑人作家对白人庇护者的依赖，他们在作品中只能有限地、相对温和地表现种族冲突这一敏感话题，有些黑人作家甚至会避重就轻地主要着眼于黑人民族内部的矛盾和冲突。20 世纪 70 年代曾引起轰动的黑人历史题材作品《根》虽然试图追溯黑人民族的发展渊源，但更多表达的是作者对自己非洲起源的兴趣。“《根》虽然也以较大篇幅描述了昆塔以及他的

① 石坚，王欣. 似是故人来——新历史主义视角下的 20 世纪英美文学[M]. 重庆：重庆大学出版社，2008：26.

② 林元富. 历史与书写——当代美国新奴隶叙述研究述评[J]. 当代外国文学，2011(2)：154.

③ 林元富. 历史与书写——当代美国新奴隶叙述研究述评[J]. 当代外国文学，2011(2)：157.

子孙在美国奴隶制下的生活，但他对那一段历史的处理往往停留在外部事件的描写上面，未能真正深入人物内心去反映奴隶制对黑人的精神造成的伤害。”①在这种情况下，由美国黑人作家写作的，反映真实的黑人生活的，梳理被宏大叙事所掩藏或忽略或扭曲的黑人历史的作品显得尤为重要。

盖恩斯在《简·皮特曼小姐的自传》中，有意将作者描绘成一位历史学家，将简·皮特曼的回忆用录音机录了下来，并播放给相关的人群听，以补充和丰富内容，并强调本书就是在此基础上所作的，还以简·皮特曼小姐的口吻，用第一人物来进行叙述。这无疑增加了作品的历史氛围和可信度。值得注意的是，小说并不仅仅是基于简·皮特曼的个体记忆，而是整个黑人社区的集体记忆。盖恩斯在小说的“序”中写道：“帮了我大忙的是：每天在屋子里采访时，总有其他人在场，而他们总是乐意想方设法帮助我。简小姐常常转向其中的某一个人，叫他替她回答问题……应当指出，虽然整个故事是以简小姐的口吻叙述的，但某些情节常常由别人代她补充。她要是累了，或者她实在讲不下去了，或者她忘记了某些事物，常常由其他人接下去讲。”(*The Autobiography of Miss Jane Pittman*, 3)这说明作者在构思这部小说的过程中，力图通过集体叙述的方式，用众多复数的小历史，从纯粹的黑人视角来梳理种族史，从而填补官方主流历史中的空白，修正被改写或扭曲的历史，还原历史真相。盖恩斯曾经说过：“对于简而言，真相就是她所记得的事情。对于我而言，真相就是像简小姐这样的人民所记得的事情。当然，我会去寻找其他的来源，报纸、杂志、图书馆里的书籍——但我也会回来倾听简小姐和像她一样的人民要讲述的一切。”(“Miss Jane and I”, *Mozart and Leadbaly*, 23)这段话说明，盖恩斯在创作《简·皮特曼小姐的自传》这部小说时，就是要把叙事权交给像简·皮特曼和社区里的黑人民众这

① 王守仁. 新编美国文学史(第四卷)[M]. 上海：上海外语教育出版社，2002：296.

样普通的叙述者，所讲述也是他们作为美国社会底层的小人物的真实的人生经历。这种经历在美国主流文学、学校课堂里教授的历史书里不会被提及，但它们却是由众多的个体经历所汇聚成的历史洪流，具体、生动、翔实、真实。

盖恩斯将《简·皮特曼小姐的自传》分成四个部分："战争岁月""重建时期""种植园""黑人区"，时间跨度大，涉及内容丰富，人物繁多，事件杂而有序，比较全面地反映了黑人民族在这一百年内的遭遇和发展，有力地反驳了主流话语关于黑人解放、黑人自由、平等权益等虚伪的谎言，颠覆了主流意识形态，建构了黑人民族的发展史，从而使得黑人社区找到他们的历史发展轨迹和文化之根，并因为共同的命运而紧密地联系在一起。

南北战争的起因之一是南北方关于是否解放奴隶制，让黑人奴隶获得自由和解放而发生的分歧。小说中的简·皮特曼在开篇时原名为笛赛，在白人家做活，经常挨打。南方士兵路过庄园时对其遭遇毫不关心，而北方士兵关切地问她有没有挨打，并表示要惩罚打她的人，还用自己女儿的名字给她命名。战争结束后，简·皮特曼和其他黑人奴隶终于获得了自由，可以选择离开或留下。黑人奴隶们纷纷给自己换了新名字，许多人选用的是推动废除奴隶制的英雄的名字，如"林肯""谢尔曼"等，这说明了他们对摆脱被奴役状态、获得自由新生的喜悦，以及想要通过命名来表达自己对于解放运动中的英雄们的尊敬，和自己也希望成为英雄的渴望。但这是否是标志着他们就像宣言书上所说的，完全自由了呢？简·皮特曼和其他黑人的北上之路充满了艰辛。他们没走多远，由溃败的南军、蓄奴制时代以追捕逃奴为生的穷苦白人、不甘心失去奴隶的奴隶主等组成的巡逻队和三 K 党就杀害了大多数人，只有她和小男孩内德幸存了下来。他们不断地迷路、绕圈子、挨饿、躲避对黑人解放有敌意的白人种族主义者，走了许多天仍没有离开一直生活的路易斯安那州。最终简·皮特曼听从了好心的白人的劝告，留在博恩先生的农场工作。简·皮特曼和内德最终没能到达北方说明了黑人解放之路上的重重困难，解放并不是一纸法律公文就可以解决的事情。此外，盖恩斯还暗示了虽然奴隶解放革命始于北方，但从政策颁布到真正实施，以及改变国内的整个体制和社会氛围依然任重道远，北方虽然在政策层面上较为开明、先进，但种族歧视依然顽固地以较隐蔽的形式存在，因此，并不是黑人到达了北方就一定会找到理想中的自由与平等，还不如扎根南方，脚踏实地地努力，逐渐改变现状。

第二部“重建时期”中，盖恩斯以真实可信的细节说明了重建时期黑人的真实生活状态。虽然南北战争已经结束，奴隶制从法律意义上已经被废除，黑人奴隶获得了自由身份，但事实上，内战和重建并没能真正地改变黑人在美国社会、政治、经济和文化中的地位。黑人的被奴役状态不仅是生理层面的，还有心理层面的、精神层面的，同时黑人要在各个方面获得平等权益的许诺也并未实现。黑人民众寄予希望的北方并没有真正关心黑人的平等和利益，在乎的是自己的商业利益。“确确实实，又重新回到了奴隶制时代……黑人写信到华盛顿去，有时候，一批批黑人甚至还鼓足勇气亲自跑去，但是以前的那些军队从未回来过。北方佬的商业进来了——是的，北方佬的钞票进来了，帮助南方发展和建设——是的，但是北方佬部队却不来，我们被遗弃在南方，苦苦干活，否则只有死。”(*The Autobiography of Miss Jane Pittman*, 82)巡逻队、三K党、白人兄弟会等秘密团体依然嚣张，到处横行，杀害任何想获得自由的黑人和那些要帮助黑人的白人。白人种族主义者不愿意看到黑人拥有正常的生活或证明自己的能力，一些黑人想要建立自己的农场，却总是受到迫害和伤害，农场被无情地毁灭。在第二部中，盖恩斯还通过乔·皮特曼和内德的典型遭遇揭示了黑人在争取自由和平等的过程中的曲折、艰难和阻碍。为了更好的生活，乔·皮特曼决定离开旧主人，去一个新地方驯马。这是一项危险的工作，但乔·皮特曼在驯马的过程中不必听令于白人，而是能够有一定的掌控权，能感觉到自己的雄性力量和自主性，因此他宁愿为此舍弃安稳的农场耕种工作。但乔·皮特曼在要求去驯马时却遭到前任农场主戴伊上校的百般刁难。戴伊上校借口多年前他将乔·皮特曼从三K党那里保出来花了150美元，要乔·皮特曼赔偿，但在乔·皮特曼凑齐这笔钱后，戴伊上校又讨要30美元的利息。而这一切都是乔·皮特曼根本就不知道的，数额也是由戴伊上校说了算。他之所以一再强调乔·皮特曼要赔偿这些钱，不过是不愿意让乔·皮特曼自主地选择人生道路罢了。简·皮特曼的养子内德是接受了教育、有知识文化和先进理念，突破了一己私利，愿意教育大众，勇于为南方解放事业奉献自己的新黑人形象。内德从北方回到南方后，投身于教育事业，在精神上启迪黑人孩童，教育他们黑人民众应该团结起来，敢于捍卫自己的权益，要“做美国人……但首先要做人”（*The Autobiography of Miss Jane Pittman*, 132）。正因为内德所教授的内容鼓舞黑人孩童团结、勇敢，要有主人翁意识和抗争精神，他的行为触犯了白人的利益，因而遭到了暗杀。他们的遭遇说明，即使在重建期后，白人种族还是希望黑人种族能够安于被安排、被奴役的命运，任劳任怨地劳作，而不是有自主性，或为争取平等权益而努力，成为真正的平等的美国公民。

小说的第四部“黑人区”则主要讲述“民权时期”的历史。20世纪60年代，美国黑人为争取自由和平等权益发动了大规模的民权运动，主要在北方的一些大城市展开。那么当时的情景究竟如何？普通民众，特别是小城镇以及南方乡村的民众对此如何反应呢？盖恩斯用细节具体描述了种族歧视与隔离政策下黑人的遭遇。虽然他们一直在田地里辛勤劳动，但他们能租到的往往是贫瘠、最荒凉的土地。同时，由于吉姆·克劳法案，城里的盥洗室、饮用喷泉等都是黑人、白人分开使用的；黑人在商店、酒吧等公共场所只能得到区别对待，等等。当民权运动席卷全国时，贝荣城的乡下却在种植园主罗伯特的威胁下保持平静。但这份平静很快就被从北方回来的吉米打破了。盖恩斯用其笔墨细致地描写了黑人社区的民众们从麻木不仁、逆来顺受、胆小怕事到逐渐觉醒的过程。小说最后，吉米由于带领大家抗议黑人的不公平待遇被杀害，而原本怯懦的人们却受到鲜血的激励，团结起来，决心用自己的行动来支持民权运动。

《简·皮特曼小姐的自传》虽然是以简·皮特曼的口吻来叙述的，但由于加入了其他人补充和丰富的内容，讲述的其实并不只是个人经历，而是黑人民族在过去百年里的集体经验。“格林布拉特认为，历史真相往往潜存于历史档案和并不引人注意的游记、日记、绘画、轶闻记载等文本之中。所以格林布拉特常常把对过去所谓的单数的大写的历史的关注，转向注意众多的复数小写的历史，通过讲述一些故事，探视历史中隐藏的文化密码。”①简·皮特曼的讲述有力地揭露了主流文化与文学中有关奴隶制及种族自由平等的谎言，填补了官方叙事的缝隙和空白，以其边缘地位向中心发起攻势，从而消解了一元化的、政治主导的所谓正史，将其所遮蔽的意义加以敞开，以获得一种多元意义的可能性。主流意识形态的唯一性的正史的权威被瓦解，历史被重写或改写，过去被误读的历史被颠倒过来，一元中心的政治权力史和意识形态史变成多元文化史。托尼·莫里森曾经说过：“我们生活的美国是一个过去总被抹去，将来总是清白无辜的地方，其间尽管移民们来来往往，但是美国历史总是清清爽爽的。过去不在场，或者被浪漫化。这个文化不鼓励详述过去的真相，更不会接受关于过去的真相。与30年前相比，现在记忆处于更加危险的境地。”②通过《简·皮特曼小姐的自传》，盖恩斯勇敢地探索了缺席的历史，以及没有被书写或没有被记住的历史，发出了自己民族的声音，有助于美国黑人确立自己的文化之根和归属感，明确自我身份。

盖恩斯在《简·皮特曼小姐的自传》中有意选取了一位身处边缘地位的前黑人奴隶女性的视角，其叙述琐碎但不零乱，纷繁而有序，亲身经历、逸事、传闻、史实、虚构相交织，提供了美国黑人发展史的

① 傅洁琳. 西方马克思主义视域中的文化诗学[J]. 南京大学学报，2008(5)：11.

② 王玉括. 在新历史主义视角下重构《宠儿》[J]. 外国文学研究，2007(1)：144.

民间版本。这些曾经被主流意识形态、主流文化与文学边缘化，被故意忽略、有意忘却或认为是微不足道和事件对一元化的正史构成了强烈的冲击，挑战甚至颠覆了主流意识形态的权威性。所谓的真实的历史不过是个假象，是“从时间顺序表中取出事实，然后把它们作为特殊情节结构而进行编码”①。官方历史代表的往往是主流社会的意志，维护的是统治阶级的利益，其选择、编纂、改写、忽略其实都是某一特定社会中的政治关系、经济冲突的反映。这样，历史与文学之间泾渭分明的界线被混淆、模糊。文学作品作为一种历史表达，在一定程度上更能揭露被忽略的事实，填补宏大叙事中的缝隙，还原被误读或被扭曲的史实，帮助人们了解史实。不仅是在《简·皮特曼小姐的自传》中，盖恩斯几十年来的小说创作“其实在某种意义上说就是以小说的形式记录了那段逐渐被人遗忘的历史”②。但盖恩斯并不仅仅满足于还原历史真相，他更希望通过对历史的反思，认真思索奴隶制以及长期紧张、不公平的种族关系对美国白人、黑人双方以及美国社会所带来的巨大影响，更希望通过历史来观照未来，探索民族发展的出路。“他们追求的就是这样的一个精神家园，有了这个精神家园他们就能重塑自我，建立民族自信心与自尊心。”③通过建构黑人民族在美国的发展历史，盖恩斯使当代的黑人了解到黑人民族在几百年来在生理和心理上所遭受的压迫和折磨，了解到黑人民众不断发展、逐渐觉醒的过程，从而使他们能够找到自己的历史渊源和文化之根以及民族身份，帮助他们在当代美国社会正确地定位，并照亮黑人民众未来的前进方向。

直面历史是痛苦的，但是了解历史更多的是为了将历史的包袱抛在

① 张京媛. 新历史主义与文学批评[M]. 北京：北京大学出版社，1993：163.

② 隋红升. 危机与建构：欧内斯特·盖恩斯小说中的男性气概研究[M]. 杭州：浙江大学出版社，2011：195.

③ 曾竹青. 祖先的遗产：美国黑人文学寻根主题的变奏曲[J]. 湖南师范大学社会科学学报，2000(5)：110.

身后，以便人们可以更好地为未来的美好生活而奋斗。盖恩斯在《简·皮特曼小姐的自传》中把历史的磨难比喻为“黑被子”“伤疤”等。简·皮特曼曾经告诉吉米：“我背上有个伤疤，是我当奴隶的时候留下的，我将把它带进坟墓。你遇到的那些人，他们的头脑里也有这个伤疤，他们也将带着这伤疤到坟墓去。吉米，恐惧的标记是不容易除掉的。”（*The Autobiography of Miss Jane Pittman*，273）“伤疤”不仅仅是简身上曾遭受奴隶主毒打所留下的印记，同时也象征着奴隶制时代给黑人带来的心理创伤，成为他们痛苦的集体记忆。这种伤疤使黑人民众的男子汉气概被阉割，黑人民众被奴化，也使得黑人民众在面对革命先行者的启发与号召时却因为害怕可能会付出的代价而退缩。简·皮特曼还把历史负担比喻成一条“黑被子”，认为只有黑人从沉睡中醒过来，才能把“黑被子”从背上掀下来。这喻指着人们首先要改变思想，并付诸行动，才能抛掉历史的包袱，真正地实现民族自由和解放。

黑人民族、黑人社区作为一个整体应该认清历史的真相，了解祖辈们曾经的苦难，从而帮助他们认识到自己的历史使命，明确自我身份。此外，盖恩斯认为历史不会凭空消失也无法逃避，如果对过去所犯下的错误置之不理，那些错误将会变成包袱影响现在的生活，成为一种羁绊，束缚人们现在的行动。《在父亲的房子里》的牧师菲利普因为二十多年前的错误而受到了严厉的惩罚。菲利普多年前对情人和子女不负责任的表现就像一颗毒瘤一样，潜伏在其内心深处。虽然菲利普一直试图忽视、逃避过去，而且现在有着体面的生活和美满的家庭，是备受人们爱戴与尊敬的牧师和民权运动领导，家庭关系也很和谐，但当象征着过去的私生子罗伯特突然出现，菲利普所精心营造的平静生活被打破，多年的成就也突然坍塌。菲利普在聚会中的失态表现被白人抓住了把柄，给了白人种族主义者一个可以中伤他的机会，其多年来塑造的男子汉形象受到质疑。而菲利普随后因为在急切中要保释罗伯特出狱向白人警察妥协，取消了大家商量、筹划已久的对黑人社区有着重要意义的一次抗议示威活动，更使民权委员会的成员对其的能力和为民众工作的诚意表示怀疑，因而使其在委员会的职位被其他人取代，使他的生活与事业都受到了极大的影响。但菲利普并没有在内心深处意识到自己的责任和错误，面对儿子罗伯特时，菲利普归咎于奴隶制、社会体制、大环境，认为是这些因素造成了他无力承担为人夫、为人父的责任；而面对委员会的质问时，菲利普不停地为自己辩解，并没有认识到自己的失职和软弱给大家带来的损失，相反认为任何人在他的处境中都会做出同样的选择。因此，菲利普并没有从内心深处认识到自己的错误，并为之真诚地忏悔。这也是他无法得到儿子罗伯特和委员会成员的原谅的原因。

只有当菲利普诚恳地面对历史，认识到自己的错误，他才有机会拥有未来。正像菲利普自己意识到的，他必须“到巴吞·鲁日(Baton Rouge)去找到是什么把我的孩子带到这儿来”(*In My Father's House*, 137)。菲利普回到年轻时所生活的城市巴吞·鲁日去打听他的孩子和以前的情人乔安娜的生活状况。他看到了酒吧，想到了自己年轻时酗酒纵欲的放荡生活，见到了年轻时的伙伴奇普，向他了解了乔安娜和孩子们糟糕的生活情况。因为他的不负责任，乔安娜一直生活在阴影里，没有办法寻找下一段健康的恋情，而孩子们也因为缺乏正常的家庭环境以及父亲的保护和指引而在生理和心理上屡受伤害，以至于整个家庭分崩离析。奇普讲完后如释重负，“就像一个人去忏悔了一样”。可以说菲利普得以二十多年过着平静的生活就是因为奇普帮他背负了这个秘密，而这对于乔安娜和孩子们而言是非常不公平的事情，乔安娜和孩子们因为菲利普过去所犯的错而备受煎熬，菲利普却已经开始了新生活，拥有了正当且受人尊敬的职业和完整而幸福的家庭，因此奇普有种强烈的负疚感。造成这一悲剧的罪魁祸首菲利普却还未能真正地忏悔。在过去的二十年内，菲利普努力地想要忘掉一切，“你知道我多么努力地去忘掉它吗？我投身于宗教来忘记它。我祈祷再祈祷再祈祷让我忘记它。我试图抹掉过去的一切，让我的头脑变成空白，重新开始。我以为我为教堂，为人民所做的工作会弥补我过去犯下的错”(*In My Father's House*,

201)。但是过去是不会被轻易忘却的，它被深深地埋在心底，一有合适的时机就会重新被暴露出来，影响现在的生活。而家庭事务也不是宗教信仰或民权运动就能解决的，它需要的是家庭成员彼此真诚的坦白、谅解和接纳。上帝能帮助牧师去帮助普通民众，但上帝并不能把过去轻易地抹去，或让父亲与孩子之间的关系变得亲密。民权运动能帮助黑人民众在一定程度上争取到平等权益，但并没有拉近父子的距离。正是因为菲利普的推托和犹豫，他最终失去了罗伯特，也失去了弥补自己过去的错误的机会。罗伯特跳水自杀，用死表现了对父亲和这个世界的绝望。但菲利普的回溯过去之旅还是有意义的。虽然过去无法挽回，但菲利普在朋友和妻子的鼓励和帮助下，真正地认识到自己的错误和对家庭与黑人社区应有的责任。这标志着他终于可以在心理上坦诚地面对历史，他已经为麻痹、堕落的过去付出了惨重的代价，但他会从中汲取教训，避免在以后的生活中犯下同样的错误。

对于盖恩斯而言，书写过去有着重要意义，因为他认为人们应该"和充满了磨难、羞辱和自我贬抑的过去达成妥协，只有承认这样的历史，才有可能建构未来"①。创伤理论认为对过去的书写源于一种要讲述的冲动受到压抑的结果。这些故事试图说出无法言说的故事。这种强迫性的对过去的重述，能促进伤口的愈合，因为暴露伤口才会使其得到国家和民族的重视与治疗。盖恩斯书写历史有着同样的目的，不是为了纠缠于历史，或仅仅为过去而痛惜或愤怒，而是为了正确地认识历史，帮助黑人民众从过去中找到勇气，从而更好地面对现在，创造未来。盖恩斯的小说《老人集会》中的每个老人都有段难以面对的过去，他们的家人都曾经因为种种原因而遭到白人的毒打、杀害、诬蔑或施暴，但他们年轻时因为害怕和胆怯而不敢有所反抗，只会默默忍受苦果，甚至依照白人的意愿来惩罚自己的亲人。当他们向着前来调查凶

① Byerman, Keith. Remembering the Past in Contemporary African American Fiction[M]. Chapel Hill: The University of North Carolina Press, 2005: 41.

杀案的治安官梅普斯争着声称自己就是凶手，并解释自己要杀死白人监工比奥的原因，从而讲述了过去在白人那里所受到的折磨与耻辱时，这些老人们其实已经克服了曾经的怯懦，与过去达成了和解，在精神上得以升华。而且，他们从过去中汲取了力量，变得敢于用勇气和尊严来挑战白人权威，与白人种族主义者对抗，并在象征着国家上层建筑的法庭上直陈事情的经过，表现出男子汉的气概，使整个黑人社区呈现出新面貌。

盖恩斯小说中的黑人社区在物质层面呈现出衰败的姿态，但一种新的黑人社区正在逐渐形成。对于黑人民族的历史，白人不关注，或者直接忽略、遗忘、扭曲，但黑人民众责无旁贷地需要理清历史渊源，只有清楚地记住自己曾遭受过的苦难，他们才会在历史前进的浪潮中保持清醒头脑。盖恩斯在小说中梳理了黑人民族在美国百年来的发展史，同时也间接地阐述了他的历史观。历史是进步的，人们不应该被历史的规则制度等束缚住手脚，而是应该敢于突破束缚，与时俱进。但同时要真正放下历史的包袱，人们不能忽略、回避或逃离历史，而是应该直面历史的创伤，这样伤口才能痊愈，而人们也才有希望迎接未来。此外，历史还能给予人们力量。过去的屈辱与折磨将转化为一种精神力量，促使黑人民众团结起来，为一个共同的目标而奋斗，从而促进民族的解放与自由。这样，新黑人社区的建构才不会陷于“无根”的状态，共同的历史苦难和历史使命将社区里的黑人民众们紧密地团结在一起，促进他们为了建设新黑人社区，为了民族解放事业而努力。

第二节　精神家园的寻觅

在盖恩斯的小说中，宗教信仰几乎无处不在。它作为一种重要的精神力量，能起到对灵魂的救赎作用，把新黑人社区中的民众凝聚在一起，增强他们的归属感。同时，盖恩斯的小说中描写了疏离宗教信仰的黑人知识分子的形象，他们因为缺乏信仰，同时又找不到其他的精神力量，显得有些虚无主义的倾向。因此，这也从反面说明了宗教信仰对于建构黑人民众的文化身份、增强黑人的归属感和责任感都有重要意义。浙江大学隋红升认为“盖恩斯对宗教没有采取全面肯定或者一概否定的态度，既不赞成对宗教，尤其是正统宗教的盲从和痴迷，也不赞同对宗教全面否定的虚无主义态度，而是书写了一种辩证的宗教观”①。笔者赞同这一观点。盖恩斯在作品中客观地批判了黑人社区中的宗教从业人士的一些不好的风气和习惯，揭露了宗教在一定程度上对黑人民众的麻痹作用，但另外，盖恩斯也肯定了宗教信仰对人们的精神世界所起到的救赎和帮助，以及凝聚黑人社区的作用。

宗教具有两重性，一方面，其“价值取向是比现实社会美好的彼岸世界，是一个超越现实的理想天国，是不受社会约束的；另一方面，宗教的信仰者和宗教的组织者生存于现实世界，宗教信仰者在事实上都不否认，信仰、礼仪和宗教的组织形式是深受社会影响的”②。因此，宗教既超脱现实社会，又植根于现实社会。宗教作为意识形态的一种形式，总会受到社会生活和社会关系的影响，受到社会中的统治阶级的意志的制约和国家机器的监督与管理。早在 17 世纪初期，由于欧洲的宗教迫害，许多清教徒逃往美国建立了殖民地，由此基督教传入美国，并逐渐成为美国社会中势力最为强大、信徒数量最多的宗教。基督教作为美国的主流宗教，在一定程度上也体现了美国社会中各个群体之间的权力关系博弈的结果，反映了统治阶级的意志。黑人自从被迫来到美国之后，身心备受白人的奴役却无力反抗，而且，同一个庄园的黑奴往往来自非洲的不同部落，彼此之间言语不通，相互无法诉说内心的痛楚，而他们自己的宗教信仰受到压抑，因此，基督教取代非洲的古老宗教，成为黑人精神上的慰藉，亦成为白人驯服和安抚黑奴的工具。信徒所听的布道都是要服从权威，履行个人职责，信奉非暴力，应该默默忍受尘世

---

① 隋红升. 危机与建构：欧内斯特·盖恩斯小说中的男性气概研究[M]. 杭州：浙江大学出版社，2011：118.

② 何其敏. 论宗教与政治的互动关系[J]. 世界宗教研究，2001(4)：7.

的痛苦与折磨，上帝会安排人的命运，那些规规矩矩、安分守己的人会在死后进入天堂，得到永恒的安宁和回报。“19 世纪 30 年代以后，奴隶主开始将基督教当作控制黑人奴隶以维持社会秩序的一种方式。很多报纸、杂志、书籍等传媒都鼓励白人奴隶主对黑人奴隶进行基督教化。白人牧师认为皈依基督教使奴隶更易于管理，因为顺从源自内心，而不是靠鞭子。皈依基督教的黑人奴隶比非基督教徒工作更努力。”①正因为基督教在帮助白人驯化黑人的过程中起到了重要作用，黑人民众逐渐形成对任何事情和他们的命运逆来顺受的态度，就像《汤姆叔叔的小屋》里的汤姆一样，奴隶主们认识到“基督教活动提供了另一种社会控制机制，是监控奴隶活动的另一种方法，许多奴隶主们允许黑人奴隶们在种植园内进行宗教活动”②，基督教因此得以在黑人民众中广泛推行。

许多黑人作家和知识分子认识到了这一点，在其作品中批判了基督教对黑人民众的愚化作用及其虚伪性与欺骗性。詹姆斯·鲍德温在《下一次将是烈火》(*The Fire Next Time*)中直接揭露了牧师的虚伪和他们对信徒的剥削与欺诈，并写道：“如果上帝的概念有效或有用的话，它应该能让我们变得更高大，更自由，更热爱生活。如果上帝不能做到这些，我们就应该摆脱他。”③詹姆斯·鲍德温甚至把基督教看成“资本主义种族社会使黑人甘心被白人奴役并忍受种族迫害的麻醉剂”④。杜波伊斯也认为上帝是欺骗者，认为其宣扬的宗教宿命论使黑人民众“开始习惯得过且过，抗争中的希望不复存在，取而代之的是愠怒中的

---

① 陈志杰. 顺应与抗争——奴隶制下的美国黑人文化[M]. 北京：中国社会科学出版社，2010：157-158.

② Blackwell, James E. The Black Community: Diversity and Unity [M]. New York: HarperCollins Publishers Inc., 1991: 199.

③ James Baldwin. The Fire Next Time [M]. New York: Penguin Books, 1963: 46.

④ 陈世丹. 向苍天呼吁：走向一种生态社会[J]. 山东外语教学，2011(4)：64.

绝望”①。在解放运动中，上帝是无能者，他不但袖手旁观，而且企图无故邀功。解放后的今天，上帝仍然无视黑人的生活状态，逃避问题、随波逐流。“如今，教堂已发展成大型的社交和商务机构，为教徒提供信息和娱乐，谨慎地逃避黑人内部或外部不愉快的问题，用语言或行动说教：及时行乐。”②艾丽斯·沃克在其小说作品中质疑上帝对黑人妇女所受的苦难视而不见，并且她认为上帝是个英国人的形象，白皮肤、白胡子，因而与黑人民众有一定的距离，并不能真正地关心黑人民众的疾苦和心理需求。以实玛利·里德则批判了基督教的霸权和排他性，认为上帝就像暴君一样控制着人民的思想，狭隘、僵化，不容许任何其他异己思想出现，因此，基督教已然腐朽，需要新的宗教来取而代之。

盖恩斯小说中的基督教和牧师经常受到嘲讽，大多是一副虚伪的面孔，思想僵化，拒绝变革，特别是社会变革。从《凯瑟琳·卡米尔》中的牧师阿姆斯特朗到《老人集会》中的牧师詹姆逊大都表现得软弱、胆怯、物质化，顺从白人权威，强调对上帝的膜拜和对社会秩序的服从。盖恩斯曾在访谈中说道：“我得承认基督教是个不承认也不允许变革的机构。但你要记住我的大多数作品都写于过去的八九年间，我所写的大多数事情都发生在民权运动之前。那时教堂关心的只是如何把人们送入天堂，而不是如何进行社会变革。直到马丁·路德·金站出来领导人民，教会才真正地关心社会和民权等方面的不平等的现象。”③因此，盖恩斯也认识到了基督教及从业的神职人员在一定程度上的负面性，意识到基督教的保守性、虚伪性和欺骗性，是白人统治阶级用来教化、驯服黑人民众的工具，但同时他也承认基督教在黑人社区内所起到的精神慰

① 宓芬芳，谭惠娟. 没有宗教的宗教——论詹姆斯·鲍德温对宗教的解构与回归[J]. 上海理工大学学报，2012(9).

② Du Bois, W. E. B. The Souls of Black Folk[M]. New York: Penguin Group Inc., 1995: 140-145.

③ Lowe, John, ed. Conversations with Ernest Gaines[M]. Jackson: University Press of Mississippi, 1995: 36-37.

藉、增强凝聚力和团结民众等方面的积极作用，能赋予人们对于来世的美好期望。马歇尔·高迪曾这样总结盖恩斯作品中作者对宗教的态度："他既需要宗教信仰又对之有所怀疑，对有组织的宗教、黑人传教者，以及那些宣称信奉宗教的人有种不信任。"①不可否认的是，基督教教义中还是有一些积极因素，即使是对基督教持坚决批判态度的詹姆斯·鲍德温也吸收了基督教教义中的博爱思想，后来成为种族和解思想的倡导者。

盖恩斯对基督教的批判主要集中于两点：一是基督教为白人统治阶级服务的本质，在精神上愚化、驯服黑人民众；二是一些基督教的神职人员，虽然也是黑人社区里的成员，但贪图享乐，过于放纵物欲，对白人统治阶级曲意奉承，同时思想保守，墨守成规，拒绝变革。

在短篇小说《阴沉沉的天》中，盖恩斯通过大学生和牧师关于基督教的辩论指出了基督教维护白人利益、为统治阶级服务的本质。在牙医诊所里的黑人女士嘀咕着为什么上帝会让小孩遭罪，而黑人牧师则认为大家不应该质疑上帝，连这种想法都不要有，"最好连想也别想，上帝行踪神秘——创造着奇迹"②。黑人牧师只是盲目地信仰上帝，但他并不能解释或认真思考上帝究竟是什么样的存在，会怎样真正地救赎人民，如果上帝是仁慈公正的，为什么会允许黑人民族饱受白人的压榨和剥削等，因而他并不能回答那位黑人女士的疑问。他甚至不允许任何人质疑。这显然是在精神上对黑人民众的愚化和思想上的钳制，需要的是黑人民众无条件的顺从。这种态度对于维持白人的统治地位、白人对社会资源和利益的分配以及白人所制定的各种政策规定等都是有利的，但对于黑人种族的解放事业却有着极大的危害。当大学生问他相信上帝的

① Kelly, Evelyn E. Pray If You Want To: A Reevaluation of Religion in the Fiction of Ernest J. Gaines [D]. Greensboro: The University of North Carolina at Greensboro, 2010: 4.

② 查尔斯·契斯纳特，等. 阴沉沉的天——美国黑人短篇小说选[M]. 吴持哲，译. 北京：外国文学出版社，1987：411.

理由是什么时，牧师含混地回答："良心这样教导我。"①然而真的是良心教导的结果吗？大学生一针见血地指出，"你是受别人劝告才相信上帝的，白人叫你相信上帝。为了什么？还不是使你愚昧，白人才能把脚踩在你脖子上"。② 而黑人牧师无话可答。在这场辩论中，黑人牧师明显因为论据不足而无力反驳，大学生尖锐地指出了基督教作为意识形态的一种形式，反映的是统治阶级的意愿和话语权，是白人用来维护自身利益、愚化黑人的一种工具，其目的是使黑人将希望寄托于虚无缥缈的彼岸世界以及所谓的万能的救世主而放弃现世的努力和斗争，在现世勤俭克己、安于天命，忍耐一切不公正的社会体制。在《凯瑟琳·卡米尔》中，杰克逊也指出基督和教堂不过是"资产阶级的闹剧"(*Catherine Carmier*，100)，这说明以杰克逊为代表的黑人知识分子已经认识到了基督教不过是白人统治阶级的工具，用以教化人民，包括黑人民众，使其在现世顺从和忍耐，而不是和统治阶级作对。基督教是白人统治阶级愚化人民、钳制人民思想的手段。

此外，盖恩斯批判了贪图物质享乐、盲目信服白人权威，而对黑人民众的利益相对漠视的神职人员形象。他们作为基督教的传播者，在社区里本来应该起到重要的精神启迪的作用，但由于自身的弱点和社会大环境的压迫，他们却往往不能承担起应尽的责任，甚至有时成为社会进步的绊脚石。首先，盖恩斯笔下的黑人牧师虽然身为神职人员，却表现出强烈的物质欲望，过着相对富足的生活，让读者不由怀疑这些牧师的钱财来源，以及他们是否真正地关心南方穷苦黑人民众的生活。《阴沉沉的天》中的牧师"肥头大耳，穿一套黑西装，还佩挂一串金链子"。牧师的外貌和金链子说明他的物质生活富裕，与在牙医诊所里看牙的贫苦黑人百姓形成了鲜明的对比。小说中的"我"牙疼难忍，却因为家庭贫

① 查尔斯·契斯纳特，等. 阴沉沉的天——美国黑人短篇小说选[M]. 吴持哲，译. 北京：外国文学出版社，1987：413.

② 查尔斯·契斯纳特，等. 阴沉沉的天——美国黑人短篇小说选[M]. 吴持哲，译. 北京：外国文学出版社，1987：415.

穷而一再拖延，最后实在受不了时才由妈妈带到镇上找了一家廉价诊所看牙。其他的黑人民众也大多生活困顿，但牧师却能维持相对阔绰的生活，金链子说明了牧师与民众之间的距离，同时也暗示了对金钱的欲望就像一根链子一样束缚了他。《在父亲的房子里》的菲利普住在小镇上一个较好的社区的大房子里，他初次出场时衣着颇为得体讲究，“黑色的细条纹布料的西服，一件浅灰色的衬衣，系一条红色的点缀着圆点的领带”（*In My Father's House*, 34），他的手指上戴着两只大大的戒指，手腕上戴着一只金表在灯光下闪烁。这些都说明了菲利普的生活舒适、富裕、体面。但是随着小说的开展，读者得知菲利普多年前的情人和私生子们过着十分穷困潦倒的生活，租住的房子狭窄阴暗，厨房就像个小盒子一样，睡的木板床似乎随时都会散架，而菲利普却将他们忘得一干二净，在过去的二十年内都没有关照过他们的生活。这种强烈的反差使得读者不由得怀疑菲利普对自己的亲人都漠不关心，他是否会诚挚地关心和帮助社区里的黑人民众，以及菲利普的钱财来源渠道。当菲利普去监狱里试图保释罗伯特时，警官诺兰一针见血地指出，“我知道你有钱，富人们给了你钱和昂贵的珠宝。看看你的手腕，看看你的手指。那些穷人把他们能弄到的钱也给了你。我太知道你的钱是怎么来的了”。这说明以菲利普为代表的黑人牧师会接受白人富人的支持。但这样一来，他的阶级、种族立场会由于利益而变得不够坚定，就像在奴隶解放后，一些黑人作家接受了白人恩主的援助过着相对安稳舒适的生活，但同时他们的写作会有所顾忌而不会那么尖锐，对奴隶制的揭露，对社会种族制度的批判不会那么彻底，菲利普也会在领导当地黑人社区里的民众争取平等权益时有所保留。而另一方面，菲利普也会接纳黑人民众对自己的馈赠，但后者大多生活清贫，而菲利普却享受着较高的物质生活水平。因此，如果菲利普心安理得地接受馈赠，他的人格、道德以及为民众服务的目的都会让人生疑。读者不禁要猜测以菲利普为代表的黑人牧师的工作动机到底是为了满足一己私利，还是真正地献身于上帝，为民众的利益服务，而黑人牧师的立场也值得推敲。

其次，盖恩斯作品中的牧师形象大多胆小怯懦，害怕社会变革，墨守成规而不敢有任何突破，仰白人的鼻息以生活，更谈不上带领民众反抗、颠覆白人权威，争取平等权益。《简·皮特曼小姐的自传》中的吉米回到南方宣传革命思想，号召社区里的民众不要安于现状，一味忍耐侮辱和剥削，希望他们支持民权运动，但遭到牧师贾斯特·托马斯的质疑，“是干什么的时候了？是让我们受到同样的遭遇吗？”贾斯特向大家暗示进行革命活动可能会导致的惩罚，劝阻大家不要追随吉米，害怕受到惩罚，害怕失去目前安稳的生活其实就是胆怯的表现。班克斯长老的话则更为直白：

> 我们只希望我们能安安静静地过日子，但愿上帝保佑我们平安地死去。我们希望死在自己家里，在自己教堂里举行葬礼，葬在埋葬了乡亲和亲人的那个坟场里。……我肯定你是好意，吉米，但我不能叫教会里的人跟你走。如果他们想跟你走，那是他们的事，但我不叫他们跟你走，否则他们就不能回到这里来了。……伯明翰发生的事，亚特兰大发生的事，不能在这里发生。也许会发生别的情况，也许等我们这里的人全死了再发生，但是现在我不想看到这里发生什么事。(*The Autobiography of Miss Jane Pittman*, 269-270)

这段话说明了他的畏惧心理，害怕变革和可能会付出的代价。他们表面看来是为社区里的黑人民众的利益着想，担心人们的安危，但是他们目光短浅，没有考虑到如果人们安于现状，他们的境遇永远不会得到任何改善，他们以及后代都将继续过着一成不变的、任人宰割剥削的生活。革命者虽然会付出巨大的代价和牺牲，但他们会推动社会变革，从而改善整个黑人民族的经济状况和政治待遇，促进其健康发展。《爱与尘》中的牧师毕晓普则是十足的胆小鬼的形象。毕晓普住在种植园主马歇尔的大屋的后面，当马库斯来找马歇尔并把脚强行放进门内时，毕晓普竭尽全力要把马库斯的脚搬回去，“毕晓普弯着腰，试图用双手把那只脚给搬出去。他说他一直弯着腰，他能感觉到脸、脑袋还有后背像着了火一样烫。他说他推了又推，可是没有用”(*Of Love and Dust*, 211)。马库斯是被马歇尔保释出来在种植园里干活的黑人，社会地位低下，按照当时的社会原则，马库斯不能这样明目张胆地、张狂地直接来找马歇尔。毕晓普惊慌失措的反映清楚地说明他被马库斯这种逾矩行为吓坏了，他无法想象、接受会有黑人胆敢如此公开地挑衅白人的权威，用这种强硬的姿态申明自己的要求。这种怯懦在《老人集会》中的社区牧师詹姆逊身上表现得更为淋漓尽致。当社区里的老人们为了保护他们认为是杀人凶手的马修而聚集起来，并决心克服一辈子的怯懦，勇敢地与白人警官对抗时，詹姆逊是现场“唯一没拿枪的人，而且也是唯一看上去根本不想看到我们的人”(*A Gathering of Old Man*, 51)。詹姆逊不但自己不愿意与白人发生正面冲突，也不愿看到黑人老人们的反叛行为，这说明詹姆逊已经内化了白人所制定的黑白种族间的关系规则，接受了不平等的种族关系，并不愿意改变现状。当这些黑人老人们讨论该如何应对不久后就会闻讯而来的地方治安官梅普斯时，詹姆逊却变得“越来越气愤”，他威胁老人们说：“到晚上前你们的语气就会完全不一样了，说话小心点儿啊。”(*A Gathering of Old Man*, 54)接着，詹姆逊一再催促被认为是杀人凶手的马修去自首，主要是担心会连累他人。当他没有得到回应时，他哭了，“他紧紧地咬着嘴唇，但我(指这章的叙述者克莱图)可以看到泪水顺着他的脸庞滚了下来”(*A Gathering of Old Man*, 55)。詹姆逊发现黑人老人们根本不理睬他时，他又冲着凯蒂发脾气，指出他们的行为可能会导致白人的疯狂报复，使整个院子都浸泡在鲜血里。他一再把老人们叫做“老傻瓜”，喝令他们回去，不要掺和这里的事情。这些黑人老人们争先恐后地承认他们就是杀人凶手，一方面是为了混淆视听，以保护被认为是最有勇气、最有可能拿起枪与白人对着干的马修，另一方面也是为了弥补过去因为懦弱而犯下的过错。可是詹姆逊一个人孤零零地站在一边，“这个身材矮小的男人一副可怜兮兮的样子，头顶秃了，满脸疲惫的样子。他是在场的人中唯一看起来很害怕的人。他在不停地流汗，也许是因为刚才和别人争吵的缘故”（*A Gathering of Old Man*, 61）。詹姆逊的表情和“不停地流汗”说明了他内心的胆怯与惊慌不安，而他与黑人老人们之间的物理距离也说明了他们之间的精神疏离。詹姆逊无法理解为什么温和顺从了一辈子的黑人老人们突然变得勇敢强硬起来，归根结底是因为詹姆逊虽然身为牧师，却没有真正了解黑人民众的精神需求，因此在关键时刻不但不能给黑人民众带来心理慰藉或方向指引，反而成为阻挠他们追求自由、平等的负面力量。詹姆逊在白人治安官梅普斯面前的表现则更加卑微、懦弱。“詹姆逊看着梅普斯的脚。他的视线一直保持在梅普斯的胸部以下。”（*A Gathering of Old Man*, 71）作者富有深意地描绘了詹姆逊的“视线”，因为它也能传递出两者之间的权力关系，眼光平视的话多表示双方平等的地位，如果一方咄咄逼人地盯着另一方，而另一方却眼光躲闪，不敢直视则通常说明了前者强势、后者弱势的局面。此时，詹姆逊根本不敢抬头说明了他完全屈服于白人治安官的威压，没有胆量去与象征着白人司法权威的治安官对抗。当梅普斯向他询问事情经过时，詹姆逊显得更加惊慌失措，“他的秃头上布满了豆大的汗珠。梅普斯‘蓬’的一声打在他的脸上。汗珠从他的秃头上滚了下来。其他的两位老人在梅普斯打过来时只是把脸扭向另一边，和他们不一样的是，牧师詹姆逊踉跄了几步，向后跌倒在地”（*A Gathering of Old Man*, 71）。詹姆逊的跌倒与其他老人的反应有着强烈反差，其他老人在面对梅普斯时都尽量站直，在经受了梅普斯的暴力击打之后也能保持站立的姿势，这说明了其他老人所展现的男子汉的勇气，而詹姆逊的跌倒与之形成强烈对比，具有讽刺性效果，代表着精神力量的牧师在白人统治阶级面前却表现得没有任何骨气和胆量。

但盖恩斯是否就因此而否定基督教的作用了呢？答案并非如此。盖恩斯批判的是贪图享乐、自私怯懦、思想保守陈旧的牧师，但并没有否定基督教对人民的精神所起到的慰藉作用，以及教会在引导和凝聚民众方面的作用。一般说来，宗教思想在两个方面对一个民族文化形成产生重大作用：社会认同功能和群体融合功能。一方面，“宗教之所以具有特定神圣化的认同功能，其根基在于人们对超自然、超社会、超人间力量的认同……这种神圣化的认同感一旦被人们所接受，就会成为一种具有凝聚力的宗教的社会力量，并具有其特定的控制社会的能力。另一方面，宗教的群体整合功能在于，以至上神圣的威严力量和感召力量，把社会不同的个人和群体、不同的社会阶段和阶层，凝聚并组合成一个共同认同的宗教信仰共同体"①。杜波伊斯也曾经说过："牧师是美国土地上所产生的最为独特的存在。他是一名领袖、政治家、演讲家、'老板'、谋划者、理想主义者——全都是他。他还是人群的中心，是灵巧、真诚、杰出的能力的综合体。这一切使他具有重要的地位，并让他保持这一地位。"②盖恩斯虽然塑造了一些负面的牧师形象，但也肯定了牧师在一定程度上是黑人社区里的中心，而且从未否定宗教信仰的力量。

但不可否认的是，黑人牧师确实为黑人社区和民众做了许多有益的工作。比如，《在父亲的房子里》的菲利普虽然后来因为个人原因而决定取消了一次大家准备已久的抗议活动，但他带领社区不断向白人老板奥伯特·彻奈尔抗议施压，终于使奥伯特·彻奈尔退步，同意聘用黑人员工。而且他的演讲也很有煽动性和影响力，很有民权运动领袖的风范。他号召大家要有"爱""理解""坚持"，不断努力，要大声喊出"黑人力量"。在他和委员会的带领以及大家的共同努力下，社区里确实发生了一些积极的变化，比如社区里的民众更为团结，士气高涨，为他们在民权方面所取得的每一点进步而欢欣鼓舞，甚至谈论着要把菲利普送去竞选议员。因此，并不能因为菲利普后面的过错而全部抹杀他在前期所做的工作。

黑人牧师所起到的启迪民众思想、慰藉民众精神、指引民众方向，

① 洪增流，姚学丽. 为分裂的灵魂找到属于自己的位置——托尼·莫里森小说中的黑人宗教思想[J]. 国外文学，2008(1)：95.

② Du Bois，W. E. B. The Souls of Black Folk[M]. New York：Bantam Books，1989：155.

以及凝聚民众力量方面的作用在《刑前一课》中的摩西·艾姆布鲁斯(Moses Ambrose)的身上表现得更为明显。“摩西”(Moses)这个名字就暗示了《出埃及记》中的先知摩西，率领希伯来人走出埃及迁徙到巴基斯坦，解脱了他们的奴隶生活。因此，艾姆布鲁斯明显寄托了盖恩斯所赋予的率领黑人民众找到前进方向、摆脱受奴役状态的使命。在《刑前一课》中，杰弗逊被认定犯了抢劫罪和谋杀罪而被判死刑，法庭所指定的白人律师为其辩护的理由是他就像一头猪一样缺乏智力因而不可能有能力实施这种罪行，这充满种族主义歧视的话语反映了白人统治阶级对黑人种族的定义，对于黑人民众而言无疑是种侮辱。在这种情况下，艾姆布鲁斯和格兰特一样，担任了拯救杰弗逊的灵魂，帮助他重新树立信仰、找到做人的尊严的神圣使命。纳什认为艾姆布鲁斯“既顽强，又热心，能够真正地照顾社区的需要”①，凯伦·卡米恩提到艾姆布鲁斯“为了大家的利益做出了自我牺牲”②。艾姆布鲁斯“是个头脑简单的人，非常虔诚地信奉上帝。他为婴儿受洗，为青年洗礼，拜访生活的人，为那些有麻烦的人提供咨询，布道，为死者举行葬礼”(*A Lesson Before Dying*, 101)。从这个简单的描述可以看出，艾姆布鲁斯是位虔诚的牧师，非常忠诚地从事一位牧师的职责，为黑人社区里的民众尽心尽责。虽然艾姆布鲁斯并没有表现出先知、先行者的特质，但他在黑人社区里无疑是一位不可或缺的人物，为帮助社区里的黑人民众而不计得失、不辞劳苦。即使是对基督教颇有微词的格兰特也不得不面对信仰的问题，承认自己因为没有宗教信仰而精神空虚，相信宇宙间有一种神圣的、向上的力量。当格兰特刚刚回到家乡时，他向姑妈谈特·娄宣布他不再信奉上帝，但当他与笃信上帝的姑妈谈特·娄一起在种植园里生活

---

① Nash, William R. “You Think A Man Can’t Kneel and Stand?” Ernest J. Gaines’s Reassessment of Religion as Positive Communal Influence In A Lesson Before Dying[J]. Callaloo, 2001, 1(24): 346-362.

② Carmean, Karen. Ernest J. Gaines: A Critical Companion[M]. Westport, Connecticut: Greenwood Press, 1998: 124.

时，他再次为是否应该信奉基督教而困惑。一方面，格兰特坚持，“不要告诉我要有信仰。不要告诉我要信仰这人人都信的上帝和法律，他们却犯下了这些谋杀罪。不要告诉我要相信上帝会庇佑这个国家”(*A Lesson Before Dying*，251)。格兰特认为基督教是白人统治阶级的帮凶，助纣为虐，压榨黑人民族。但另一方面，格兰特无法摆脱基督教对其无所不在的影响。比如，当他在周日家里批改学生作业时，他会时不时地听到教堂里传来的歌声，他觉得“似乎我生命中的每一个星期天，我都在听这种歌声，和祈祷声”(*A Lesson Before Dying*，102)，而他紧接着又说他似乎一辈子都在听这些歌声。格兰特反复强调“一辈子”事实上也说明了基督教在黑人社区里的传播广泛、影响深远，是格兰特很难真正逃离的，对他在潜移默化中有着重要影响。他的女友薇薇安也指出，“我知道你有信仰，你并不想，但我知道你有”(*A Lesson Before Dying*，105)。因此，格兰特并不是拒绝宗教信仰，他反对的是基督教受到白人统治阶级的利用和控制，成为社会主流意识形态的一部分，帮助白人统治阶级钳制黑人民众的思想。因此，格兰特对基督教的态度是矛盾的。

但艾姆布鲁斯引导着格兰特以崭新的视角来看待上帝，“即使有书本知识，如果心中没有上帝，我们还是傻瓜”(*A Lesson Before Dying*，150)。艾姆布鲁斯并没有把上帝仅仅看成是白人主流文化的产物，而是认为上帝是爱与公正的源泉，对待所有人种一律平等。就像格兰特顿悟到的：“他(指艾姆布鲁斯)是要用他们的上帝来给予他力量。”(*A Lesson Before Dying*，215)“他们的”明显指的是“白人的”，虽然上帝是白人文化创造出来的形象，但他也寄托了人们对于来世美好生活的向往，是对现世的苦难和罪恶的一种精神救赎，黑人民众也可以利用基督教中的有益成分为自己服务。在艾姆布鲁斯的感染下，格兰特意识到他其实是信奉上帝的，“我相信上帝，我生命中的每一天，我都相信上帝”(*A Lesson Before Dying*，214)，同时他也意识到在拯救杰弗逊的过程中，光凭世俗的力量是不够的，他还需要信仰的帮助。“我正在尽力而为，神父。其余的就看你的了。”(*A Lesson Before Dying*，214)艾姆布鲁斯和格兰特有一点是相似的，他们都必须“撒谎”来帮助人们减轻痛苦。艾姆布鲁斯不得不在守灵时、葬礼上、婚礼上撒谎，从而宽慰社区里的黑人民众，赋予他们希望。而格兰特也不得不在教学过程中撒谎，因为他在白人统治阶级的控制下只能教授“阅读、写作、算术”之类实用性的知识，但这些只能帮助培养黑人孩童的生存技能，却无法在精神上提升他们，使他们认识到黑人民族在历史上所受的苦难以及自己要为民族解放所负的责任。艾姆布鲁斯和格兰特都深谙种族歧视的情况，知道即使是“知识”也会被打上社会中统治阶级的意志的印记，但他们竭力用“撒谎”的方式为黑人社区里的民众创造出一个精神家园，使人们能够减轻痛苦，这体现了他们对于黑人民众共同的爱与关怀。正因如此，格兰特认识到虽然基督教作为白人的唯一宗教，在一定程度上体现了白人文化霸权，但它仍然能帮助黑人民众除去精神上的包袱，使之感受到上帝的关爱，从而充满勇气和力量。因此，在小说快要结尾处，格兰特对杰弗逊说道：“我想是上帝让人们互相关爱，杰弗逊。我想是上帝让孩子们玩耍，让人们歌唱。我相信是上帝让相爱的人在一起。我相信是上帝让树木结出花苞，让食物从大地里生长出来。”(*A Lesson Before Dying*, 223)并且，格兰特一再督促杰弗逊要有信仰，这样他才会有精神力量来面对不公正的判决和社会体制，用尊严来回应白人对他的侮辱性定义。通过艾姆布鲁斯对杰弗逊的拯救和启迪以及格兰特最终对宗教的认可，盖恩斯试图证明宗教信仰的积极作用，帮助人们找到一种精神力量，使他们相信上帝不仅存在，而且有着万能的力量，能够驱除一切邪恶，使他们能在一个充满歧视和压迫的社会里重新定义自我，意识到自己是被爱的、被关怀的、被保护的，从而摆脱现世的痛苦，对未来有着美好的期望和坚定的信心。

因此，盖恩斯认为宗教信仰能够给予黑人民众以勇气和力量。许多黑人，特别是老年黑人正是因为心中有着虔诚的宗教信仰，他们才能够在落后、贫困、依然充满不公正的美国南方乡村坚强地活下去。宗教信仰成为他们的精神支柱，让他们能够用达观的态度看待生活中的一切磨难和挫折，坚强地活下去。正如美国普林斯顿大学的宗教学教授阿尔伯特·J. 拉伯图(Albert J. Raboteau)所说的：“宗教信仰对于黑人个体生活的影响是巨大而深远的。虽然总有些人做出不信仰任何宗教的选择，但绝大多数非裔美国人会被带入某种宗教团体。对于多数人来讲，宗教信仰是让他们在惨淡岁月中生活下去的勇气、力量与希望的源泉。如果不是因为有宗教信仰，他们在如此惨淡的境况下只会感到绝望。”①《简·皮特曼小姐的自传》中的简·皮特曼在失去丈夫乔·皮特曼及养子内德之后，皈依了基督教，她感到“心中豁然开朗，好像肩上卸下了一副重担”。简·皮特曼梦到自己背着一包砖头，想扔掉却扔不掉，她必须背着这个包袱过河，在过河时她受到魔鬼的引诱，而当她“两只脚一踏上岸，救世主就出现了。他低头对我笑着，从我肩上拿走了包袱。我想对着他的脚叩头，但他叫我起来，说我已经再生了。我爬了起来，我感到轻快、清醒、良好”(*The Autobiography of Miss Jane Pittman*, 161)。根据弗洛伊德有关梦的理论，梦是个人深藏在无意识深处的真实欲望的表达，由于社会公开生活中的各种道德准则的限制，个人不会将自己最真实的想法公布于众，但是在梦中，头脑中的检查机制会放松，因此被隐藏在无意识深处的想法会潜入意识层次，以梦的形式表现出来。梦就是“一种被压抑的、被压制的愿望被伪装起来的满足”②。简·皮特曼的梦表现了她对于来世的向往与渴望，而上帝把包袱拿走了这一意象说明了皈依基督教对简的精神安慰。在皈依后，简·皮特曼可以在心理上把过去的苦难都放下，不再执着于过去的痛苦经历，而是以较轻松的心态继续生活。《凯瑟琳·卡米尔》中杰克逊的姑姥姥夏洛特因为杰克逊不愿意按照她的计划留在南方黑人社区里教育黑人孩童而对生活感到非常失望，但在牧师阿姆斯特朗的劝导下，她认识到基督教所宣扬的“爱”并不是占有，而是奉献。她不应该干涉杰克

---

① 隋红升. 危机与建构：欧内斯特·盖恩斯小说中的男性气概研究[M]. 杭州：浙江大学出版社，2011：135.

② 朱立元. 当代西方文艺理论[M]. 上海：华东师范大学出版社，2005：64.

逊的生活，更不应该以爱的名义用自己的期望捆绑住杰克逊。虽然她不能理解杰克逊的思想和做法，她还是应该给予对方尊重，让其自由选择。夏洛特决定以虔诚的心献身于上帝，从而找到了内心的平静，也真正地原谅了杰克逊。《爱与尘》中的玛格丽特大妈同样笃信基督教，虽然她因为马库斯的逾矩行为感到非常害怕，担心会给整个社区的人带来灾难，但她从上帝那里找到了勇气和力量，“她有着让自己继续走下去的强大的力量——这种强大的力量来自对上帝的信仰”（*Of Love and Dust*, 222）。《老人集会》中的马特在得知比奥的死讯后，立刻拿起枪支准备去保护马修，他把自己的勇气归因于上帝：“他以一种神秘的方式创造奇迹……给了一个老黑人在有生之年还能做点什么的机会。他给了我这个机会，我要把握住，我要去马歇尔种植园。即使我会死在那儿。我知道我老了，也许还有点发疯，但我无论如何也要去……如果你想的话，祈祷吧，为我们所有这些老傻瓜。但是不要试图阻止我。帮助我吧，上帝、女人，但是不要试图阻止我。”（*A Gathering of Old Man*, 38）马特认为这是上帝赋予他的一次宝贵机会，让他能在一辈子的忍气吞声之后还有机会为以前懦弱屈辱的表现弥补，证明自己的勇气，能够站起来。因此，盖恩斯在其作品中肯定了宗教信仰和宗教活动对于黑人社区里的人们所起到的积极作用，让他们有精神寄托，在心理上有所依靠，而不至于茫然无措。在一次访谈中，采访者指出，盖恩斯似乎认为“这个机构也许是有些过错，但是它做了许多工作让这个社会能够凝聚到一块儿”，而盖恩斯则回答道：“我的作品中的教堂确实是使老年人能正常生活的一种机构。当然这就是吉米在《简・皮特曼小姐的自传》的最后一卷中指出的：这是我们所拥有的一切。我没有旗帜，我没有枪支，我没有什么东西，但我需要这种力量——教堂——这样我才能继续下去。”①因此，在盖恩斯看来，基督教能够给黑人社区的民众提供精神力

① Lowe, John ed. Conversations with Ernest Gaines［M］. Jackson：University Press of Mississippi, 1995：185.

量，虽然并不能解放他们的肉体，甚至还有一定的麻痹作用，但是能够让他们在黑暗的现实面前有所倚靠，能够保持勇气也是好的。就像格兰特在杰弗逊临刑前所说的，"他们必须有信仰。他们必须相信，即使这样不能解放肉体，能够解放心灵也是好的。只有当心灵获得了解放，肉体才有机会解放"(*A Lesson Before Dying*, 251)。格兰特最终承认宗教信仰的作用和意义。宗教信仰在一个快速变化的时代里具有稳定性和持续性，能够给人们以恒定的力量。

同时，黑人并不是一味被动地接受白人的基督教教义和仪式，"即使是黑人和白人在同一教堂做礼拜，听相同的布道词，唱同一首赞美诗，但黑人与白人的理解却会截然不同。他们把白人讲给他们的圣经故事变成了他们自己的故事"①。黑人民众在吸收白人基督教的过程中，发挥了主观能动性，以自己的方式发展了基督教的内在含义和宗教仪式，将上帝为我所用。比如，黑人民众从摩西带领以色列人逃出埃及、摆脱法老奴役的故事中获得启迪，汲取力量，从而对奴隶制进行批判，认为圣经和上帝应该是反对奴役、倡导自由的。神学家凯恩·费尔德(Cain Felder)曾说过：

> 黑人教堂和其他的黑人宗教传统内的机构忠于圣经，主要是因为圣经上叙述了他们的集体经验。许多圣经故事反映了过去几百年间黑人的生存困境，他们在充满敌意的社会环境中，要实现个人的潜力困难重重。黑人民族饱受国内外社会经济或政治力量的压迫……因此，黑人民族对一些圣经故事产生了心有戚戚的同情，并非常尊敬上帝显现的话语。②

① 陈志杰. 顺应与抗争——奴隶制下的美国黑人文化[M]. 北京：中国社会科学出版社，2010：173.

② Kelly, Evelyn E. Pray if You Want to: A Reevalutation of Religion in the Fiction of Ernest J. Gaines[D]. The University of North Carolina at Greensboro, 2010: 73.

也就是说，黑人民众对《圣经》故事给予了自己的诠释，这样其实消解了白人话语对《圣经》和基督教教义的唯一解释权和话语霸权。文本的意义“是在阅读过程中由读者经验与文本相互作用建构而成”①，黑人民众对《圣经》的转义和利用使之成为激励他们追求自由与解放的动力，表达了自己的政治和经济诉求。比如，《简·皮特曼小姐的自传》中的简·皮特曼和黑人社区里的民众就把吉米当作上帝选定的摩西式的领导者，会带领大家反抗白人统治阶级，为大家争取平等权益。此外，教堂、教会等也经常策划、组织民众反抗白人霸权和种族歧视，事实上成为聚焦民众力量、发动民权运动的重要机构。马丁·路德·金就是一名牧师，利用自己的知识和在民众间的声望发起了声势浩大的民权运动，推进了黑人民族的自由进程。《在父亲的房子里》的菲利普在小说开始时也是利用其牧师身份和教会这个平台向大家宣扬自由、平等、民主等理念，组织大家向代表种族主义顽固势力的白人抗议，为大家争取平等权益。黑人教会在客观上起到了帮助黑人民众反抗奴役与不公、提供帮助和福利，以及建设学校等作用。因此，黑人民众其实改写了基督教的基本教义和功能，从而使其能满足他们的心理需求和政治、经济诉求，使之成为他们在世俗生活中的希望和寄托。

另外，盖恩斯并没有忽略黑人民众除了基督教之外，还保留了源自古老非洲的神秘宗教——伏都教。伏都(Voodoo)源于达荷美语，最初意义指“未知的”“精灵”或“神明”，是糅合祖先崇拜、拜物教、通灵术、巫术的原始宗教。流行于东起加纳西迄尼日利亚的西非诸国，现已传播到非洲以外地区和西方世界，盛行于海地。16世纪时，贩卖黑人的奴隶贸易盛行，殖民者将大量黑人从非洲贩卖到美洲，同时也把流行于非洲的原始宗教带到了海地。这些黑人虽然都来自非洲，在语言、文化、习俗、宗教等各方面仍有极大差异，再加上白人基督教的影响，因此产生非常混杂的文化。伏都教就是综合非洲各种族宗教，融合基督

① 赵一凡，张中载，李德恩. 西方文论关键词[M]. 北京：外语教学与研究出版社，2006：275.

教，并吸收了当地神话元素而形成的。它作为一种宗教派别，有许多咒文和繁琐的巫术仪式，其教义认为现在的天下万物都是一种表象，背后有更重要的灵魂力量在活动。伏都教中的仪式一般都是在丛林深处的庙宇里或是黑夜中举行。仪式的程序首先是大祭司祷告、念咒和奠酒，然后在地上画些灵符祭神，向洛埃①表示敬意，最后是进行唱歌、击鼓和跳舞等其他活动。伏都教重视人与自然的联系，信奉多神，强调教徒之间的平等，尊重个体，具有开放性，善于从其他宗教中吸取适当因素。美国一些黑人作家倡导伏都教，把它作为能与基督教相对抗的宗教，如以实玛利·里德认为基督教已经腐朽没落，而伏都教的教义具有开放性、平等性、多元性等特点，能不断吸收各种文化中的精粹元素，具有更多的活力，因而可以取代基督教。盖恩斯虽然没有在其作品或访谈中大力宣扬伏都教，但他在作品中塑造了智慧、对世事具有敏锐洞察力的伏都教巫婆的形象，她们能在社区里的民众遇到困难时为他们指点迷津，给出中肯可靠的建议，帮助他们解决现实问题，是黑人社区里不可缺少的精神指引和世俗生活中的向导。

《简·皮特曼小姐的自传》中的简·皮特曼在生活中遇到难题时，就会求教于伏都教巫婆高蒂尔夫人。比如，简·皮特曼梦到丈夫会在驯马时被摔死而感到焦虑不安，于是向高蒂尔夫人咨询。后者一针见血地指出了乔·皮特曼的问题所在，“男人就是这样，要显示自己。他整天需要显示出他是一个男人”（*The Autobiography of Miss Jane Pittman*, 110）。高蒂尔夫人指出了乔·皮特曼热衷于驯马的深层原因是要证明自己的男性气概。因为在20世纪初期的美国，黑人男性被集体阉割，他们不得不在白人的统治和压迫下小心翼翼、俯首帖耳地生活，忍受各种不公正的待遇，无法掌握自己的命运，但乔·皮特曼在驯马时却有一种掌控感和支配感，他在这个行业是权威，其他人都没有办法胜过他。

① 洛埃是海地伏都教的精灵。它们被非洲人民认为是肉眼看不见的神秘的所在，界于善良的神和人类之间，具有鲜明的个人喜好憎恶、旋律、歌曲、舞蹈、仪式象征等。

因此乔·皮特曼驯马更多的是因为这份工作给他带来的心理上的满足感和成就感，让他摆脱了听命于他人的状态，能主导和掌握自己的生活。所以当简·皮特曼以为只要不让乔·皮特曼去驯马就可以过上安稳生活的时候，高蒂尔夫人指出她这种想法不切实际，“亲爱的，我已经告诉你了，马仅仅是一种可能性。去掉马，还有狮子；去掉狮子，还有女人；去掉女人，还有战争，还有政治，还有威士忌。男人总得找个什么地方来显示自己”(*The Autobiography of Miss Jane Pittman*, 112)。高蒂尔夫人的这段话隐喻了黑人男性内心深处的渴望，想要证明自己的勇气和能力，显示自己的男性气概。虽然简·皮特曼并没有成功地阻止厄运的发生，但高蒂尔夫人的话让简·皮特曼明白了黑人男性的重要职责，对于他们而言，生命固然可贵，但他们还应该像个男子汉一样地活着。因此，乔·皮特曼的死是无法阻挡的，他是为追求尊严与勇气而献出了生命。

《十一月漫长的一天》中的艾迪遭遇婚姻危机，在手足无措的情况下去找社区里的巫婆杜森特夫人求助。而杜森特夫人同样指出了症结所在，指出女人的位置是在家里的，并劝艾迪毁掉汽车，其实是劝艾迪把更多心思放在家里，多花时间陪伴妻子和儿子，而不再是像以前那样做完田里的劳作之后去到处游荡。杜森特夫人纠正了艾迪错误的婚姻观念，指出男人对于家庭的责任并不只是赚钱养家，还应该对家人付出关爱。而艾迪听从了杜森特夫人的建议，圆满地解决了婚姻危机。值得注意的是，小说中的艾迪还去找了牧师西蒙求助，西蒙只是建议艾迪要“尽量用最好的方法去做”(“A Long Day in November”, *Bloodline*, 43)，他明显并不愿意因为艾迪而开罪艾迪的岳母瑞秋，一位经常上教堂做礼拜的虔诚的教徒。西蒙只是尽量为瑞秋开脱，但并没有给出切实可行的解决方法。通过伏都教与基督教的对比，盖恩斯似乎暗示了伏都教与黑人民众的现世生活联系更为紧密，伏都教对爱、婚姻的神圣性、道德、同情心等的强调更能切实地帮助黑人民众解决他们所面对的精神困扰和俗世中的烦恼。

盖恩斯的作品非常关注美国南方新黑人社区里的民众的精神信仰问题。盖恩斯一方面指出了基督教为白人服务的本质，批判了部分黑人牧师被奴化，没有任何质疑地顺从基督教义，利用教堂和教会谋取个人私利的行为。但另一方面，盖恩斯承认宗教信仰的重要性，基督教为黑人民众提供了精神力量，使他们有勇气和胆量面对黑暗的、充满压迫和剥削的现世生活。此外，基督教也在客观上成为黑人社区的一个中心，能够聚集和鼓舞黑人民众，增强了社区的凝聚力。另外，盖恩斯也探讨了伏都教在黑人社区内起到的作用。伏都教作为源自非洲的神秘宗教，是被美国黑人遗忘在非洲的文化传统的一部分，与黑人的现世生活有着天然的亲密。虽然伏都教因为受到白人的压制而没有得以广泛传播，但伏都教所宣扬的爱、对家庭和婚姻的忠贞、强烈的道德感等原则给予困境中的黑人民众以正确的精神指引。伏都教巫婆与社区里的黑人民众的密切联系使她们对黑人生活有着深刻的理解，从而使她们能抓住问题的关键所在，并帮助人们找到切实可行的解决方法。伏都教既是一种精神力量，也是一种现世指导。在盖恩斯的作品中，两种宗教并不矛盾，而是共同成为美国南方黑人民众的精神指引，帮助他们忍受、面对现世的苦难，把希望寄托于未来的独立的精神世界，让他们的心灵得到暂时的解脱。“宗教的虔诚使奴隶的生活有了最终的目标，使他们有了群体感和个人价值的意识，减轻了焦虑与恐惧，帮助他们维持了基本的心理健康。宗教在黑人生活中起到一种镇静剂的作用，它并不仅仅使黑人在每天劳动之后得到精神上的一种解脱，产生在将来会获得拯救的希望，在精神世界找到了一个避难所。对于受压迫的人而言其更重要的意义在于给了他们抵抗压迫的必要手段。”①此外，教堂是黑人民众活动的重要场所，有力地维系了人与人之间的关系，而当个人遇到不幸时，宗教也成为个人寻求帮助的媒介。宗教使黑人社区里的民众分享了他们共有的痛

① 陈志杰. 顺应与抗争——奴隶制下的美国黑人文化[M]. 北京：中国社会科学出版社，2010：193.

苦经验，并将个人与集体紧密地联系在一起。因此，在盖恩斯的新黑人社区里，宗教信仰不仅使个人得到心理慰藉和指引方向，同时增强了社区的凝聚力，促进了社区里民众的团结。

第三节　黑人民族传统文化的传承与发展

盖恩斯是位立场坚定的黑人作家，他在写作中所建构的新黑人社区继承与发展了黑人民族的文化传统。盖恩斯深刻地意识到文化传统对于新黑人社区的重要性，试图在其作品中捕捉黑人民众的具有特色的语言表达方式，黑人的传统社交活动方式、口述故事、黑人音乐、黑人食物等，将其作为一种文化策略，以发起对白人文化中心主义的冲击，从而解构了白人文化霸权，使新黑人社区的民众意识到自己的优良文化传统。这些黑人传统文化元素的保留与传递增强了黑人民众的自豪感和归属感，帮助他们明确自我身份，找到与遥远非洲的亲近联系，同时也像纽带一样，把个体与新黑人社区紧密地联系在一起。

一、门廊聊天与口述传统

早先的黑人奴隶们被剥夺了受教育的机会，无法用书面文字的形式将民族的历史与文化传统记录下来，但黑人民众往往将口述故事作为一种精神宣泄方式和传承民族历史与文化传统的方法。“在门廊讲故事和听故事则是美国黑人的一种特殊的交际策略。‘门廊’是介于私人空间和公共空间之间的场地，门廊上交谈的话题既可以是关于家庭内部的又可以是关于外部社会的，既可以面向家庭成员同时也可以被外部社会成员‘碰巧’听见，因而是一种半开放的交际和表达。”①门廊是一种公共空间，因为它是一种半敞开的建筑，社区里的人们都可以看得见，而且

① 罗良功. 艺术与政治的互动——论兰斯顿·休斯的诗歌[M]. 上海：上海外语教育出版社，2010：18.

进出这一空间相对自由。但它也是一种半私密的空间，因为它对聊天的对象有一定要求，只有彼此信任、关系相对密切、身份类似的人才能以闲适的方式聚集在一起，自发地形成了一种基于种族、身份、地位的一个圈子，异己者如白人种族主义者不太可能参与这类活动。门廊聊天是黑人社区里常见的一种交流方式，有利于黑人民众彼此交流信息、了解黑人社区以及外部世界的最新动态、商量某件事情的解决方法，能促进黑人民众的团结和黑人社区的稳定。正是因为门廊聊天在社区生活中起到的重要作用，门廊这一空间被赋予了一定的文化和政治意义，成为黑人社区里民众的社会生活的重要场所。

盖恩斯曾经在访谈中说过他小时候就经常在门廊听别人聊天和讲故事，等他识字后，就帮助社区里的人写信，正是通过这种方式，他了解了黑人民众的生活，积蓄了许多民间传说、民俗故事以及黑人民族的经验。他把这一场景放到了《简·皮特曼小姐的自传》里。当简·皮特曼自白人的大屋搬回黑人区后，她常常在莉娜的走廊上和火炉旁消磨时光。“但不光是我(指简·皮特曼)，好像所有的人都在那儿聚会。莉娜的院子里有一棵柳树，在大热天，它一直给走廊遮阴。总是有人在那里同她谈话，吉米就坐在那里听我们讲的每一句话。”(*The Autobiography of Miss Jane Pittman*, 239)这里的走廊其实就是门廊，是房屋与外面的公共空间相连的部分。这段话清楚地说明了“莉娜的走廊”承担了黑人社区里的公共聚会空间的功能，黑人民众在此彼此交流，并且将这种文化传递给下一代。吉米“听到我们在走廊上谈奴隶制，谈那次大水，谈州长朗，他听我讲了克卢沃和内德的故事，还听我们大家谈布莱克·哈里特和卡蒂、汤姆·乔和蒂米的故事。在年轻人回来探望老人的时候，他就听他们谈论战争”(*The Autobiography of Miss Jane Pittman*, 245)。这段话则更清楚地点出了黑人民众聊天的主要内容是由美国社会底层的普通黑人民众口口相传的故事，涵盖了在公开的社会空间里无法谈论的话题，如奴隶制、种族关系、黑人教育、美国政治等，也是被白人主流叙事文本忽略的故事，注定不能进入官方历史，但众多的复数的小历史汇聚起来却真实地记录了黑人民族在美国的集体经验，反映了黑人民族真实的生存境遇。早期移居美洲大陆的黑人虽然目不识丁，但他们通过口头叙事这种方法，用讲故事的形式将非洲大陆的文化遗产一代代地传承下来，这些故事起到了“传承民族文化的媒介作用”①。同时，门廊聊天传递了黑人民族的文化传统、道德标准、价值观念等。口述故事是黑人文化中重要的表达自己思想的一种方式。比如小说《简·皮特曼小姐的自传》中写到黑人信奉与自然和谐共处的观念，相信万物有灵，会与树木、河流对话。他们尊重自然规律，因而不会把人类的意志强加于自然之上，不会把人与自然的关系变成主体与客体、征服与被征服的关系。而白人的做法正好相反，他们试图用自己的方式改变，甚至命令自然，人与自然处于一种失衡状态，因而给人类带来了自然灾难。通过门廊聊天，黑人的自然观被清楚、生动地展示出来，并且使下一代在耳濡目染中接受了黑人的传统文化，显示了黑人传统文化的活力与延续。

门廊不仅有着传递信息、历史和文化的功能，还承担着一定的政治功能，帮助社区里的黑人民众团结起来，共同寻找应对白人统治阶级的方法。《爱与尘》中的玛格丽特大妈、小说的叙述者詹姆斯、牧师毕晓普等常在门廊上聚会，但他们的主要目的是交流马库斯在种植园和黑人社区里的劳作与生活情况。因为马库斯与其他循规蹈矩的黑人不一样，他一开始就表现出强烈的自我意识和反叛精神。为了报复白人监工蓬蓬，马库斯首先计划勾引蓬蓬的黑人情妇波琳，失败后又将注意力转向蓬蓬的白人妻子露易丝。马库斯的行为触犯了白人种族关于黑白种族关系的最严厉的禁忌，为了保证白人种族血缘的纯正性，白人绝不允许白人女性被黑人男性所染指，因此，马库斯可能会遭到白人种族主义者的私刑处罚，甚至会给整个黑人社区带来灾难。而玛格丽特大妈、卡琳大妈、詹姆斯和毕晓普等人的门廊聊天让他们及时了解事情发展的最新动

① 朱振武. 美国小说本土化的多元因素［M］. 上海：上海外语教育出版社，2006：155.

态，从不同的视角互相补充，揭示了整个事情的来龙去脉，使社区里的黑人民众明白了事情真相，揭穿了马歇尔虚伪、残忍、狡猾的本质，对白人统治阶级的丑恶和卑鄙有了更深刻的认识。它促进了黑人民众的觉醒，让他们意识到一味地忍耐退让只能让白人种族主义者觉得黑人软弱可欺，而勇敢地反叛白人权威也许会付出巨大的牺牲，但只有这样，才能拥有新希望。

发轫于 20 世纪 70 年代的空间批评认为“空间既作为一种产品（经过不同的社会过程和人类干预所产生的），又是作为一种作用力（它反过来影响、指引、限定人类在世界上的活动和路线的潜能）而存在的”①。门廊本是房子的一部分，而它被赋予了一定的文化意义，成为新黑人社区里的民众传统生活方式的一部分。黑人们在门廊上聚集聊天，既可以帮助他们传递信息，了解社区内外的大小事务，同时也丰富了民众的闲余生活，加强了新黑人社区里人与人的联系，促进了社区的团结。同时，门廊又成为一种规范，反过来塑造着社区里的黑人民众的行为方式。门廊还承担着一定的政治意义，帮助黑人民众界定自我身份，明确自己对新黑人社区以及黑人民族的责任。盖恩斯在作品中多次提到“门廊”这一意象。

二、捕捉黑人民众的讲话方式——黑人英语的运用

盖恩斯擅长运用声音和语言来塑造人物形象。他曾经说过，在所有的作品中他都试图“捕捉人们讲话的方式”。根据萨丕尔的理论，语言既是文化的一部分，同时也反映了某一民族的文化传统和思维模式。“当民族在人类历史上作为一种在语言、居住地域、经济生活、心理状态上稳定的共同体出现时，语言就深深地打上了民族的烙印”②，同时，语言“就像一面色彩斑斓的镜子摄下了民族经济、文化、心理素质各方

① 朱利安·沃尔弗雷斯. 21 世纪批评述介［M］. 张琼，张冲，译. 南京：南京大学出版社，2009：244.

② 靳琰. 美国黑人的社会地位与黑人英语［J］. 外语研究，1995(1)：19.

面的特点，它又像一副隐形眼镜规范着一个民族看待世界的样式，规范着一种文化的深层结构”①。自黑人民众被带往美洲大陆以来，因为他们来自非洲的不同部落，彼此的语言不通，同时因为白人的强势文化入侵，他们被迫放弃了自己的语言，学习并使用白人的英语。在漫长的历史长河里，非洲本土语言同奴隶主的语言混杂在一起就形成了黑人英语。黑人英语一方面表现了美国黑人对白人文化的接受，另一方面也表现了黑人的民族性和对抗性。黑人在其语言中使用俚语、方言以及隐喻等表达，使语言成为一种富有黑人民族特色的表达，成为黑人民众之间彼此传递信息的有效方式，然而对于白人而言却是不易破解的密码。这一特性是由黑人生活处境所决定的。为了防止奴隶反抗，白人奴隶主会阻止奴隶们的自发集会，并禁止他们在劳作时交流，因此，黑人奴隶们会使用方言、语言代码、隐喻等巧妙地表达自己的思想，从而颠覆白人文化中心主义，挑战白人权威，并促进彼此之间的交流。因此，黑人英语事实上“凝聚着黑人民族在远离其文化母体的异文化语境中所进行的文化抗争”②。黑人英语虽然是杂糅而成的产物，被打上了白人英语鲜明的印迹，但一旦说话者在语言中加入了自我的意图、口音、语汇，它就变成了说话者的独有的表达方式。而黑人英语中运用了大量的黑人方言土语，使其成为黑人民众表达的有效工具，也成为与白人英语相抗衡的手段。

詹姆斯·约翰逊认为，黑人方言土语是表达黑人生活传统声音的工具，反映出黑人的痛苦与幽默。黑人方言在丰富和扩展了英语的语言形式和内容的同时，也使英语表现出明显的“黑人性”特征，这对美国黑人具有重大的意义。习传进如是总结：第一，方言土语是美国黑人获得民族自尊心和自豪感的文化源泉；第二，它也是美

① 靳琰. 美国黑人的社会地位与黑人英语[J]. 外语研究，1995(1)：19.

② 朱振武. 美国小说本土化的多元因素[M]. 上海：上海外语教育出版社，2006：147.

> 国黑人获得平等政治地位、抑制文化霸权的有效工具；第三，它是维护民族传统持续发展的有效策略；第四，黑人土语中的词汇和结构是黑人情感的重要载体。①

许多黑人作家“都在他们的作品中认同黑人方言及其美学特色，通过作品的多样化风格、结构和主题，表明作为非洲血统的美国黑人双重文化身份的复杂性”②。如赫斯顿和艾丽斯·沃克在小说中会同时采用黑人白话和标准英语，这“直接体现了美国黑人在白人主流文化中为获得完整的个人身份而艰难奋斗的历程”③。也通过两种不同语言的对峙表现了黑人与白人之间的对立、对抗的关系。

盖恩斯在其作品中尽量忠实地表现黑人民众的谈话方式，使用了黑人方言、俚语等，有着明显的口语特色。盖恩斯吸收了欧内斯特·海明威的写作特色，在作品中多用对话来表现人物性格，推动故事情节发展。如《简·皮特曼小姐的自传》就是以一位黑人老妇人的口述方式展开的。这种口头叙事反映了黑人文化传承的特色，因为黑人民众大多没有接受良好的学校教育，不识字，因而口头叙事成为他们讲述民族历史和文化的最佳方式，而“具有黑人语言特色的词汇和表达，使小说的叙事格外生动，人物的语言别具个性，作品弥漫着浓厚的本土色彩”④。而在《老人集会》中，盖恩斯将话语权完全交给了社区中的黑人老人们，采取复调的方式由黑人老人们来讲述所发生的事情。

盖恩斯作品中的黑人的语言表现了鲜明的黑人英语特色，在句式上表现出如下特点：(1)用双重否定表示否定。如在《刑前一课》中，杰弗

① 何新敏，李锐．当代黑人小说黑人英语与标准英语的糅合[J]．长春理工大学学报，2013(11)：160-162.

② 李燕．美国黑人英语的民族性[J]．外语教育，2003(00)：55.

③ 李燕．美国黑人英语的民族性[J]．外语教育，2003(00)：55.

④ 朱振武．美国小说本土化的多元因素[M]．上海：上海外语教育出版社，2006：147.

逊的教母爱玛小姐去向种植园主求情，希望能让黑人教师定期去探望杰弗逊，启发后者要有做人的尊严。爱玛小姐说："I didn't raise no hog, and I don't want no hog to go set in that chair."双重否定的运用表达了爱玛小姐的决心，希望杰弗逊能用自己的行动推翻白人种族主义者对他的歧视性定义，证明自己身上的人性因子，表现自己的尊严和勇气，从而颠覆白人的话语霸权。(2)对某些句法规则的忽视和违反，如在动词不定式中省略"to"，以及在句子中省略助动词的用法。如，"I done done a lot for this family and this place, Mr. Henri. All I'm asking you talk to the sheriff for me. I done done a lot for this family over the years."(*A Lesson Before Dying*, 21)这句话明显不符合标准英语的语法规范，如在第一句和第三句中都省略了助动词"have"，而第二句中则应该在"asking you"后加上"to"。(3)用"ain't"代替"am not, isn't, aren't, hasn't, haven't, didn't"等表示否定的助动词。如，"I ain't forgotten nothing."(*A Lesson Before Dying*, 22)中的"ain't"应该是"didn't"。再比如"Ain't you go'n ask me to sit down?"(*A Lesson Before Dying*, 72)中的"Ain't"应该是"Aren't"。(4)不注意谓语动词的单复数用法，比如在现在时态中，主语为第三人称单数时，后面的谓语动词用原形。(5)即使后面接的名词是以元音开头，还是使用不定冠词"a"。如"a undertaker, a old man"等。同时，盖恩斯在语音方面也尽量表现黑人英语的特色，如吞音，省略"before"前面的"be-"的音节，变成"fore"；而发"You"时常省略元音，"Y'all know what happened"(*A Gathering of Old Man*, 95)，或变音，把浊辅音"d"发成清辅音"t"，如将"killed"说成"kilt"，把"girl"说成"gal"等。因此，盖恩斯忠实地描摹了黑人民众的谈话方式，这样能更好地展现黑人人物讲话时的语气和神态，使人物的形象显得栩栩如生，跃然纸上。黑人民众对黑人英语的保留和使用在一定程度上使他们和白人区分开来，从而更好地标明了他们的文化属性，表明了他们对本族语言、文化的忠诚。而当黑人民众使用黑人英语时，他们能感受到本族人的亲切与温暖，在社区内有地位平等的感觉，从而也能弥补他们在白人社会里备受歧视的心理伤害。同时，盖恩斯在创作中对黑人英语的运用，表明他承认“处于边缘的声音有其独特的价值”①。这样，盖恩斯打破了白人英语在文学作品中一统天下的局面，而是让黑人英语与白人英语处于平等的地位，从而使边缘与中心恢复对话与交流，在语言层面发起了对白人权威的挑战与颠覆。

黑人英语的一个重要特色就是其隐喻性，“通过类比联想，用一种事物代替另一种事物，达到陌生事物向已知事物的意象的内化”②。在面对远比自己强大的白人统治阶级时，黑人往往无法直白地表达自己的思想，因此只能巧妙地采取曲折、婉转的方式进行表达，因此，其语言的隐喻性成为黑人表达自我的一种策略。盖茨曾指出黑人文学最鲜明的特点是它的比喻性。“黑人民族一直都是比喻的大师：说的是一件事，指的是完全不同的另一件事，在西方文化的压迫下这成了黑人生存的基本手段。”③盖茨曾这样解释猴子的意指方法，猴子和狮子说的不是同一种语言，狮子无法理解猴子的语言表达。猴子说的话是比喻性的、象征性的，而狮子只能领会字面意义，因而在对话中显得很愚蠢，这样就使他作为森林之王的地位被颠覆。这种意指行为成为黑人的一种修辞性策略。《老人集会》中，黑人老人强尼·保罗富有深意地对白人地方治安官梅普斯说：“不，你没看见/你不明白。”(*A Gathering of Old Man*, 88)英文中的“see”同时有“看见”和“明白”之意，那么强尼看见的、明白的是什么呢？

他没有看着梅普斯，他看向拖拉机，和路边的一排排甘蔗。但是我(叙述者娄·戴姆斯，种植园主凯蒂的男友)可以看出来他并没有看着这些东西。我无法判断他到底在想什么，直到我看见他的视线在他的妈妈和爸爸过去住过的地方逡巡。但是那所老房子已经

---

① 马新国. 西方文论史[M]. 北京：高等教育出版社，2002：483.

② 李燕. 美国黑人英语的民族性[J]. 外语教育，2003(00)：54.

③ 程锡麟. 美国黑人美学述评[J]. 当代外国文学，1994(1)：172.

不在了。就像其他东西一样，它已经消失了。现在过去是老房子的地方杂草丛生，掩盖了一切。“你们都看吧”，他说，“看看，你们看到什么了吗?”

“除了杂草，我什么也没看见，强尼·保罗”，梅普斯说道，“如果这就是你想要说的”。

“是的，先生”，强尼·保罗说道。他没有看着梅普斯；他还继续看着社区。“是的，先生，我猜这就是你能看见的一切。但是你没有看见的是什么呢？……”(*A Gathering of Old Man*, 88)

在这一段中，强尼并没有直接向保罗解释过去受压迫的种族经验与现场的凶杀案之间的联系，但他的动作和话语却暗示了这一点。通过“see”这个动作，作者强调强尼的视线在其父母住过的老房子上面逡巡，说明了强尼对过去的回忆。透过杂草，他看到的是父辈们过去在社区里的辛勤劳作和所承受的苦难。而梅普斯作为白人警官，是看不见这一切的，他的立场决定了他维护的是白人种族的利益，为现行社会体制服务，而黑人则是相对的他者。因此，梅普斯不可能看见强尼所看见的一切，也不可能真正明白强尼的意思。这样，由于梅普斯无法领会强尼话语的含义，他被置于黑人的话语之外，与居住在黑人社区的其他黑人们区分开来。梅普斯代表的是白人霸权，而黑人民众则是被剥削、被压迫的群体。然而此刻，梅普斯就好像盖茨所描述的那头狮子，外表强大，但事实上已经丧失了其权威，变得困惑，不知道该如何说话、如何动作，话语权发生了逆转，被黑人民众掌握在了手里。

因此，盖恩斯运用黑人语言作为文化策略，向白人权威发起了攻势。黑人英语虽然是白人强势文化压迫黑人文化的产物，但黑人对白人标准英语的改变使其具有了黑人性，反映了黑人的民族心理和文化传统，成为他们表达自我的重要工具。黑人英语富有隐喻性，使黑人在与白人对话时，巧妙地扭转了白人的优势地位，把其排除在外，使其成为他者，而同时使黑人民众之间由于享有一套共同的语言代码而更为紧密地联系在一起。黑人英语成为盖恩斯表达民族立场的有效工具。无独有偶，许多黑人诗人、作家、艺术家如兰斯顿·休斯、拉尔夫·埃里森、詹姆斯·鲍德温等都把黑人英语当作黑人团结的象征，坚持用黑人英语进行创作，捍卫和推广黑人英语。盖恩斯在其创作中大量使用黑人英语，在事实上和其他黑人作家、艺术家等结成了统一阵线，既表现了黑人民众真实的生活状态，同时又为保护和传承黑人传统文化作出了自己的贡献。

三、新黑人社区里的娱乐与慰藉——黑人音乐的运用

黑人音乐是黑人生活中不可缺少的娱乐方式，也是他们宣泄精神上的苦闷与压抑的重要出口。黑人“具有能歌善舞的天赋，即使是在北美奴隶制的艰难环境中，他们仍牢记黑人传统的音乐和舞蹈，使之成为美国黑人文化不可或缺的一部分”①。在非洲，音乐不仅是一种自娱自乐的消遣活动，同时也是一种必需的社会活动，而且承载着记录历史、教育子嗣等多种功能。美国黑人在非洲传统文化的基础上，结合自己特殊的生存环境，逐渐形成了具有特色的美国黑人音乐。黑人歌曲具有即兴性创作的特点，黑人能根据周围环境、生活和劳动场景的变化即兴谱曲和作词，以描绘现实境遇、抒发内在情怀为主，反映了黑人渴望无拘无束、自由自在的生活。黑人们在劳动时歌唱是他们对环境的一种积极的应对方法，这可以减轻工作的单调乏味，提高劳动效率。黑人音乐成为黑人民众之间共享的一套代码，交流他们深藏于心的喜怒哀乐，以及应对白人种植园主的策略，传递群体的价值观。这使黑人得到精神上的慰藉，帮助他们维持基本的心理健康，增强了社区的凝聚力，使黑人认识到自己悠久灿烂的传统文化，并积极地帮助这些优良文化传承下去。

① 陈志杰. 顺应与抗争——奴隶制下的美国黑人文化[M]. 北京：中国社会科学出版社，2010：200.

“音乐是能将黑人的痛苦升华的最有效的艺术形式，鲍德温曾指出：‘只有在音乐里……美国黑人才会讲述自己的故事。’”①黑人作家如拉尔夫·艾里森、托妮·莫里森、兰斯顿·休斯、埃米利·巴拉卡等都“将音乐的技法融入小说创作，在自己的作品中涌入黑人音乐元素，特别是吸收了布鲁斯、爵士乐的演奏风格和表现手法。在他们的作品里，音乐已成为一种叙述策略，反过来黑人这种创作实践也大大丰富了英语的表现力”②。托尼·莫里森的小说《爵士乐》以美国黑人音乐形式爵士乐为题，体现出强烈的音乐性，语言具有黑人音乐一样的表现力，小说的布局谋篇也与爵士乐的结构形成对称。艾里森在其成名小说《看不见的人》的“序言”里用路易斯·阿姆斯特朗的爵士乐表达了小说的主题，整部小说被看作爵士乐式的即兴表演。休斯特别青睐布鲁斯音乐，创造了好几篇以“布鲁斯”为题的诗作，并且在一些诗歌形式上采取布鲁斯演奏的形式，从而体现了黑人民众特有的情感宣泄方式，表达了其独特的生活体验。

盖恩斯很重视音乐，认为音乐是新黑人社区里的民众们生活中的重要的娱乐方式和慰藉心灵的伴侣，反映了特殊的黑人经验，是他们“独特文化身份的证据和表达”③。盖恩斯曾多次提到黑人音乐对他的重要意义，说到他年轻时喜欢听黑人音乐，从中感受到黑人传统文化的魅力，认识到黑人音乐对抒发黑人民众的心声、记录民族历史的作用，因此经常在写作的时候听黑人音乐，以启发思维。盖恩斯承认爵士乐和其他形式的民间音乐对他写作的启发，认为音乐是用简单的方式来表达相对复杂的思想，而且会利用重复来表示强调。④ 这些都在盖恩斯的写作

① 朱振武. 美国小说本土化的多元因素[M]. 上海：上海外语教育出版社，2006：159.

② 朱振武. 美国小说本土化的多元因素[M]. 上海：上海外语教育出版社，2006：160.

③ 程锡麟. 西方文论关键词：黑人美学[J]. 外国文学，2014(2)：112.

④ John, Lowe, ed. Conversations with Ernest Gaines[M]. Jackson: University Press of Mississippi, 1995: 10.

中体现了出来。此外，盖恩斯的作品中多次用音乐来烘托作品主题，塑造人物形象。例如，《爱与尘》中的詹姆斯擅长演奏吉他，经常在工作之余坐在门廊上自弹自乐。小说中的詹姆斯因为会开拖拉机，有一定的掌控机器的能力而受到白人种植园主马歇尔和白人监工的重用，不需要在田地里做重活，而詹姆斯也早就变得驯服和顺从，但他仍然会对种种不公平的现象感到愤怒。“我不断告诉自己，‘总有一天我要阻止这一切，我要阻止这一切；我是一个人，和其他任何人都一样，总有一天我要阻止这一切’。但是我从来没有这样做。”(*Of Love and Dust*, 43)而詹姆斯的苦闷不止如此，他在个人生活和情感需求方面也遭遇了危机，情人比利·珍因为无法忍受南方的慢节奏生活而去了大城市，留下他孤身一人在种植园生活。同时他受到马库斯的姑妈朱丽小姐所托照顾马库斯，而后者却不安于种植园生活，不断地挑战既定的种族秩序惹起事端，因此，詹姆斯的生活里充满了各种忧虑与烦恼，音乐成为他排解、宣泄苦闷情结的一种重要方式，其演奏随着不同的心境而不断地加以变换，很好地表现了他在精神和话语权上的压抑状态。莫里森曾说过：“在将自己的经历用艺术形式，特别是音乐表现出来的过程中，美国黑人才得以维持生计，抚平创伤，得以发展。”①詹姆斯的遭遇具有典型性，代表了20世纪40年代美国南方黑人社区里大多数人的境遇，在政治经济文化方面备受压抑，其合法公民的身份得不到主流社会的认可，享受不到应得的权利，身心备受折磨。而黑人音乐贴切地反映了演奏者的心情，叙说了黑人民族的真实的悲惨遭遇，道出了黑人民族在美国的生存状况，唤起了沉淀在黑人民族内心深处的集体无意识，激发了新黑人社区里的黑人民众的深层次的共鸣，使社区里的人民在心有戚戚焉的同时受到启迪，意识到仅凭顺从、卑微、忠诚的姿态无法改变黑人社区的生活环境以及黑人民族的命运，而更应该像马库斯一样，虽然个人挑

① 王守仁，吴新云. 性别·种族·文化——托尼·莫里森的小说创作与二十世纪美国黑人文学[M]. 北京：北京大学出版社，1999：218.

战的力量非常微小，但只要集体的力量被唤醒，一起行动起来，黑人民族就会拥有美好未来。因此，黑人音乐其实是对压抑、限制黑人发展的主流文化的一种反应。

盖恩斯擅长运用黑人音乐来烘托作品主题，在《就像一棵树》这篇短篇小说中，作品的标题源自黑人灵歌《就像一棵树》，同时作家将其放在篇首的位置，这种故意为之的前置化突出了灵歌在作品中的作用和其象征意义。

> 我不能；
> 　　我不能被移走；
> 我不能；
> 　　我不能被移走；
> 就像一棵树
> 　　依傍在水边。
> 　　哦，我不能被移走。
>
> 我将家建在荣光里；
> 　　我不能被移走。
> 将我的家建在荣光里；
> 　　我不能被移走。
> 就像一棵树
> 　　依傍在水边。
> 　　哦，我不能被移走。（*Bloodline*，221）

黑人灵歌这一音乐形式源自基督教赞美诗，但经过改造后具有了黑人特色。

> 黑人灵歌的特点是一唱一和，这种特点源自非洲，并在北美唱灵歌的实践中得到加强。在宗教集会上，无论是在教堂还是在乡间

> 到处可见的野营布道会上，牧师先唱出一段布道词，然后全体教徒以喊叫或是歌唱的方式回应他。黑人在歌唱中与群体不断地交流，使他既保持作为独立实体的意识，同时又将个体意识融入群体意识之中。黑人的音乐的发展反映出，不管奴隶制对黑人群体意识的破坏如何严重，它从来没能将其完全摧毁，也没能使黑人个体处于孤立状态使其精神上无法自卫。实际上，黑人音乐的形式给黑人提供了发泄个人感情的机会，同时也将其不断地拉到群体当中，使黑人奴隶享受到群体意识的温暖。①

黑人灵歌《就像一棵树》成为一种叙事策略，为作品奠定了基调，同时小说的形式也颇像灵歌咏唱的方式。作者采用多视角叙事的方法，一反传统小说中的线性叙述模式，而是由在场的民众从自己的视角来讲述事情经过，再由读者拼凑出完整的印象。整篇小说并没有明显的高潮，叙事在不同的时间、不同的叙述者中闪回，就好像乐曲中的变奏，在纷杂中透着和谐。不同叙事者的讲述则是灵歌中的黑人民众对主旋律的回应。而小说结尾处人群散去，主人公费大婶和娄大婶唱起“终点之歌”，以乐曲作为小说的终结，很好地抒发了小说中人物的内心情怀。小说中的费大婶已在贝荣城生活了大半辈子，却突然要离开。原来，黑人青年以马内利投身于黑人民权运动，遭到白人的报复性杀害，一位黑人母亲和她的两个孩子不幸被炸死，因此，费大婶生活在北方的侄女露易丝决意要带她离开。但费大婶是否能真正离开南方呢？费大婶已经在这一黑人社区里生活了二三十年，对社区有着深厚的感情，同时也是社区里的灵魂人物。作为社区里老一辈的代表，费大婶对每个人来说都像家人一样。莉奥娜甚至觉得她的名字“就像我们自己的姓，就像上帝的名字，就像我们小镇和城市的名字”，而以马内利在小时候也备受她的关爱。在她离开之前，整个黑人社区里的民众都赶来与她告别，虽然外面风雨

① 陈志杰. 顺应与抗争——奴隶制下的零位美国黑人文化[M]. 北京：中国社会科学出版社，2010：169.

交加、电闪雷鸣，但不同年龄层次、不同肤色的人都聚在一起，甚至白人种植园主的女儿安妮也专程而来，给费大婶带来了离别礼物。这一方面说明了费大婶在南方社区里的凝聚力，另一方面也说明了各种人群随着时代的进步融洽、和谐地生活在一起的可能性。对于大家而言，费大婶就像是院子的那棵大树，把根深深地扎在美国南方的黑人社区里，代表着一种传统和精神，而她的离去也像要把大树移开一样，这样会留下两个空洞，一个在地上，另一个在空中。克萝大婶指出，“但是，先生，我来告诉你会得到什么。你会在地上得到一个大洞，先生；你还得到天上的另一个大洞，那里原来常年枝繁叶茂、郁郁葱葱。是的，先生，这就是你得到的。是洞，先生，是洞。两个洞，先生，如论你如何努力，你也没法将它们填满”。这暗示了费大婶和这棵树都是构成黑人社区不可缺少的元素，她的离去将会给人们心里留下情感、精神和文化传统上的缺憾。而同时，费大婶也对南方黑人社区充满了依恋之情，坚决地表明了态度，“不，我哪儿也不去”。当众人离去后，费大婶和娄大婶唱起了“终点之歌”，好像被抽离了全身的力气，最终平静地逝去。黑人音乐是美国非裔黑人宝贵的文化传统，它把黑人民众凝聚起来，让他们感受到共同的文化之根，同时，音乐也用隐喻、象征等手法表达了他们内心深处的渴望。这篇小说中的黑人灵歌点出了全文的主旨，表现出黑人民众与自身的文化传统、黑人社区之间的密切联系，也表达了他们对故土、对家乡的依恋之情。美国黑人就像灵歌中的大树一样，被迫离开了故土，被带到了美国，被强行割裂了与过去和文化传统的联系。因此，盖恩斯有意选用这首灵歌《就像一棵树》含蓄地点出了小说的主题，表达了黑人民众的家园情怀，以及个体与黑人社区之间的紧密联系。

对于黑人民众而言，黑人音乐形式是在非洲传统文化的基础上，结合特殊的生存环境而形成的，具有美国黑人特色。黑人通过这种传统方式来抒发内心的情感，从而参与了黑人文化的创造与传承。它不仅是一种重要的娱乐形式，也是一代代非裔黑人表达和延续自己民族的历史、文化、道德准则、世界观和价值观的手段，它“作为一种艺术含义和形式的中介，有效地将黑人的情感转化为一种差异性的文本形式并由此证实了黑人文化的社会性存在”①。黑人音乐是黑人群体交流的重要工具，它使黑人奴隶在饱受磨难的逆境中得到一丝精神上的慰藉，使备受压抑的情感得以宣泄，从而帮助他们保持心理健康，成为黑人民众一种重要的生存策略。黑人音乐增强了黑人个体的集体意识，让他们意识到黑人民族的悠久文化以及个体与民族的紧密联系，促进了社区的凝聚力。

盖恩斯在其作品中致力于新黑人社区的历史文化建构，通过梳理黑人民族在美国百年以来的真实的发展境遇，有力地揭穿了主流叙事的谎言，补充了宏大叙事中的缝隙，帮助黑人民众认识清楚自己民族所遭受的苦难，从而促使他们找到自己的历史渊源。盖恩斯探索了宗教信仰在新黑人社区里的重要作用，他认识到基督教一方面是美国主流意识形态的一部分，不可避免地受到白人统治阶级的控制，同时黑人教士中也存在着部分人追求物质财富，对白人谄媚顺从而罔顾黑人利益的现象，但盖恩斯并没有完全否定基督教的积极作用。盖恩斯也探讨了基督教对黑人民众的灵魂的救赎作用和心理安慰，及其在社区中的团结和凝聚民心的作用，事实上成为社区的活动中心。同时，盖恩斯还探讨了源自非洲的黑人宗教伏都教在社区里所起到的现世的抚慰作用。相对于基督教而言，伏都教与黑人民众有着更为亲近的联系，更体察黑人民众的真实生活状况，理解他们的心理，从而帮助他们解决现世的烦恼与问题。此外，盖恩斯认识到黑人文化传统的重要性，因此，他在作品中坚持使用了丰富的黑人文化元素，用原汁原味的黑人英语，里面混杂了黑人方言、俚语等进行创作，使黑人的形象显得真实、生动、活泼，很好地再现了美国南方乡村里黑人的生活状况。而盖恩斯对黑人文化传统如门廊

① 程锡麟，王晓路. 当代美国小说理论[M]. 北京：外语教学与研究出版社，2001：212.

聊天、口头叙事、黑人音乐等的描写一方面表现了黑人传统文化的魅力，同时帮助黑人民众认识了他们优良的文化传统，使之有种归属感和认同感，进而强化了个人与集体的纽带，增强了黑人社区的凝聚力。盖恩斯对历史的梳理使新黑人社区找到其历史渊源，对宗教信仰的辩证分析使新黑人社区找到精神家园，而对传统文化元素的传承与发展则使新黑人社区建构起自己的文化传统。这三个方面使新黑人社区的民众明确其文化身份，摆脱白人种族主义价值观的影响，增强其民族自豪感与自信心，促进社区的团结与和谐，激发黑人民众为社区、为民族努力的决心。

第二章　新黑人社区的精神特质
——男性气概的建构

在旧黑人社区里，黑人民众大多表现出被“阉割”的状态，整体呈现出恭顺、怯懦的面貌。一部分黑人长久以来在主流意识形态的教育、熏陶和驯化下，以及各种体制的钳制下，在思想上接受了自己作为财产附属于白人主人的观念，在无意识中实现了归顺，成为白人主人勤劳、顺从的奴隶。白人种族主义者为了维护种族优越论，利用各种手段对黑人进行丑化和妖魔化，竭力突出黑人的低劣性，并令其形象刻板化。黑人被简单地划分为两种：一种是好黑人，即对白人主人言听计从、卑躬屈膝、唯唯诺诺，同时胆小懦弱、安于天命、智力低下的“傻宝”。如南方流行小说《飘》里所塑造的黑人嬷嬷对白人主人感情深厚、善良和蔼、吃苦耐劳，在南方黑人解放后，仍然不愿离开，反而感激白人主人给了她容身之所。福克纳笔下的黑人也多具备坚忍、善良、仁义等美好品质，但他们心甘情愿地接受被奴役的地位和身份，成为白人主人在逆境中坚定的支持者和守护者。另一种则是坏黑人，有着许多恶劣的品质，如荒淫、暴力、野蛮、粗俗、愚蠢，对白人女性垂涎三尺，破坏社会治安，不停地制造各种麻烦和罪恶，需要白人的管教、惩罚和规训。甚至有些白人尽力抹杀黑人的人性，把黑人降成与动物等级的生物。这使黑人民众对自我价值的认知被扭曲。

盖恩斯对此深感愤怒，非常不满黑人形象的刻板化，因此塑造崭新的黑人形象，特别是塑造新黑人男性形象成为其写作的主要动力之一。

盖恩斯的作品中塑造了许多令人印象深刻的新黑人男性形象，表现了他们追求自我、公平、权益，挑战既定的社会体制的过程。他们呈现出一种崭新的精神面貌，成为促使黑人社区发生积极转变的酵素。这些新黑人表现出可贵的叛逆精神和自主性，他们不再是被奴役、被驱遣、被定义的客体，而是有着强烈的自主意识，要彰显自我，勇于为民族争取平等权益的男子汉。盖恩斯因而被认为是表现黑人男性成长的代表性作家。谈及为何会重点关注黑人男性的问题，盖恩斯认为黑人女性相比黑人男性而言，所承受的压力较小，不需要在白人世界里像黑人男性一样面对残酷的竞争，因而也不会和外面的世界起尖锐的冲突。此外，盖恩斯还曾在访谈中说道："我认为，我更了解黑人男性，因为我本人就是一个黑人男性。我知道他们的梦想。在我还是孩子的时候，我伴随着他们的话语成长，我和他们一起喝酒，我当过兵，做过运动员——我懂得他们梦想得到什么。所有的黑人男性都梦想得到某种东西。"①

许多评论家注意到盖恩斯小说中所塑造的新黑人男性的形象，并认为黑人的男性气概是盖恩斯小说创作的驱动力。大卫·C. 埃斯蒂的评论具有代表性："盖恩斯小说中最突出的主题来自于非裔美国文化传统，即寻找黑人男性气概的传统。"②但克拉克注意到盖恩斯笔下的黑人男性形象与传统形象的不同，"但是，盖恩斯并没有只是吸收并重复对男性气质的陈旧定义。过去男性气概的概念突出暴力、权力和两性关系中的控制权等，但盖恩斯的书写与之迥然不同。他从感情、心理和精神的角度探讨了黑人男性的总体性"③。盖恩斯的大部分作品以男性人物为主角，描写他们在现实生活中的挫败和愤怒，但他并不认为男性凭借

① Gaudet, Marcia & Carl Wooton. Porch Talk with Ernest Gaines [M]. Louisiana: Louisiana State University Press, 1990: 43.

② Clark, Klein. Black Manhood in James Baldwin, E. J. Gaines, and August Wilson[M]. Louisiana: Louisiana State University Press, 1990: 68.

③ Clark, Klein. Black Manhood in James Baldwin, E. J. Gaines, and August Wilson[M]. Louisiana: Louisiana State University Press, 1990: 68.

生理优势而表现出来的暴力行为就是男性气概的主要特质，并在作品中对这种现象进行了批判。盖恩斯的男性人物与理查德·赖特的《土生子》中的比格不同，比格在充满歧视的社会中用暴力去对付周围的一切，甚至包括自己的亲近的人，其心理被种族主义所扭曲。而盖恩斯试图在作品中重新定义黑人男性，更注重的是这些黑人男性在逆境中的奋斗、对不公社会的体制的叛逆和挑战、对种族压迫的抗议、对白人权威的颠覆、对白人父权制的反叛，以及对男性气概、勇气、尊严和主体性的追寻。盖恩斯曾说过："我的主人公们只不过想要成为男子汉，但因为白人自奴隶制以来就试图用一切方法来拒绝给予黑人男性这种机会，因此，他想要成为男子汉的努力必然会导致危险。"①但是真正的男子汉不会在危险面前退缩。虽然白人阶层力图阻止黑人男性站起来，但如果他们不站起来，生活就没有意义和价值。

由于男性一般在一个社会里会被赋予更为重要、危险的责任，如在原始社会，男性需要出外狩猎、捕鱼，在现代社会，男性需要承担更多的社会和家庭责任，因此，男性气概对一个种族、民族、社区以及家庭的生存和发展都至关重要。卡尔文·赫顿曾在《性别山和黑人女性作家》中写道："从历史来看，美国的种族斗争的战线被描绘成主要是不同种族的男人之间的。所有一切与种族相关的事情都被定义或被反定义为是一个黑人是否是男人的问题。其中心概念和隐喻是'男性气概'。"②值得注意的是，男性气概并不是天生的，而是需要后天的培养，"是通过艰苦的努力和抗争所赢得的一种战利品"③。在非洲的原始部落，男性只有成功地通过"成年礼"的考验才能被看成是真正的

---

① Clark, Keith. Black Manhood in James Baldwin, Ernest J. Gaines, and August Wilson[M]. Louisiana: Louisiana State University Press, 1990.

② Philip Auger, Rewriting Afro-American Manhood. PhD., University of Rhode Island, 1995: 54.

③ 隋红升. 危机与建构欧内斯特·盖恩斯小说中的男性气概研究[M]. 杭州：浙江大学出版社，2001：17.

男子汉。在文明社会，男性也需要经过一系列的学习和历练才能成长为具有男性气概的人。因此，男性气概并非是生理属性，而是一种文化现象。

同时，需要澄清的是，男性气概并不仅仅局限于男性，“而是一种超越两性关系和两性伦理的精神特质”①。哈维・C. 曼斯菲尔德曾指出，“在某个层面上，男性气概对所有男性普遍适用，但是在另一个层面上只适用于少数最具有男性气概的人——这少数人可能也包括若干充满男性气概的女人”②。因此，这种男性气概超越了两性的差异，是一种优秀品质。黑人女性如果表现出对白人权威的藐视与挑战，表现出坚定不屈的精神，也可以说具备了男性气概。它属于坚毅、勇敢、有尊严、具有反叛精神、敢于为民族利益而挑战白人权威、为了个人自由和种族解放不惜牺牲自己生命的少数人。这种男性气概成为新黑人社区里重要的精神特质，它表明黑人民族在心理上、精神上摆脱了受奴役状态，实现了真正的独立和尊严，也指出了黑人民族的未来发展方向。

男性气概的建构对于依然处于种族主义和种族歧视的大环境中的新黑人社区至关重要。它成为黑人社区里新的精神特质，帮助黑人社区里的普通民众在心理上强大起来，使他们摆脱自卑与胆怯，治愈了集体的痛苦记忆和心理创伤，打破了被奴役的状态，而敢于为共同目标，即个人的平等自由与民族的独立解放而奋斗，为改变黑人民族的生存境况而努力。同时，男性气概的塑造改写了主流叙事中的黑人形象，有力地驳斥了白人对黑人，特别是黑人男性的侮辱性定义，改变了黑人对自我的认知和判断，帮助他们重建自信和自尊，从而使整个黑人社区呈现出崭新的精神面貌。这对于当时的美国黑人文坛来说也起到了反拨作用，因为20世纪30年代涌现了一批黑人女性作家，她们非常关注黑人种族内部所存在的问题，在其作品中揭露了黑人男性的许多陋习和恶行，如大

①　隋红升. 危机与建构：欧内斯特・盖恩斯小说中的男性气概研究[M]. 杭州：浙江大学出版社，2011：16.

②　哈维・曼斯菲尔德. 男性气概[M]. 南京：译林出版社，2008：4-5.

男子主义、家庭暴力、性虐待等。这种自曝其丑的行为虽然根本目的是为了促进黑人民众进行反思，但也确实使黑人男性形象蒙尘。因此，盖恩斯对新黑人社区里黑人男性气概的建构在一定程度上是为黑人男性正名。

第一节　认识自我的价值，追寻做人的尊严

一、白人对黑人的侮辱性定义和白人神话

如何定义自我，是盖恩斯笔下的黑人男性们所面临的至关重要的一个问题。一般来说，个人对自我的定义并不完全是由个人决定的，而主要是由大的宏观环境，如国家机制、社会环境、主流文化等来决定的。在美国，由于奴隶制和种族歧视的长期存在，美国黑人的形象一直处于被书写的境地，而美国黑人也一直被看成是低劣生物。盖恩斯早年在旧金山的公立图书馆里读书时，就对书中的黑人的刻板形象感到惊讶。事实上，许多黑人作家都描写过黑人因无法掌握话语权而被白人主流文化和意识形态任意定义的情况。如理查德·赖特的《土生子》中愤怒而暴力的黑人年轻人比格·托马斯被困在主流话语的束缚中，由于惧怕而犯下大错，但没有任何机会为自己辩白。因此，赖特曾将20世纪初的美国白人种族主义描绘成是“一套完整的规则、禁忌和惩罚来使黑人呆在自己的位置上”①。美国的种族主义者们利用社会机制和自己手中所掌握的强大的国家机器有意地贬低黑人的智力、人格和价值，宣扬白人的优越性，从而使黑人在意识上逐渐接受这一套精心编造出的谎言，甘于受奴役、被压迫的状态，而白人的优势地位和既得利益则得以巩固。而一些黑人在这种强大的意识形态的包围与攻击下，开始内化白人对他们

① Philip, Auguer. A Lesson about Manhood: Appropriating "The Word" in Ernest Gaines's A Lesson Before Dying[J]. Southern Literary Journal, 1995, 2(27): 7.

的判断和评价，就像盖恩斯在《简·皮特曼小姐的自传》中借简·皮特曼之口所说的，“从睡摇篮的时候起，人们就告诉他们，他们不如别人——他们比骡子好不了多少。千百年来，人们不断地、一遍又一遍地告诉他们这些，他们也就那样想了”（*The Autobiography of Miss Jane Pittman*, 283）。这种贬抑性、侮辱性的定义极大地伤害了黑人的尊严，影响了他们对自我的认知和判断，使他们变得不自信、意志消沉，从而丧失努力奋斗的勇气，进而直接影响了黑人的民族解放运动的开展。

《刑前一课》中的杰弗逊就是这种白人优越、黑人低劣论的受害者。杰弗逊由于懵懂无知而卷入了一场枪战，并目睹了一个白人酒吧老板和两个黑人青年互相开枪射击并当场毙命的经过。杰弗逊被当作嫌疑犯被捕。他被指定了一位白人辩护律师。虽然并没有证据证明杰弗逊与另外两个杀人犯之间有任何共谋，而且被害人戈鲁佩先生只朝另外两个人进行反击，却没有向杰弗逊开过一枪，说明了后者根本就是无辜的旁观者。但在法庭上，白人律师没有给杰弗逊开口的机会，没有认真分析是否这桩案子缺乏有效证据，也没有寻找目击证人等，而是试图通过贬损杰弗逊的智力、尊严、人性的方式来为其开解，荒谬地认为杰弗逊并不是一个具备完全自主能力的人，而是一个“孩子”“傻瓜”，一样“东西”，一头“猪”，所以杰弗逊根本没有杀人的能力。

> 陪审团的先生们，看看这个——这个——这个孩子。我几乎要说男人，但我不能说男人。哦，真的，他已经21岁了，当我们，文明人，到这个岁数时，都会认为已经是个男人，但是你们会把他叫作男人吗？不，我不会。我会叫他孩子，傻瓜。一个不知道对错的傻瓜。一个只能听别人指挥的傻瓜。只有傻瓜才会上车。有一点智力的人都能看出来那些骗子没打什么好主意。但是傻瓜看不出来。傻瓜才会上车。傻瓜才会跟去杂货店。傻瓜才会站在旁边看着这一切发生，而不知道该躲开。（*A Lesson Before Dying*, 7）

白人律师的辩护充满了种族主义的意味和白人优越感。这种思想在美国社会20世纪40年代的白人中根深蒂固，并有着悠久的历史根源。“白色”在盎格鲁-撒克逊文学与文化中象征着一种社会结构性的优势和种族的优越性。同时，白人文化中宣扬盎格鲁-撒克逊种族是“上帝的选民”的理念，认为自己受到上帝的庇佑，为“白人种族优胜论”提供了理论依据，并为欺凌其他种族找到了借口。“对‘白色’表现出认同和崇尚的同时，对‘黑色’表现出明显的厌恶、贬低和排斥。”①在种族主义者看来，肤色不仅是一种生理面貌特征，也有独特的象征意义。白色总是与优秀品质联系在一起，而黑色总是与低劣、丑陋、粗野、残暴、淫荡等具有否定意义的品质联系在一起。因此，黑人自来到美国大陆，一直被看成是“低劣民族”。白人种族主义者不遗余力地从各个方面贬低黑人的智力和人格，将黑人的肤色与罪恶联系在一起，认为黑人是野蛮人，天生懒惰、暴力、淫荡、缺乏独立性，需要白人的引导和管理。他们还认为黑人注定是奴隶，白人注定是主人。就连属于美国国父之一的、主张“人人生而平等”的托马斯·杰弗逊也对黑人有着扭曲的看法，“在理性思维方面黑人比白人低得多；在想象方面，他们是迟钝的、无鉴赏力和反常的……黑人，不管本来就是一个独特的种族，还是由于时间和环境而变为一个独特的种族，在肉体和精神上的禀赋都低于白人”②。因此，白人种族主义者把肤色的深浅扭曲成与判断人种优劣与否的标准，其目的就是抬高自己、贬低他人，为奴役和压迫其他种族寻找借口。

同时，种族主义者们还试图从《圣经》中寻找根据，以证实白人是“上帝的选民”，而黑人则因为犯错而必须接受上帝的惩罚做奴隶。他们认为根据《创世纪》第9章中的记载，诺亚的儿子哈姆(Ham)因为偷

---

① 张立新. 文化的扭曲：美国文学与文化中的黑人形象研究，1877—1914[M]. 北京：中国社会科学出版社，2007：80.

② 托马斯·杰弗逊. 弗吉尼亚纪事[M]. 刘祚昌，编译. 北京：生活·读书·新知三联书店，1993：285.

看了父亲一丝不挂的样子而受到谴责，并成为其兄弟们的奴隶。而据说埃及和埃塞俄比亚的黑人是哈姆的后代。“而一些语言学家也声称，在希伯来语中，‘Ham’的意思就是‘black(黑色的)’。因此这成为黑人天生就应该成为奴隶的最有力的证据。”①这种观念为美国白人对黑人形象的扭曲找到了合法依据。在白人种族主义者看来，这证明了把黑人当作奴隶的合理性。

此外，种族主义者试图从科学的角度找到证明，一些科学家和学者“试图在对环境的分析中找到不同人种间，特别是白人和黑人的区别以及黑人的劣等性”②。英国哲学家大卫·休谟认为，居住在两极和热带的人种要比居住在温带的人种低劣，认为“除了白人之外，其他肤色的人很少建立过文明的国度，他们中间没有产生过杰出的人物，没有杰出的制造商、艺术家和科学家”③。法国哲学家孟德斯鸠认为气候是黑人形象形成的重要原因，在热带地区更容易出现暴君，而气候温和的地区则是法治政府的摇篮。卡罗勒斯·林尼厄斯则提出了臭名昭著的“生物链”学说，将白人放在整个生物链之上，而黑人被放在仅比猿猴稍高一点的位置，认为黑人是一个远远低于白人的种族。

> 18世纪启蒙历史观认为，文明史就是人类从野蛮迈向理性的历史，白种人领先于其他种族，欧洲文明即为文明之巅。康德在《自然地理》中强调地理环境对种族的影响，认为“人类最完美的典范是白种人。黄种人、印第安人智商较低。黑人智商更低”。黑格尔将人类分为高加索人、埃塞俄比亚人和蒙古人：“黑人头骨比蒙

① 张立新. 文化的扭曲：美国文学与文化中的黑人形象研究，1877—1914年[M]. 北京：中国社会科学出版社，2007：102.

② 张立新. 文化的扭曲：美国文学与文化中的黑人形象研究，1877—1914年[M]. 北京：中国社会科学出版社，2007：104.

③ 张立新. 文化的扭曲：美国文学与文化中的黑人形象研究，1877—1914年[M]. 北京：中国社会科学出版社，2007：104.

古人和高加索人要窄，额头呈拱形，有隆肉，下颌悬生，皮肤呈不同程度的黑色，头发黑而卷曲。”①

白人种族主义者将人的生物性与身体特征臆断为评判其他种族的标准，表现了一种文化霸权思想，是其权力话语的实践。这样，白人自诩为文明进步的代表，而黑人则属于落后民族，白人是黑人合理合法的监护者，而黑人的形象被恶意地抹黑、丑化、妖魔化，其心智受到侮辱。

在《刑前一课》中，白人律师的话明显带有种族主义的色彩，否认了杰弗逊从法律意义上讲已经成年的事实，仍把后者称为是一个“孩子”，同时，白人律师还贬低黑人的智力，把后者看成“傻瓜”。这在白人主流文化和文学中也能找到渊源。“重建时期以前”，黑人多被看成是“傻宝”，天性简单，智力低下，像个无助的孩子，必须在白人主人的帮助和指导下才能生活。即使在一些对黑人持同情态度的作家的作品中，黑人依然显得滑稽可笑、幼稚无知，如马克·吐温的《哈克贝恩·芬历险记》中的吉姆，被描写成一个愚笨、思维混乱、迷信和孩子气的人物。虽然哈克只是一个孩子，却因其白人血统表现出在智力和判断力方面的优越性。还有许多白人作家的作品把黑人描述成永远长不大的孩子，头脑简单，永远无法独立思考或行动，非常乐意受到奴役，需要白人主人的帮助与指导才能顺利地生活。因此，《刑前一课》中的白人律师把杰弗逊看成“孩子”和“傻瓜”，折射出了上百年来白人社会里对黑人的根深蒂固的偏见和白人优越的神话。

接着，白人律师更进一步地侮辱了杰弗逊：

……我请求你们，我恳求，仔细看看——你们看到的是一个人坐在那儿吗？看看他的头颅的形状，这张脸扁平得就像我的手掌一

① 赵一凡，张中载，李德恩. 西方文论关键词[M]. 北京：外语教学与研究出版社，2006：468.

> 样——看看那双眼睛。你们能看到一丁点智慧吗？你们能看到这个人能够计划一桩谋杀、一次抢劫，能够计划——能够计划——能够计划任何事情吗？不过是头被逼到角落的野兽出于恐惧的回击罢了，是从那生活在最黑的非洲里的最茂密的森林里的祖先那里继承下来的本能罢了——是的，是的，那是他会做的——但是策划？策划吗？陪审团的先生们？不，先生们，这个脑壳想不出任何计划。你们看到的不过是一个听从别人的指令行动的东西。一个握着犁的把手的东西，一个卸下棉花堆的东西，一个挖沟、砍树、拔玉米的东西。这就是你们在这里看到的，但是你们没有看到任何会策划抢劫或谋杀的人。他甚至不知道他的衣服或鞋的尺码。让他说出一年中的月份。问下他圣诞节是在 7 月 4 日之前或之后？当提到济慈、拜伦、司科特的名字，他的眼睛是否会闪现一点点光芒？让他描述一朵玫瑰，或背诵一段宪法或人权法案里的文字。陪审团的先生们，这个人会策划一桩抢劫吗？对不起，对不起，我实在不想称之为“人”来侮辱你们的智商——你们能原谅我的过错吗？（*A Lesson Before Dying*，7-8）

这段话让人联想起种族主义者们试图从人种学、面相学等角度来分析黑人的生理特征，认为黑人的外貌决定了他们的头脑不发达、智力低下、心理不成熟，需要白人的保护和庇佑。在这段话中，白人律师对杰弗逊的头颅和脸庞的形状的描绘充满了轻蔑，把黑人固有的生理特征看成是智力低下的标志。这种伪科学在美国颇有渊源。18 世纪，瑞士科学家卡斯帕・拉瓦特用观相术来对人种的差异进行研究。他主张“不仅每个人的外貌会决定其命运，而且一个种族的外貌特征也会决定这一种族的命运”①，并认为“黑色是一种丑陋的颜色，代表

① 张立新. 文化的扭曲：美国文学与文化中的黑人形象研究，1877—1914 年[M]. 北京：中国社会科学出版社，2007：111.

了堕落”①。而法国自然学家乔治斯·居维叶认为黑人种族长着扁平的头颅，所以永远要处于劣等地位。这些观念传入美国后，成为种族主义者维护奴隶制的有力武器。黑人被贬抑为智力低下、性格粗鲁、行为幼稚的没有开化的民族。有的种族主义者甚至把黑人等同于“野兽”。许多白人认为黑人尚未完全驯化，充满着兽性，身上流淌着野蛮的血液，还带着非洲原始森林里的神秘气息。例如《宠儿》中的塞丝就被主人把她的特征归于动物属性；而《哈克贝恩·芬历险记》中的哈克·贝恩在小说开篇时也意识不到黑人是与白人一样的活生生的人，而是把黑人看成家畜或物体。盖恩斯的另一部小说《在父亲的房子》里米尔斯控诉白人切奈尔家庭把他们看成是“一些动物，一些狒狒、儿子或者类人猿之类的动物而已”(*In My Father's House*，126)，把他直接叫成“灰浣熊”。在这段话中，白人律师也把杰弗逊比喻成一头“被逼到角落里的野兽”，并认为要判杰弗逊死刑完全是没有意义的，还不如把一头“野猪”放到电椅上处死。也就是说，白人律师之所以为杰弗逊辩护，希望能免除后者的死刑，只不过是因为觉得他过于卑贱，不值得使用电椅那么先进的设备而已。白人律师把杰弗逊降到与动物同等的地位，还侮辱了杰弗逊作为人应该拥有的智商。他认为杰弗逊根本没有足够的智商去谋划并进行一场杀人抢劫的行动，没有独立思考和行动的能力，最多只能听从指令。白人律师甚至还把黑人看成一件“物品”，让人联想起奴隶制时期，黑人被剥夺了人性，被当成一件物品或财产，被奴隶主随意地买卖的经历。而且，白人律师认定杰弗逊连基本常识也没有，甚至不知道“圣诞节”和“国庆节”的先后顺序。“圣诞节”是纪念耶稣诞生的节日，代表的是白人基督教，而“国庆节”则是为了纪念美国从英国殖民主义统治中独立而设立的节日。它们反映的是美国白人文化，更具有讽刺意味的是，国庆节设立之初，为了纪念这个美国独立、美国人民获得自由与解

① 张立新. 文化的扭曲：美国文学与文化中的黑人形象研究，1877—1914年[M]. 北京：中国社会科学出版社，2007：111.

放的日子，开国元勋们如华盛顿、杰弗逊等签署了美国宪法和人权法案，宣称所有人生而平等，所有人生来拥有上帝所赋予的各种权利，宣扬"民主、自由、博爱"，但他们却有意地把黑人排除在外。《刑前一课》中的黑人杰弗逊与美国开国元勋同名，但他虽为美国人，却无法享受美国的建立者杰弗逊所倡导的理念，这表现了盖恩斯对白人统治阶级所实行的双重标准的怀疑与讽刺。美国独立已经100多年，但黑人的境遇并没有得到根本改变。美国成功地打破了英帝国的殖民主义统治，但接着美国白人就把殖民主义实施到了相对弱小、发展落后的其他种族身上。白人律师在下文中亦提到杰弗逊无法背诵宪法或人权法案中的文字，这更说明了黑人的政治权利被剥夺。此外，白人律师提及杰弗逊不知道"济慈、拜伦、司科特"，这三个均为英国文学巨匠，代表的是欧洲的经典文学传统，而杰弗逊在这方面的无知既说明了长期以来黑人接受教育的权利的被剥夺，许多黑人不会读书写字，更别说欣赏白人文学巨匠的作品，同时也说明了黑人一直被排斥在主流文学和文化之外。因此，白人律师的这段话充满了种族主义的狂妄自大，以及对黑人的贬抑和侮辱，同时间接地反映了在美国黑人民众各方面的权利被剥夺的事实。

可悲的是，这种侮辱性定义对黑人民众有着极大的负面影响，使有些黑人民众不但认同这种贬抑性的定义，甚至将其内化为行为标准。杰弗逊被判死刑关在牢里后，表现得非常淡漠甚至自暴自弃。当他的教母爱玛和社区里的黑人教师格兰特去看望他，并给他带来了黑人的传统食物时，杰弗逊表现得非常冷淡无礼，根本不回答爱玛对他的关切问候，只是看着天花板，一心等待最后时刻的到来，对周围的一切都显出一副不在乎的模样。在他看来，什么"都是一样的"，"没有什么关系"（*A Lesson Before Dying*, 73）。也就是说，他已经变得心灰意冷，对周遭的一切都丧失了信心，甘于接受白人对他的屈辱性定义和错误判决，意识不到要努力改变自己的必要性。在第四次探望时，格兰特带着爱玛为杰弗逊做的食物独自前往，杰弗逊并没有理会格兰特的问候，而是问道：

“你带了玉米吗?”(*A Lesson Before Dying*, 82)当格兰特疑惑不解，不明白这个问题的用意时，杰弗逊接着说：“那才是猪要吃的东西。”(*A Lesson Before Dying*, 82)杰弗逊的外形也变得非常糟糕。“他好多天没有洗脸或梳头了。他穿着一件我的旧卡其T恤，一条皱巴巴的棕色裤子。他没有穿鞋。鞋子被塞在床板下面。”(*A Lesson Before Dying*, 82)杰弗逊的话语和外貌打扮说明了他对自我的认知，邋遢、不修边幅的形象说明他自暴自弃的心理。而当格兰特试图纠正他是“人”，而不是“猪”时，杰弗逊却坚持认为“我就是头老了的猪，他们要把我喂肥，等到圣诞节宰了吃”(*A Lesson Before Dying*, 83)。不仅如此，杰弗逊还在行动上表现得像猪。杰弗逊没有像用正常的姿势吃饭，而是把食物打到地上，然后，“他跪到地板上，没有用手，把头放到袋子里开始吃东西。他发出的声音就像猪一样”(*A Lesson Before Dying*, 83)。杰弗逊的这种自我贬抑充分说明了白人对黑人的侮辱性定义对其的伤害，使黑人在心理上感觉自己低人一等，甚至把自己等同为动物，作为人的尊严和价值被无情地否定。杰弗逊刻意表现出像“猪”一样的行为，是因为白人律师对他的定义给了他心理暗示，给他贴上了这种否定性的标签，而杰弗逊因为没有受过什么良好教育，在早年成长过程中缺乏正面积极的榜样对自己的引导，因此，他显然没有强大的内心或足够的自信来驳斥白人律师的侮辱性定义。

小说的另一位主人公格兰特从外在条件来看，与杰弗逊全然不同。格兰特接受过高等教育，有知识，在黑人社区里任教，是一位体面、受到黑人尊敬的人物。当杰弗逊含冤入狱后，格兰特受到姑妈和杰弗逊的教母爱玛之托去监狱探访，帮助杰弗逊站起来，作为一个人，而不是“猪”，面对死亡。但杰弗逊和格兰特其实是“一个受伤害的黑人的两个不同侧面”①。杰弗逊是格兰特的阴暗面——没受过教育，没有抱负，

① Doyle, Mary Ellen. Voices from the Quarters: The Fiction of Ernest J. Gaines[M]. Baton Rouge: Louisiana State University Press, 2002: 206.

在自己的黑人社区里不受人尊敬，对未来没有任何期望，一个永远不会学习的学生，更不会回来教给别人任何东西，整个社会都鼓励他保持无知，而不是做出什么成就。格兰特虽然接受了高等教育，但发现整个社会里依然到处都是壁垒，有一些看不见的墙阻碍他的发展。他在南方家乡任教，可是周围的环境让他沮丧。他们合起来表现了整个社会对黑人民族的限制、压抑和歧视。

格兰特从城市里回到家乡后，发现种族主义氛围依然浓郁得让他感到压抑和窒息，而他依然有种深深的无力感。作为黑人知识分子，格兰特曾经接受过较好的教育，也曾经到北方的大城市里有过历练，但他也和杰弗逊一样，被束缚在种族主义这张大网里，发现黑人的待遇和处境并没有得到根本改变。白人依然高高在上，牢牢掌握着话语权，在司法和教育体制等方面，黑人依然处于被定义、被审判、被剥削的状况。白人依然试图维持"白人优胜论"的神话，坚信白人在各方面的优越性，以及相对的黑人的低劣性。比如，黑人与白人讲话时，必须使用尊称"先生"来称呼对方，自己的话语中必须充满语法错误，以显示黑人的智力相对低下，无法掌握复杂的语法和句法规则。黑人去白人的房子的话，只能从后门出入。黑人在镇上的小店里买东西，售货员的态度非常怠慢无礼。公共区域被分割，"在小镇的上区有一座白人的天主教堂；小镇的背面有一座黑人的天主教堂。小镇的上区有一座白人的电影院，小镇的背面有一座黑人的电影院。小镇的上区有两座白人的学校，一座是天主教的，一座是公立的；而有色人种的学校同样在小镇的背面"(*A Lesson Before Dying*, 25)。这一描述非常清楚地说明了20世纪40年代的美国南方种族分离的情况。所谓的"分离但平等"不过是个辛辣的讽刺。黑人所能享受的公共设施条件相对恶劣，服务相对落后。白人利用"吉姆·克劳法案"将对黑人的区别待遇固定下来，以期凸显自我的优势地位，强调黑人的低劣性，并长久地享用这种差别待遇所带来的各种实际好处和精神慰藉。

此外，《刑前一课》通过格兰特的教学情况表现了黑人民众在教育方面所受的歧视和区别对待。格兰特在社区的黑人学校里任职，但黑人的教育情况堪忧。与白人的教育相比，黑人教育主要存在以下几个问题：教育设施落后；师资严重缺乏；学习时间短；当地政府不重视。黑人并没有专门的学校，而是在教堂里，在不做礼拜的时候上课。学时相对于正常的白人学校而言偏短，学生一年只能在四月中旬到十月末的五个半月内，当他们不需要在田地里劳动的时候上课。这种对黑人孩子的教育在时间上偏短的问题也是盖恩斯本人童年时所受教育状况的真实写照。盖恩斯曾在回忆中写道：

> 我本人就是在河湖农场上长大的，我自己就是在那样的学校上学的。我们本来每年可以上六个月的学，但那是不可能的。你一年能上五个月的学就不错了。学校在十月末才开学，四月初就早早地关门了。①

学校里的师资力量也不够。整座黑人学校里只有格兰特一名教师，因此，他不得不教授所有的课程。而且，因为没有充足的教室，所有级别的学生都挤在教堂里上课，格兰特有时还不得不让高年级的学生帮忙教低年级的学生。小说详细地描写了白人教学督导下来检查的情景，充分体现了白人对黑人教育的轻视和对黑人的轻蔑。约瑟夫博士每年到黑人学校视察一次，每次只有短短的几分钟。而他在学校里，先是叫了一个女孩并查看她的手之后便问她早晨是否读了《圣经》，在得到肯定的答复后便夸奖她很聪明。然后，约瑟夫又点了一个最调皮的男孩，同样检查了他的手，然后问他早晨是否向国旗宣誓效忠，并让他演示一番，男孩的回答和誓词里有许多发音和语法错误，“有几个学生咯咯笑了。约瑟夫博士似乎很满意”。可见，约瑟夫博士根本不关心黑人学生的教育

---

① John, Lowe, ed. Conversations with Ernest Gaines[M]. Jackson: University Press of Mississippi, 1995: 218.

质量，同时也说明，在他眼里，黑人孩童天生愚笨、错误百出是很自然的现象。接着，约瑟夫随便点了些学生，问了他们一些关于语法、数学和地理的问题。这些问题都是知识性的，没有涉及政治、信念、尊严、意识形态等精神方面。这说明白人关心的只是黑人能否接受足够的训练成为具有基本技能的劳动者，而并不关心他们的心理状况。或者，白人根本不愿意唤醒黑人的自主意识和主体能动性，因为这样会不利于对黑人的奴役。更荒谬的是，作为教学督导，约瑟夫接着检查的是学生们的牙齿，让他们尽量把嘴唇张开好让他可以看到他们的嘴巴里面去。格兰特想到："我在大学里读过奴隶主在买新奴隶时做过一模一样的事情，我也读到过牛马贩子在买牛马时也会这么做。至少约瑟夫博士受过一定教育，他让孩子们自己张开嘴巴，而没有用什么粗糙的金属工具撬开。我还真是感激他的这种人道主义做法呢。"(*A Lesson Before Dying*, 56)这段话具有强烈的讽刺意味，格兰特的联想说明了约瑟夫的做法缺乏对孩子们的尊重，黑人在白人的心目中依然是低下的奴隶或动物，而不是平等的、有尊严的人。而他对孩子们的牙口的检查说明了他更关心的是孩子们的身体是否健康，是否能成为一个合格的劳动者，是否能为美国的白人阶级贡献自己的劳力。这一点在接下来的讲话中得到了证实。当约瑟夫对全体学生讲话时，他并没有提及学校里的设施或教学情况，或是学生的学习情况，以及心理健康、信仰信念等问题，而是发表了十分钟的关于营养方面的讲话。"豆子是好东西。他说。不仅仅是好，而是非常非常好。豆子，豆子，豆子——他起码说了一百遍豆子。接着他说鱼和绿色蔬菜是好东西。锻炼身体也是好的。换句话说，体力劳动对于年轻的男孩来说是件好事。摘棉花，收土豆，拔洋葱，在园子里劳动——所有这些对于正在长身体的男孩和女孩都是很好的锻炼。"(*A Lesson Before Dying*, 56)这段话进一步说明，约瑟夫关注黑人孩子们的饮食习惯和运动，其根本目的是保证他们的身体健康，只有这样，他们才能成为好劳力，在田里干活，让白人统治阶级榨取他们的经济价值。正像隋红升指出的，"约瑟夫博士对黑人孩童在营养与健康方面的片面强调表明他把黑人仅仅当作生物意义上的人，而不是精神意义上的人。在他心目中，黑人生性低劣愚笨，缺乏丰富的情感，更没有高深的思想和智慧；他们将来也只适合做些初级简单的体力劳动，因此对黑人的教育只需要让他们知道如何保持健康的体魄从而能够胜任将来的体力劳动就可以了，没有必要对他们进行思想、道德、人格、自尊以及理想等方面的启蒙。而这些方面对黑人的个体成长与种族解放而言是至关重要的"①。因此，从约瑟夫对待黑人孩子的态度中可以看出，白人对于黑人的教育并不重视，教育的内容停留在基本技能方面，缺乏精神方面的鼓励和引导，如关于人格、尊严、平等、权益等方面的启迪。换言之，白人政府所需要的只是合格的黑人劳动力，而不是有尊严的、有思想的、独立的人。

而当格兰特向约瑟夫反映学校里存在一些物资方面的困难时，却遭到了后者的否认和回绝。格兰特描述了学校里缺乏必需设备的情况，"我们需要的书不够。在有的班上，两个孩子共用一本书。即使这样，书里有些书页已经掉了。我需要更多写字的纸，我需要在黑板上写字的粉笔，我需要更多铅笔，我甚至还需要一个好一点儿的取暖器"（*A Lesson Before Dying*，57）。这一小段中，盖恩斯连着用了五个"need"（需要），表现了黑人学校里的困窘情况，急需政府的补给支持。书、粉笔、钢笔、纸以及取暖器都是学习必备用品，但约瑟夫一口回绝了他的请求，说："我们的情形是一样的。"（*A Lesson Before Dying*，57）但这明显不符合事实。当格兰特直接指出他们所用的书本就是白人学校里用过后淘汰下来的，约瑟夫反问道："你是在质疑我吗？何金斯（Higgins）？"（*A Lesson Before Dying*，57）这个反问句充分流露了白人的傲慢和权威感，白人掌握着话语权，不论他们所说的是否事实，黑人都没有质疑的权力。此外，约瑟夫甚至把格兰特的名字叫错了（应该是"威金斯"

① 隋红升. 危机与建构：欧内斯特·盖恩斯小说中的男性气概研究[M]. 杭州：浙江大学出版社，2011：146.

Wiggins)。名字虽然只是一个符号，但它通常与个人的身份有着重要联系。一般来说，名字对于个人而言具有重要意义，因为名字会反映一个家庭对孩子的期望、家庭的历史传承，甚至一个民族的文化传统。在正式场合中，正确地称呼对方的名字是对其最起码的尊重。约瑟夫在短暂的会面中，好几次都叫错了格兰特的名字，而后者却没有纠正。这一方面表现了约瑟夫对格兰特的轻视，或者说是对黑人漫不经心的态度，觉得没有必要花费精力去记住一个黑人的名字，另一方面也表现了黑人在与白人相处时的弱势地位，白人掌握着绝对的权威，而黑人是被定义、被命名的一方，不管他们的自我意愿如何，都无法反驳或纠正白人的错误叫法。

而当他离去时，约瑟夫向格兰特再次强调"国旗"和"卫生"。"国旗"代表的是国家，对国旗宣誓通常能激发公民的归属感、使命感和自豪感，激励公民为了国家兴盛而努力奋斗。这一强调也具有强烈的讽刺意味。宣誓的结尾是"所有人都享有自由和公正"，但约瑟夫的巡视处处表明了黑人与白人的不平等，黑人所受到的待遇并不公正。"卫生"则是为了保持身体健康，从而能成长为合格的劳动力。在整个视察过程中，约瑟夫都没有提到黑人学校里的课程开设是否合理、学生的知识学习情况，或积极地解决黑人学校里师资力量不够、设备短缺等问题。甚至当格兰特提出学校的现有困难时，约瑟夫矢口否认。这说明了约瑟夫根本不关心黑人教育，也不在乎黑人是否能学到真正有用的知识、心理是否健康、在国内的前途如何。在他看来，最重要的是黑人要保持健康体魄，要对他们灌输忠于国家的思想。

福柯认为学校其实是一种规训机构，上级对学校的检查体现了统治阶级对学校教育的控制，表现了权力关系，也反映了统治阶级的教育思想。学校对学生的教育，除了基本生存技能的传授之外，还承担了重要的传输意识形态的功能。而学校里所执行的"一整套微观处罚制度，其中涉及时间(有无迟到、早退)、行为(失礼或不规范的体态)、言语(聊天、傲慢)等。其中，规范的力量贯穿在惩罚纪律之中。尤其在学校教育中，规范被确定为教学中的强制原则，与此同时也引出了一种标准化的教育"①。国家的组成不仅包括一整套强制机器，还应包括市民社会中的教会、工会、学校等各种组织。在这些组织中，统治集团的意识形态成为主导，构成巩固统治的思想屏障。葛兰西认为，国家的"最重要的职能之一是把广大居民群众提高到符合生产力发展需要从而符合统治阶级利益的一定的文化和道德水平(或形式)。在这个意义上说，在国家中起到特别重要作用的是执行积极的教育职能的学校"②。因此，白人绝不会放松对黑人学校的控制，所教授的课程、需要掌握的内容以及对教师的选择，无不反映了统治阶级的意志。格兰特虽然是黑人教师，但他对所教授的内容并没有自主权，正像格兰特所说的，"是的，我是老师，我只教这儿的白人允许我教的——阅读、写作和算术"(*A Lesson Before Dying*, 13)。白人所希望黑人学习的只是基本的技能，而避开了深层次的人格、尊严、价值等精神方面的追求。而白人要求黑人孩童向国旗致敬和保持卫生则是行为规范，反映了一种精神愚化，让后者成为顺从的劳动者以供人奴役，而不是在精神上觉醒过来，为黑人民族的解放、独立、自由而奋斗，最终成为与白人一样平等的美国公民。因此，约瑟夫的视察直接反映的是白人政府对待黑人教育的态度，表现了对黑人教育的忽视和对黑人思想的钳制。约瑟夫的行为背后是一整套国家机制的支持，是格兰特无法与之对抗的。这种无能为力在整个视察过程中也体现了出来，格兰特的陈述经常被不耐烦地打断，而他的要求也没有得到认真的倾听或采纳。

在这种情况下，格兰特不由得质疑自己教育的目的和作用何在，因为无论黑人是否接受教育，他们依然会成长为田地里的劳动者。"我不由想到，我在做什么？我真的能影响他们吗？他们现在所做的和那些老人们早些年做的一模一样。他们要年轻 50 岁，或者更多，但他们却和

① 徐金海. 学校教育中的规训与惩罚[J]. 教育导刊，2010(7)：14.

② 赵一凡，张中载，李德恩. 西方文论关键词[M]. 北京：外语教学与研究出版社，2006：543.

那些一辈子没有上过一天学的老人们做着一样的事情。难道这是一个邪恶的怪圈吗？我在做些什么？”(*A Lesson Before Dying*, 62)教育的基本功能之一是改变受教育者的境遇，赋予他们更多机会，从而使他们有可能拥有更加美好的生活。可是由于种族歧视的存在，黑人即使接受了教育，掌握了一些谋生的基本技能，但在现实生活中依然会处处碰壁。尊严被践踏、平等权益被剥夺、工作机会受到局限，和那些没有受过教育的黑人过着几乎一样的生活。只要白人依然坚信“白人优胜论”这一神话，坚持给黑人贴上低劣的标签，黑人就无法逃脱这种被贬低、被侮辱、在政治上被剥夺应有的权利、在经济上备受剥削的命运。

因此，虽然杰弗逊与格兰特属于黑人群体中的不同的代表人物，但他们都一样被白人种族主义者贴上了低劣的标签，受到种族歧视的伤害，没有话语权，政治权利被剥夺，看不到生活的希望。杰弗逊在监狱中用自暴自弃的行为来发泄内心的彷徨和失落，而格兰特则一直希望能摆脱目前的处境，逃离这个地方。但消沉或逃避都不能解决问题，如何推翻白人对黑人的侮辱性定义，打破白人优胜的神话，重新定义自我，证明黑人自身的完整性和尊严，是盖恩斯在小说中亟须解决的命题。只有这样，杰弗逊的死才能激励黑人民众为推翻不合理体制而奋斗，而格兰特才能重新鼓起信心与勇气，对民族的未来发展充满希望。

二、打破白人神话，重新定义自我

那么如何才能重新定义自我呢？对自我的定义应该是什么样的呢？黑人的自我价值是什么呢？“许多年轻的黑人男性把他们看成受害者，受到种族、贫穷和社会隔离的三重迫害。他们在学业方面毫无成就，在劳动市场上无所产出，在社会事务中没有参与。这样，他们在每一个社会机构中都被看成非实体存在(nonentities)。由于看不到摆脱目前难以忍受的处境的出路，黑人男性决定毁灭自我，从而永远退出。”①这段话

① Keith Spencer, Clark. Black Manhood in James Baldwin, Ernest J. Gaines, and August Wilson[M]. Illinois: University of Illinois Press, 2004: 70.

说明了在种族主义的环境中，美国黑人对自我的认知受到白人主流文化的影响，不能认识到黑人自身蕴藏的优良品质，缺乏对黑人文化传统的自豪感和自信心，是意志消沉的表现。这对于个人心理有着负面的暗示作用，使个人丧失前进的动力和对未来的希望，也不利于民族解放事业的发展。因此，扭转对自我的认知，积极地定义自我，肯定自我的价值，是黑人民众需要首先面对的任务。20世纪20年代，马库斯·加维掀起一场黑人民族主义运动，以十分激昂的文字赞叹非洲的辉煌文明，"对黑人的生理特征进行重新解释，如把黑色皮肤和黑色看作美丽和优雅的象征，而不是白人种族主义者所说的低人一等的标记"①。加维通过这种方法，来鼓舞黑人的干劲，唤起黑人的民族主义意识，激发其民族自豪感，从而摆脱当时普通民众中普遍存在的民族自卑感、落后感和无能感，号召他们要做独立的人。盖恩斯也力图在作品中实现这一诉求，但他采取了不一样的策略。盖恩斯在《刑前一课》突出地表现了年轻黑人如何在充满歧视的社会中寻找真正男性人格尊严的奋斗过程。小说中的杰弗逊和格兰特，作为黑人民众中不同群体的代表，虽然都被局限于无法摆脱的种种困境中，却不断地试图挑战这一社会体制，打破白人对自己的负面定义，追寻尊严和男性气概，为之不惜付出艰辛的努力。格兰特要帮助杰弗逊意识到尊严的重要性，即使判决无法改变，杰弗逊还是不得不接受被电刑处死的命运，但他必须改变对自我的认知，推翻白人对黑人的侮辱性定义。正像一首广为流传的黑人诗歌所写的：

> 如果我们必须死去，让我们不要像猪一样
> 被捕猎、被关押在一个肮脏的地方……
> 如果我们必须死去，哦，让我们高贵地死去，

---

① 王恩铭. 美国黑人民族主义思想：马库斯·加维政治思想初探[J]. 世界民族，2009：89.

这样我们珍贵的鲜血不会白白地

抛洒……①

而格兰特也必须在这一过程中，改变自己小知识分子的虚无避世的态度，意识到自己作为知识分子应该承担的责任，认识到黑人自身蕴藏的积极力量和优良品质，重新鼓起信心和勇气，为民族解放事业贡献自己的一份力量。格兰特不仅需要教会杰弗逊尊严的价值，他自己也需要重新认识黑人的真正价值，以及如何在白人种族主义者根深蒂固的偏见面前，表现出黑人的尊严。“他必须首先要摆脱自己对黑人民众倍受践踏的历史的憎恨”②，然后再打破白人神话，即认定白人优越、黑人低劣的观念。

因此，不仅是杰弗逊，格兰特也需要学会认识自我的价值，并在种族主义浓厚的氛围中找到作为人的尊严。正像玛丽·埃伦·道尔所说的，“杰弗逊、格兰特以及整个黑人社区都必须学会一课，那也是盖恩斯小说中的所有主人公必须学会的：没有人是别人的‘猪’，‘男性气概’其实是一种坚强而敏感的人性。它包括对他人的行为和感情的认知和回应、道德观念、学习和爱的能力，给出承诺，不管身在何地或外部环境如何，即使被威胁到生命，都能保持完整的人格”③。这种精神对于黑人极其重要。只有推翻了白人对黑人的侮辱性定义，肯定自我，才能促使黑人在心理上真正地摆脱受奴役的状态，强大起来。

格兰特在小说中说道，“你知道什么是神话吗，杰弗逊？神话就是一个大家都相信的古老的谎言。白人认为他们比世界上的任何人都要优

---

① Philip Auger. A Lesson about Manhood: Appropriating ‘The Word’ in Ernest Gaines's A Lesson Before Dying[J]. Southern Literary Journal, 1995, 2(27): 74.

② David E, Vancil. Redemption According to Ernest Gaines [J]. African American Review, 1994, 3(28): 490.

③ Mary Ellen, Doyle. Voices from the Quarters: The Fiction of Ernest J. Gaines[M]. Baton Rouge: Louisiana State University Press, 2002: 207.

秀——那就是一个神话。他们最不希望看到的事情就是黑人站了起来，会思考，并能展现我们身上的共同的人性。这会摧毁他们的神话”(*A Lesson Before Dying*, 192)。小说中的“神话(myth)”一词，表明这是由白人掌握了话语权之后所建构出来的。白人通过手中的法律机制、意识形态、语言等工具虚构了这一“神话”，使之不断强化和巩固，在整个社会中传播、接受。但神话被建构的本质说明了其虚妄性和欺骗性。它反映的是美国白人主流文化的需要，迎合的是白人阶层的意志，符合白人的利益需求。当“白人优胜论”的神话成为意识形态的一部分，它在本质上已经成为白人种族将自己凌驾于其他种族(包括黑人)之上，统治、压迫、剥削后者的工具。因此，对格兰特而言，要想帮助黑人在心理上强大起来，找到自己的尊严，首先就是要颠覆白人神话。

首先，格兰特需要认识到黑人身上所蕴藏的勇气和英雄主义。格兰特所受到的重要一课来自彩虹酒吧里其他黑人所谈论的故事。当他从监狱里出来，因为杰弗逊毫无进展而感到非常沮丧时，格兰特在酒吧里听到了其他黑人正在议论杰克的英雄事迹，并联想到以前乔·路易斯参加比赛的情景。社区里的黑人都聚焦在仅有的两台收音机前，所有人都屏息静听赛事的消息。当乔·路易斯在拳击比赛中被打败后，所有的黑人民众都感到非常失落和悲伤，而当乔·路易斯最终取胜后，“每个人都开怀大笑。每个人都互相拍着背。比赛后的好几天，好几个星期，我们都把头昂得高高的，比世界上任何人的头都要高”(*The Autobiography of Miss Jane Pittman*, 89)。乔·路易斯的胜利具有象征意义，有力地反击了白人对黑人的侮辱和贬低，证明了黑人的优秀性。而黑人民众对乔·路易斯比赛状况的关注，则充分说明了个人与民族的命运休戚相关。黑人个体在体育赛场上的胜利能极大地鼓励黑人民众的自信心，帮助其建立自信心和自豪感。接着，格兰特联想起早年听一位爱尔兰老师所谈论的詹姆斯·乔伊斯的短篇小说《会议室里的常春藤日》中的帕内尔。这位白人教师提到了“叶芝、奥凯西、乔伊斯”等作家，以及《都柏林人》，并说这部小说具有“普世性”。从历史上看，爱尔兰民族也是一个多灾多难的民族，在从17世纪初期至20世纪初长达300多年的时间里受到英国殖民主义统治。这位爱尔兰教师所提到的作家都是爱尔兰的著名作家，同时也是民族主义者，其创作多围绕爱尔兰的文化传统和风土人情，对爱尔兰的命运给予了深切的关怀，尖锐地批评了爱尔兰人麻痹消沉的生活状态，并试图激发爱尔兰人为自由、独立、解放而努力奋斗。帕内尔是19世纪后期爱尔兰著名的民族主义领袖、自治运动领导人。虽然帕内尔的事迹与美国或黑人并无直接联系，但他为被殖民、被奴役的民族奋起抗争，并为民族的自治运动献出了生命的经历对同样处于被奴役状态的黑人民族具有一定的启迪作用。从乔·路易斯和帕内尔的身上，格兰特意识到民族英雄的重要性，他们能激发普通民众的自豪感和自信心，增强他们的民族归属感，坚定他们为民族解放事业而奋斗的决心，并带动民众付诸行动。

其次，格兰特需要改变自己的认识，并且要尽到老师的职责，让杰弗逊意识到黑人并不是白人所定义的“猪”，而是堂堂正正的人。格兰特在接受自己的姑妈和杰弗逊的教母爱玛所托时并不能完全意识到这一任务的意义，而且他自己也并没有真正地认识到如何在当时的环境中保持尊严。他向情人维维安抱怨道：“我对他说什么呢？难道我知道什么是人吗？难道我知道一个人应该怎么死去吗？我还在试图发现人是应该怎么活着的。难道现在我要告诉一个从不知道如何活着的人如何死去吗？”(*A Lesson Before Dying*, 29)这段话说明了格兰特的迷惘和愤懑，他自身的遭遇使其体会了无所不在的种族歧视，虽然他尽力想通过教育改变命运，却发现只是徒劳。在白人面前，他依然不得不保持卑微的姿态，故意在谈话中暴露出语法错误以证明黑人的低劣性，而在学校里面对黑人教育中的种种问题，他也无可奈何。特别是受到前任老师安东尼的消极影响，格兰特认为：“杰弗逊面对的仍然是死亡，也许是明天，也许是下个星期，也许是下个月。那我能完成什么？我能做什么？为什么不让他像头猪一样，什么都不明白地死去呢？”(*A Lesson Before Dying*, 29)由此可见格兰特已经在不知不觉地认同了白人的判断标准，将自己的同类贬低为“猪”，并且有种深深的无力感。但是在他的姑妈和杰弗逊的教母爱玛的帮助下，格兰特终于同意定期去监狱探望杰弗逊，教给他爱和尊严，而不是像头猪一样死去。格兰特在探访时表现出极大的耐心。虽然在前几次的探访中，杰弗逊几乎完全忽视格兰特的存在，拒绝和格兰特直接交流，连视线都不停留在后者身上，表情非常冷淡，只是反复念叨着“他们什么时候才会将我放到那张椅子(指电椅)上呢?”但格兰特坚持定期去探视，不断给杰弗逊讲授做人的道理，教育他要爱别人，特别是“为我们做了那么多牺牲的人们”(*A Lesson Before Dying*, 129)，不要伤害自己的亲人，而要待人友善，尽力去帮助他人、尊重他人，理解自己的责任。

与此同时，杰弗逊的教母爱玛、牧师以及社区里的其他民众都对杰弗逊表现了极大的关爱。爱玛每次都精心为杰弗逊准备食物，包括炸鸡、土豆、烤红薯、饼干、玉米、秋葵汤等。这些都是典型的黑人传统食品，黑人在田间劳作时缺少餐具，烤红薯、土豆、玉米等方便食用，所以成为黑人的常见食品。秋葵汤与黑人种植园时代的饮食习惯相关。“大锅煮食是黑人奴隶的主要饮食形式。白天种植园通常将饭送至奴隶们劳作的田头。晚饭食用的大锅饭从早上就炖在火上了。……后来黑人传统食品中的水煮食品风格的形成可以从种植园中的大锅饭里得到解释。”①以实玛利·里德也多次在诗作中提到秋葵汤，暗示了它对黑人在生理和心理上的滋养。在20世纪60年代的民权运动中，这些黑人传统食物被冠以“心灵食品(soul food)”的称号，被认为具有重要的政治和文化意义。因此，这些黑人传统食品象征了黑人民族文化的传承，代表了亲人和社区对杰弗逊的爱与关心。它们不仅能使杰弗逊在生理上得到满足，同时也提供了精神营养，让他有种归属感。这让他逐渐意识到自己并没有被人抛弃，也绝不是白人所定义的“猪”，而是一个堂堂正正的

---

① 李荣庆. 新历史主义批评《外婆的日用家当》研究[M]. 杭州：浙江大学出版社，2011：74.

人。牧师艾姆诺斯劝杰弗逊向上帝祷告，社区里的普通民众专门在圣诞节的晚上为杰弗逊祈祷，还凑钱帮助格兰特为杰弗逊买了一台收音机。这是一个重要的转折点，正是收音机播放的音乐将杰弗逊与外界联系起来，唤起了他对美好生活的向往，让他进一步体会到生活中的真善美，也让他检讨自己的行为给关爱自己的人带来的伤害，并使他感受到整个社区的关爱，也让他意识到自己对黑人社区的责任。

这样，杰弗逊对自我的认知终于逐渐发生了改变，而他的行为方式也变得文明起来。在格兰特第九次去探视杰弗逊时，后者终于开始与格兰特交流，并注意到那是个好天气。他的脸上带着微笑，“不是苦笑。一点都不苦涩”(*A Lesson Before Dying*, 170)。然后，他第一次表现出对美好事物的向往，“我想要一加仑的冰淇淋”，“整整一加仑香草味的冰淇淋。用勺子吃”(*A Lesson Before Dying*, 170)。这些都说明了杰弗逊人性的复苏。他不再像开始一样，把自己贬低为猪，并故意在行为举止上表现得和猪一样，而是渴望美好的、甜蜜的事物，并用文明的方式来进食。在第十次探访中，格兰特向杰弗逊灌输了“英雄”的概念，“你知道什么是英雄吗，杰弗逊？英雄是要为他人做事的人。他会做些别人不会做也不能做的事”(*A Lesson Before Dying*, 191)。“他会为他爱的人做任何事情，因为他知道这会让他们的生活更美好。”(*A Lesson Before Dying*, 191)因此，在格兰特看来，英雄不能只顾个人私利，而是要为他人着想，对他人有意义。同时，在格兰特的鼓舞下，杰弗逊意识到作为黑人，他们不应该屈从于白人对自己的侮辱性定义，而应该勇敢地站起来，用事实证明自己的勇气、胆量和尊严。黑人绝不是动物，亦没有缺失人性，他们应该用自己的行动去打破白人所创造的“白人优越”的神话。

这样，在格兰特与社区里的民众的努力下，杰弗逊逐渐走出了那个被封闭起来、自卑自贱的小我，认识到自己与他人、与社区的联系，开始懂得爱与感恩，身上的人性因子逐渐增强。而杰弗逊在日记本上记录其思想更是一个飞跃。在法庭上，杰弗逊受到白人所建立的法律体制的束缚，在整个审判过程中根本没有表达自我的机会。而在随后被关押的一段时期内，杰弗逊由于白人律师对其的侮辱性定义因而在心理上受到极大创伤，整个人表现得非常消沉，丧失了生活的勇气和意愿，封锁了自己的内心，以至于在格兰特和亲人们探视时都不肯与之正常交流，而日记本使他能走出自我这个狭小的圈子，去关注其他黑人的命运，并且也给其他人一个机会去了解他的内心世界。虽然杰弗逊的语法不规范，有许多拼写错误，句子不完整，有的支离破碎，但他能表达自我本身就说明了他自我意识的苏醒，能够思考问题。这正是区分人与动物的重要标准之一，因此直接推翻了小说伊始白人律师对他的污蔑。杰弗逊在日记中记录了人生中的许多“第一次”：第一次他居住社区的所有黑人，包括残疾的博克，都向他表示关爱；第一次他对教母爱玛表达了感激和柔情；第一次明确地表明自己是一个人。他表达了对亲人和朋友的谢意，对自己过去的无知和不当行为的悔恨，对美好生活的眷念，对上帝的质疑，以及对社会体制中不合理之处的反思。这些展示了他的理解力和洞察力，以及他逐渐完整的人格，充分证明了黑人身上的人性因子，他们并不是蒙昧无知的动物，从而颠覆了白人对黑人的贬抑性判断。这也说明了杰弗逊的内心世界逐渐发生了转变，从一开始被动地接受白人对他的否定性定义，到最后决定用自己的行为来推翻这一定义。杰弗逊的精神逐渐变得强大。另外，在日记中，杰弗逊认识到了社区里的邻居和亲人对他的关爱，同时回应了这种关爱，表现出对其他人的爱、关心和责任。这说明杰弗逊不再囿于自私状态，已经跳出了自悯自怜的小圈子，而是能体贴他人的心情，用爱去回报他人，不辜负他人对自己的期望，并勇敢地承担起自己对于整个黑人民族应尽的责任。

最后，杰弗逊勇敢、平静地走上了刑场，甚至还在临刑前向执刑官问好，询问他的家人是否安好。他毫无惧色地注视着执刑官，任由他们给他进行刑前的准备工作，向执刑官保罗交代身后的事宜，等待最后时刻的到来。所有人都被电椅以及发动机所发出的噪音吓坏了。格兰特并不在现场，但他从白人警官保罗那里得知了杰弗逊的表现：“他是整个拥挤不堪的行刑室里最勇敢的……是的，他是的。我这样说并不是想要让你感觉好受点儿，或是为了减轻你的痛苦。你可以问问牧师，问问亨利·威廉斯。他是里面最勇敢的人。我们都挤着站在一块儿，离电椅不过6、8英尺远。我们都彼此靠着。当威森特问他还有什么遗言时，他看着牧师，说道，‘告诉奶奶，我自己走的’。他走过去时身子挺得很直，格兰特，格兰特。很笔挺。我可以作证。挺得很直。”(*A Lesson Before Dying*, 254)“身子挺得很直”说明了杰弗逊内心已经发生了巨大的变化。他一改主流文学中对黑人民众的塑造，不再是懦弱胆怯的样子，也不再是像白人律师对他所定义的“猪”的形象，而是用行动证明了自己的尊严。虽然杰弗逊是被冤屈的，是被白人种族主义者任意地武断定性的结果，是种族歧视的牺牲品，他没有能力去推翻这一整套强大的、不公正的体制，但他成功地克服了自己的恐惧和软弱，表现了勇气和尊严，从而打破了白人优越论的神话，扭转了白人对黑人的蔑视，赢得了大家的尊重，并启发其他黑人民众思考。

杰弗逊和格兰特在重压下所表现出来的尊严和信念，对整个黑人社区而言尤为重要。正像小说中所说的，“他们必须相信，如果身体无法得到自由，至少心灵能自由。只有当心灵自由了，身体才有机会自由”(*A Lesson Before Dying*, 251)。在盖恩斯看来，获得心灵的自由是通往自由的重要途径。只有当黑人民众在心灵上摆脱了白人种族歧视和社会体制给他们施加的诸多限制，他们才有可能奋力去争取身体上的自由。因此，杰弗逊和格兰特代表着黑人民众的不同群体，却同样受到美国种族政策的局限和束缚，因而同样处于不自由的状态中，他们的反思和觉醒对于整个民族而言具有重大意义。作者也赋予杰弗逊的死一种基督殉身的意味。学者菲利普·奥格指出，“这个无辜的人由于一个并不公正的原因而死去，这和基督殉身极为相似。除此之外，杰弗逊的死刑执行时间由镇上的官员确定，避开和一个宗教日冲突，就像基督的死由罗马和犹太的权威人士决定从而避开犹太教的逾越节(Passover)一样。杰弗逊在狱中被关押的时间是从圣诞节到复活节，而他受死刑的时间正好是星期五，和上帝死亡的时刻一样，在两点和三点之间"①。同时，格兰特要求杰弗逊为大家背负起十字架。《圣经》中的基督背负十字架，是为大众赎罪，救赎大众。而杰弗逊背负的十字架，则是用自己的死去警示黑人民众，向大家展现黑人身上所蕴藏的力量，激励他们去正确地认识自我，而不要被白人的侮辱性定义所误导，同时也希望他们能记住黑人所遭受的苦难，从而为民族最后的解放而努力。

白人警官保罗受格兰特的邀请将杰弗逊的转变讲给孩子们听，使其成为孩子们人生中的宝贵一课。杰弗逊面对死亡所表现出来的尊严和勇气对于黑人社区而言有着极大的激励作用，让他们更深刻地认识到黑人在不公正的种族体制下所遭受的苦难，同时他们将从杰弗逊身上汲取精神力量，受到鼓舞，用实际行动去推翻白人种族主义者给他们贴的贬斥性的标签，打破白人神话。在这一过程中，格兰特也学习到了重要的一课。他在小说初始因为受到的歧视而备感愤懑，并对自己的教育工作产生了深深的怀疑，不知道教育是否真能转变学生的人生观、世界观，是否能帮助他们成长为具有坚定信念、能摆脱种族主义束缚、用个人努力去打破美国社会对黑人所设置的重重壁垒的人。但杰弗逊用自己的表现向格兰特表明，教育最终会转化成一种精神力量，改变黑人的精神面貌，使他们为了某个高尚的信念而付出努力。这样，也使得格兰特从一个消极躲避的小知识分子形象转变成关心民族命运，并用自己的信念去鼓舞他人的引领者的形象。这一转变对于整个黑人社区、黑人民族而言无疑具有重要意义。

第二节　叛逆的英雄，对不公正体制的抗争

盖恩斯非常关注黑人的命运，在创作中积极探讨黑人如何"带着理

① Philip, Auger. A Lesson about Manhood: Appropriating "The Word" in Ernest Gaines's A Lesson Before Dying[J]. Southern Literary Journal, 1995, 2(27): 75.

智、爱和责任感存活下来，他们不仅是为了自己，也是为了全人类站立起来，反复尝试”①。然而，从黑人被白人带到美洲大陆上开始，黑人就被人为地剥夺了“站起来”的机会，并被长期噤声，在美国文化中处于被书写、被言说的境地。而盖恩斯的小说中的主人公具有鲜明的个性和不屈的战斗精神，敢于反叛不合理的社会制度，挑战白人权威，为追求自由、解放和平等权益付出生命的代价。他们在面对强大的白人社会机制时，并没有胆怯退缩，而是努力用自己的方法进行抗争。虽然他们可能以失败而告终，但他们的勇气和胆量使整个新黑人社区受到启迪，激励他们行动起来，不再安于被奴役的生活，而是努力去反抗，挑战白人权威，颠覆既定的社会体制与秩序，争取公平、公正的生活。而勇气和胆量正是男性气概的必备元素，这种精神特质一改黑人男性被阉割的形象，使他们成为真正的男子汉，也使他们成为新黑人社区里的带头人。

一、夹缝中的挣扎

盖恩斯小说中的贝荣城和拉斐尔农场里的种族关系错综复杂，富有的白人与相对比较贫困的卡津人、克里奥人、黑人等混居在一起。但这些不同的群体中有着严格的社会分层，富有的白人种植园主(法裔或盎格鲁-撒克逊的后人)位于社会阶层金字塔的顶端，黑人位于塔底，中间则是卡津人、克里奥人(法裔和非裔混血儿)或其他混血儿。盖恩斯在小说中非常关注克里奥人处在夹缝中的命运。他们的悲剧在于其不确定的身份和归属，因为他们的黑人血统和美国判断个人种族身份的“一滴血政策”，他们不被白人认可或接纳，白人社会“几乎不给黑人以任何机会通过混血的方式成为白人”②。但同时由于他们的白人血统和较浅

① John, Lowe, ed. Conversations with Ernest Gaines[M]. Jackson: University Press of Mississippi, 1995: 96.

② 尹锐，顾华. 白人权力与种族知识的产物——福克纳笔下的混血儿初探[J]. 东北大学学报，2008(6): 548.

的肤色，他们内化了白人社会根据肤色深浅来判断个人价值的标准，自认为在种族身份上和文化上比黑人要优越，因而会有意与纯粹的黑人拉开距离。这样就使克里奥人处于一种尴尬的位置，时刻处在种族冲突的风口浪尖。美国主流文学中的混血儿多为悲剧型，如托马斯·狄克逊的《豹斑》和《同族人》中的黑白混血儿被刻画成黑、白两个种族最糟糕品质的化身，因此被视为对占主导地位的群体所构成的一种威胁。福克纳的《八月之光》中的黑白混血儿乔·克里斯默斯则一直生活在极度矛盾和痛苦中，最终选择暴力反抗处处制约他的外部世界，杀死了自己的白人情人乔安娜，自己也在耶稣受难日被处死。查尔斯·W. 切斯纳特在其小说《他青年时代的妻子》中，借黑白混血儿赖德先生之口，表达了黑白混血儿种族认同的复杂和矛盾心理："我没有种族偏见，但我们这些混血儿被夹在上下磨石之间。我们的命运是要么被白人吸收，要么在黑人中灭绝。那个不要我们的人，可能及时把我们带走。另一个会欢迎我们，但对我们而言，那将使我们倒退一步。"①这段话很好地描述了混血儿在美国社会中处于夹缝中的情况。

盖恩斯笔下的混血儿多指"克里奥人"。维勒里·巴珀这样解释过其用法："它被用来区分许多东西，从种族到文化，从语言到厨艺。它也被用于指代各个不同的社会、政治、文化和经济群体。在路易斯安那州，它则指定居在路易斯安那的西班牙人、法国人、意大利人，以及其他欧洲奴隶主和黑人的后代。"②而盖恩斯小说中的克里奥人则属于第三种情况。盖恩斯在小说中非常清楚地指出了他们与黑人、白人两大群体疏远的情况，但不管他们的自身意愿如何，他们还是被普遍认定为黑人，其居住区也是在大的黑人居住区内，只不过一般是在一个相对离其他黑人较远的位置。

《凯瑟琳·卡密尔》中的卡密尔一家即是如此。凯瑟琳的祖父罗伯

① 黄卫峰. 美国历史上的黑白混血儿问题[J]. 世界民族，2006(5)：51.

② Valerie Melissa, Babb. Ernest Gaines [M]. Boston: Twayne Publishers, 1991: 56.

特选择的居所在黑人社区的边缘，与其他黑人的住所相距甚远，这种空间上的疏离也暗示了他们在心理将自己与其他黑人隔开的状态。事实也是如此，当罗伯特搬家时，恰好遇到暴雨，通往院子的桥断了，马车陷入了沟里。社区里的黑人主动提出帮忙，却被罗伯特拒绝了。这成为卡密尔一家的原则。他们一家几乎“不和黑人说话，而当黑人与他们打招呼时，他们头也不点地过去了”(*Catherine Carmier*, 12)。罗尔的妻子黛拉对黑人非常友善，经常和人聊天，但很快就受到罗尔的警告，于是黛拉也改变了对黑人的态度，几乎不和黑人来往了。黛拉的儿子马克的肤色很深，很明显不是罗尔的亲生子，但罗尔生气的不是黛拉与人私通的事实，而是黛拉的情人是个黑人。在他看来，妻子与肤色更深的黑人交往是种侮辱，降低了他的身份。罗尔甚至趁着和马克一起砍树期间制造事故将马克压死。狭隘的种族主义偏见使罗尔抛开了亲情和人性，对一个幼小的孩子犯下了可怕的罪行，从而使夫妻关系被扭曲异化，家庭氛围变得冷漠。另外，为了使女儿减少和黑人的接触，以期混入白人中，罗尔不惜将小女儿莉莉安从小就送到镇上的亲戚家去学习礼仪，使她和家人长期分开，以致莉莉安长大后与家人疏离。而长女凯瑟琳则因为他的反对，无法与黑人男友长期保持恋爱关系或有进一步地实质性发展。盖恩斯揭开了克里奥人骄傲表面下的荒谬和异化的生活实质。

但盖恩斯并不止于批判克里奥人自以为是的骄傲，同时也表现了他们不甘于被奴役的状态、对白人霸权的勇敢挑战和为了维护自己利益的大胆抗争。祖父罗伯特在种植园主麦克·格洛弗面前表现得不卑不亢，“他来到这里，就好像是一个男人来到另一个男人的面前，他要求得到那所房子就像一个男人会做的那样”(*Catherine Carmier*, 9)。虽然麦克·格洛弗在当地享有权势，但罗伯特并没有显示出卑微或胆怯的样子，而是尽量以平等身份交流。罗伯特甚至还与其他参与分租制的卡津人争抢转臂起重机，并抢先了几步。但在20世纪30年代的美国南方，白人社会绝不容许黑人获胜，虽然卡津人多为穷白人，在白人社会里属于较低的阶层，受到更高阶层的富有白人如白人种植园主的压榨，但他们的种族身份决定了他们在黑人面前的优势地位。“三个月后，罗伯特不见了。没有人知道怎么不见的，去哪儿了。那天早晨他骑着马去贝荣。他和马都再也没有看见了。”(*Catherine Carmier*，13)盖恩斯并没有点明罗伯特的去向，但失踪更让人感到可怕。在20世纪30年代的美国南方，私刑依然是白人种族主义者惩罚逾矩的黑人的最严厉手段。白人种族主义者认为他们有权利将自己的意志凌驾于法律之上，任意地处罚挑战了白人权威的黑人。罗伯特与卡津人的争夺让后者感到了威胁，因而罗伯特被残忍地毁灭。

罗尔身为罗伯特之子，继承了这种敢于挑战白人权威、抗争的精神。为了保住自己的土地，罗尔非常努力地在田地里劳作。因为身为混血儿，罗尔无法融入白人或黑人任何一个群体，“他(指罗尔)接受的教育就是可以从土地中获得一切，也确实如此。有人教他热爱土地，依靠土地。他对土地的热爱，对白人的憎恨，对他看不起的黑人的鄙视是一代代传下来的。罗伯特把它带到了这儿，然后你在罗尔身上也看到了这一点”(*Catherine Carmier*，116)。“罗尔一个人——罗尔和他的土地，他的田。”(*Catherine Carmier*，117)罗尔在小说《凯瑟琳·卡密尔》中是一个孤独的抗争者的形象。由于分租制的实行，白人租给黑人的往往是种植园里最为偏僻、贫瘠的土地，同时由于白人拥有更为先进的机械设备如拖拉机，他们往往能够获得更好的收益。而黑人则虽然辛勤地劳作，却因为先天条件的不足而收获不多，因而会在与白人的竞争中败下阵来，从而失去继续租种土地的资格，沦为白人的雇工，或被迫离开种植园。罗尔不甘心接受这种命运，“他是唯一敢对抗他们(指卡津人，穷白人)的黑人农民了，他知道他们迟早都会把这一切拿走。但他还不准备让他们拿走。即使他需要一周工作七天，一天十二个小时，他也会这么做”(*Catherine Carmier*，134)。盖恩斯虽然并不赞成混血儿罗尔与社区里的其他黑人民众划清界限的做法，但饱含同情地描写了罗尔在可能失去土地的巨大压力下孤独地奋斗着的情景。虽然他的个人力量有限，无法与强大的社会体制对抗，他坚持的不过是一场注定会输掉的战役，可是这种勇气和胆量值得敬佩。

《血统》中的科波则比罗尔更富有战斗精神，他不仅公开地挑战白人权威，而且还坚定地宣告，一定会夺回本应属于他的权益。科波是白人种植园主沃特·劳伦特和黑人奴隶的后代。科波与沃特长得很像，"又高又瘦，一张长脸就和沃特一样。唯一的区别就是，他是棕色皮肤，卷曲的黑发；他的手很白，上面长着棕色的直直的毛发"(*Bloodline*, 167)。当沃特去世后，他的弟弟弗兰克掌管种植园，弗兰克已经60多岁，膝下无子，这就意味着他过世后没有直系亲属继承财产。弗兰克的思想和生活方式停留在过去，把自己当作种植园里的绝对权威，不容许任何黑人违逆他的话语权威。而科波是"敢于为了建立理想的新秩序而献出自己和他人生命的新黑人的先驱"①。科波在离开多年后，回到了种植园，坚持自己是老主人沃特的儿子，想要得到家族的认可，拿回属于自己的继承权。而弗兰克坚信应该按照"规则"行事。"要改变那些规则吗？你知道这些规则有多古老了吗？它们比我，比你，比这整个地方都还要古老。我没有制定它们，我只是发现了它们。而我——只是无用之人——难道我要改变它们吗？"(*Bloodline*, 188)弗兰克所指的"规则"即白人于17世纪、18世纪逐渐形成的奴隶制和由其衍生出的一整套关于种族关系的行为规范。这套规则规定了黑白关系的基本模式，决定了白人的统治地位和黑人受奴役被压迫的命运。弗兰克和哥哥沃特不同，沃特信奉的是铁腕政策，强调用暴力制服黑人。沃特过去常常骑着马"黑色恐怖"在黑人社区里奔跑，所有的黑人都必须为他让道。他是典型的种族主义分子，坚持白人的优越性和霸权，把黑人当作他的私有财产和劳动工具，欺凌黑人女性，用铁腕统治种植园。马儿的名字"黑色恐怖"也说明了沃特的性格特征和管理风格。而弗兰克则相对温和，他允许黑人们免费在种植园里居住，并设法满足人们的基

① William, Burke. Bloodline: A Black Man's South[J]. CLA Journal, 1976, 4(19): 550.

本生活需要。但两者并没有本质区别。弗兰克对黑人们的恩惠建立在后者对他的绝对顺从之上，黑人民众必须承认他的权威性，就像费利克斯(Felix)在小说中反复说的，“你是权威”。弗兰克尽力捍卫过去的规则，用它们来规范黑人的行为举止，在种植园里建立尊卑秩序，以更有效地管理种植园，却从来没有怀疑过这套规则是否合理，并忽略了一个事实，那就是，其实并不是他施予了黑人恩惠，而是黑人民众用辛苦的劳动换来了他的舒适生活。弗兰克的起居室里放置着“大而老旧，暗色的家具”(*Bloodline*，192)，虽然“窗帘已经被拉开，但房间里并没有足够的光线。院子里的树让阳光无法照进房子”(*Bloodline*，192)。场景描写也说明了弗兰克依然还生活在过去，时代的变化并没有影响弗兰克的生活，或者改变他的思想。因此，当科波回到种植园，以沃特的唯一亲生儿子的身份要求与弗兰克谈判，获得家族财产继承权的时候，弗兰克虽然表现出了一些松动，想要适当弥补对弗兰克的母亲所造成的伤害，但只准备给几块钱而已，而且坚持让科波从后门进入大屋。

“后门”这个意象在盖恩斯的小说中多次出现。白人从大屋的正门出入，而黑人却只能从后门出入，这一规则反映了对黑人的歧视和轻蔑。《刑前一课》中的格兰特将之视为极大的侮辱，但并不敢将愤怒形诸于表。然而科波坚决拒绝从后门去大屋，甚至打退了弗兰克派来强行带他去大屋的两拨人。是否从后门出入成为科波与弗兰克斗争的外在表现。弗兰克的坚持表现了他的种族主义思想和对白人权威的维护，而科波的叛逆则说明了黑人不甘于低下的社会地位，想要争取平等权益的努力。这些行为无疑挑战了弗兰克的权威，并导致弗兰克不得不屈尊去科波的姑妈爱米丽娅家与科波见面。这种局面的转换说明了双方力量的此消彼长，其高高在上的姿态被颠覆，白人霸权被消解。弗兰克已年近七十，身体虚弱，曾发作过两次心脏病，而且没有子嗣，种植园面临着后继无人的危险。这说明了白人家族的没落，事实上，沃特的去世就已经暗示了用暴力压制黑人民众、为所欲为的时代的终结。而科波正当盛年，强壮，富有活力、生命力和战斗力，和弗兰克形成了鲜明的对比。

弗兰克象征着过去，而科波代表的是未来。

弗兰克与科波的见面具有丰富的象征意义。当弗兰克到达科波所暂居的爱米丽娅的屋子时，科波正站在台阶上，而科波并没有主动走下台阶来迎接他，而是弗兰克自己走了上去。这些细节表现了弗兰克的让步和妥协，也充分说明了时代的变化。科波对待弗兰克的态度不卑不亢，“科波把弗兰克叫作‘叔叔’，就像他把阿米丽娅叫作‘姑妈’一样。似乎科波过去一直这么叫他(指弗兰克)。他不怕弗兰克，就像弗兰克也不怕他一样。他们都是劳伦特家族的人。一个劳伦特家族的人是不应该害怕任何人的”(*Bloodline*, 203)。科波与白人主流文学中唯唯诺诺、卑微胆怯的黑人男性形象完全不同，他表现得毫无畏惧，把自己看成与弗兰克一样的劳伦特家族的成员，从而挑战了整个白人社会判定个人血缘关系的规则，大胆地解构了弗兰克所固守的长达三百多年的规则。科波不失礼貌地招待弗兰克，丝毫没有因为自己的黑人血统而有任何卑微，神态自然而强硬。他自命为“将军”，统帅着一支看不见的队伍，要向所有像沃特一样的人讨回他们的“与生俱有的权利”，补偿他们曾经遭受过的苦难。因为他的混血儿身份，科波在母亲死后不被名义上的黑人父亲所接纳，小小年纪就被迫到处闯荡，看到了许多和他一样的人，看到了许多和沃特一样的人。“苦难，苦难，苦难”(*Bloodline*, 213)，科波再三重复这个词，强调了美国白人的罪恶带给黑人的苦难，造成他们甫一出生就缺乏亲情，同时被白人社会和黑人社会所排斥，尴尬地处于生活在夹缝中、四处漂泊的境遇。科波并不是个例，而是代表了所有处于相似境况的黑人，所有拥有黑人母亲和白人父亲，却被白人父亲所否定、所抛弃、所剥削的混血儿。因此，科波要率领所有与他同样遭遇的黑人，向白人父亲发起挑战，向违背人性的血统认定体系发起攻击，要拿回自己“与生俱有的权利”。这既包括经济方面的财产继承权，也包括从正门堂皇光明地出入大屋、与白人平等、被白人父亲所认可和所接纳等的政治权利。就像美国政府在建国初期所制定的人权宣言中宣布的，平等、自由是神圣的天赋人权，不应该被任何人以任何理由剥夺。

小说最后，弗兰克称科波为“我的侄子”(*Bloodline*, 215)，称呼的转变说明了弗兰克最终承认了科波与家族的血脉关系，而不是像种族主义者一样为了捍卫白人血统的纯洁而否定混血儿后代。虽然弗兰克依然固守过去三百年来的规则，“要尽力使这地方保持原来的样子”(*Bloodline*, 216)，拒绝了科波关于继承家族财产的要求，要赶走科波，但他的旧思想已经发生了松动，而且表现出了一定的软弱姿态，作出了一些让步。科波的态度则非常坚决彻底，他一再表示：“但是我会回来的。我们会回来的，叔叔。那时我要拿走我的份额。我不是在乞求，也不是在请求；我会拿走它。我会拿走它，否则我将要让整个种植园浸泡在鲜血里。”(*Bloodline*, 217)还说道：“你的时代已经结束了，叔叔，这是我的时代了。我不会让任何事情挡我的道。”(*Bloodline*, 217)而他走进屋的姿势就像一名战士一样。科波的宣告表现了为争取平等权益绝不妥协的战斗精神，不管他将付出什么代价，他都会为了实现自己的理想而奋斗。

值得注意的是，《凯瑟琳·卡密尔》中的罗尔努力劳作是为了不在竞争中输给卡津人，保住自己的田地，他只是为了个人利益而向白人权威发起挑战。而科波要求拿回自己“与生俱来的权利”并不只是为了个人利益，而是想要为许多与他同样遭遇的混血儿夺回他们应得的权益。科波没有局限于个人的痛苦，而是敏感地关注到黑人大众的苦难，看到他们暗淡无神的眼睛，听到他们痛苦的哭喊，所以他要代表黑人混血儿们向不公平的社会体制发起攻击。在他的臆想中，他是将军，率领了一支军队。虽然科波暂时并没有真正地将理想和愿望付诸实施，但他把个人的不幸与民族的苦难结合起来，为了黑人大众的利益而敢于战斗的精神和坚定的信念将震撼黑人民众，激发他们为民族的自由、独立和解放而奋斗。

二、自发蒙昧状态的反叛者

如果说混血儿是夹缝中的反抗者，他们被置于两个种族之间，无法与其中任何一个种族认同，他们虽然同样遭受白人的歧视与虐待，努力用自己的方式进行抗争，但又与黑人大众拉开距离。他们的奋斗与挣扎失去了黑人民众的支持，因而往往也找不到出路所在，正如《血统》中的科波一样，虽然自命为将军，却并没有一支实体军队予以支持。与混血儿不同，盖恩斯还塑造了一些个人主义式的英雄人物，他们不满于白人对于黑人的欺凌，不甘心受奴役、被压迫的状态，无法忍受不公正的社会体制，但他们找不到正确的方法改变大的社会环境，亦认识不到自己对于整个黑人民族的责任和义务，从而无法团结、发动黑人民众来进行反抗，因此，往往成为处于自发蒙昧状态中的个人主义英雄。

小说《爱与尘》中的马库斯就是一个典型的例子。美国学者沃尔夫冈·莱普斯切声称他“对马库斯很感兴趣，他是一个极端利己主义者，但又不会被击垮或打败，他找到了自己特有的反抗方式”①。无论是面对暴虐的白人监工蓬蓬，还是有钱有势的白人种植园主马歇尔，马库斯都没有表现得卑躬屈膝和唯唯诺诺，而是力图用平等的姿态与对方对话，表现出自己的尊严、胆量和勇气。马库斯被白人种植园主马歇尔保释出来后，要在种植园作为免费劳动力无偿工作五年。马库斯遭到了白人监工蓬蓬的折磨，每天都被迫做非常繁重的工作。但马库斯从一开始就表现出自己的反叛精神。

马库斯首先在其衣着打扮方面表现出与其他黑人的不同。他与吉姆住在一起的第一个晚上，马库斯就坚持要找钉子把衣服挂起来，而不是将衣服皱巴巴的随意地放置在一边。同时，虽然在田地里劳作，马库斯也不肯放弃自己在城里时的穿着打扮，穿着粉色衬衫、棕色裤子，戴着软帽，而不是种植园里其他的黑奴们劳动时穿的卡其布的衣服和戴着的草帽。他的穿着说明了他对自我的认知，并没有把自己看成逆来顺受的黑人劳工，而是体面的、有尊严的人。对自己衣着的注意显示了马库斯

① 沃尔夫冈·莱普斯切. 南方黑人文化的记录者——欧内斯特·盖恩斯访谈[J]. 李庆学，译. 译林，2007(4)：184.

对自我的肯定，也是对既定的黑人奴隶的行为模式的挑战和对种植园的伦理秩序的不驯。

其次，马库斯在语言领域发起了对白人权威的挑战。为了凸显自己的霸权和优越性，白人在语言领域亦规定了一套白人和黑人的对话模式。比如，白人与黑人在称谓上不平等，从而“体现了其与黑人政治身份上的不平等，显示白人的主导与支配地位以及黑人的从属和被支配地位”①。白人对黑人一般不称呼其正式名字，极少带“Mr.”或“Mrs.”的称谓，而是常用其绰号，或直接把后者叫成“孩子”，有时还会漫不经心地把黑人的名字念错，这些都说明了白人对黑人的轻蔑，显示了其语言暴力和对黑人的政治身份的漠视。与之相反，白人非常在意黑人对自己的称呼。在对话中，白人通常要求黑人对他们采取“先生”或“长官”等敬称，“以确保其在黑人面前始终都处于一种高高在上的支配者和统治者的地位”②。比如《刑前一课》中的格兰特在亨利·皮科特的面前，皮科特问他打算怎么做时，格兰特只是摇了摇头，说：“我不知道。”皮科特马上就瞪着他，而格兰特也意识到自己回答的方式不对，于是加上了“先生”。白人的这种语言暴力反映了他们维护自己的优势地位和特权的企图，同时也迫使黑人被局限于卑微的状态，从而阉割后者的男子汉气概。但马库斯在面对蓬蓬和马歇尔的强权时，并没有在语言上表现出特别的尊敬。当马库斯和蓬蓬第一次见面时，蓬蓬安排了一些事宜后，对马库斯说：“不需要我提醒你要回来的吧？”(*Of Love and Dust*, 5)而马库斯一开始并没有回答，“他正在蹙眉，挠着额头”(*Of Love and Dust*, 5)，在吉姆提醒后，才很简短地说，“我会回来的”(*Of Love and Dust*, 5)。整个回答中，马库斯并没有在白人监工前表现出小心翼翼、拘谨害怕的样子，也并没有在语句前加“先生”或“长官”等敬语。同时，马

① 隋红升. 危机与建构：欧内斯特·盖恩斯小说中的男性气概研究[M]. 杭州：浙江大学出版社，2011：102.

② 隋红升. 危机与建构：欧内斯特·盖恩斯小说中的男性气概研究[M]. 杭州：浙江大学出版社，2011：102.

库斯在白人种植园主马歇尔面前也尽量保持自己的尊严。马歇尔是富有白人，社会地位比蓬蓬更高，更有权势，甚至能左右当地的司法体制。但当马库斯和马歇尔第一次面对面时，马库斯埋头干活，根本没有正视站在身后的马歇尔。马库斯甚至还在心里想着，“如果你是个胖子混混，你最好去找别人的麻烦。我还得摘玉米，我还得耙树叶，但是我不会和一个混混胡搅——我才不管他是谁”（*Of Love and Dust*，186）。这充分说明了马库斯对白人权威的蔑视。同时，马库斯在和马歇尔对答时，非常简短，没有使用尊称，甚至在看到大腹便便的马歇尔时，马库斯想：“只要用这只耙子照着他的肚子重重一下，我就能让他的肠子流得院子里满地都是。”（*Of Love and Dust*，188）这显示了马库斯的反抗、叛逆精神，对自己的力量充满自信，而对强大的白人表示出不屑，从而消解了白人的权威性，颠覆了白人霸权。而当马库斯准备离开种植园，去找马歇尔谈判，希望能获得后者提议的车和枪的时候，毕晓普开门问他有什么事，马库斯直截了当地回答：“要找马歇尔。”（*Of Love and Dust*，210）“他没有说‘先生’，毕晓普说。他没有说‘我能吗？’他没有说‘他在家吗？’‘要找马歇尔’，他说。”（*Of Love and Dust*，210）马库斯对马歇尔直呼其名，也没有用较委婉的语气表达自己的要求，说明了马库斯在心底是把自己看成和马歇尔平等的，并没有因为马歇尔是白人，拥有钱势而认为自己就低人一等。毕晓普怯懦的反应与马库斯形成了鲜明对比，更突出了马库斯的勇敢和叛逆，显示了后者的男子汉气概。

而马库斯的行动更清楚地表现了他对白人所制定的既定规则的不屑和挑衅。白人监工蓬蓬出于马歇尔的旨意每天派给马库斯非常繁重的工作，但马库斯从未表现出软弱或哀求，而是体现了一种打不垮击不倒的顽强精神，坚持完成工作，并积极地寻找复仇的契机。马库斯首先想到的是勾引蓬蓬的黑人情妇波琳，被拒绝后，又把注意力转向了蓬蓬的妻子露易丝，两人商定一起逃离种植园。这在20世纪40年代的美国南方无疑是大逆不道的行为。虽然蓬蓬并不爱露易丝，但是白人绝不允许自己的妻子和黑人有私情，因为这样会玷污白人血统的纯正性，因而是被认为是最严厉的种族禁忌之一。虽然蓬蓬是穷白人，也遭到更富有、更有权势的白人的压榨，但他依然属于白人阶级的一分子，会为了捍卫白人的尊严而惩罚越界者。马库斯并非不知道这种越界行为可能导致的可怕后果，但他毫不在乎。马库斯与露易丝的恋情的初始动机是为了证明自己的男性魅力，对蓬蓬羞辱、压榨的报复，为了维护自己的尊严，挑战白人所制定的不公正的规则，马库斯已将生死置之度外。

马库斯在计划离开种植园时去找马歇尔要后者所承诺的车和枪时表现出对白人权威的蔑视和无所畏惧的胆量。守门的毕晓普试图把门关上，但马库斯把一只脚插了进去，堵住了门。“毕晓普想把马库斯的脚推出门外。刚开始，他只是轻轻地推；接着，加了把力；再接着，更用力。马库斯一直看着他好像他马上要揍他一样。毕晓普俯下身子，试图用手把马库斯的脚抬出去。他说他一直俯着身子，他可以感觉到脸上、额头和后背都像起了火。他说他推了一下又一下，但是没有用。”(*Of Love and Dust*, 211)马库斯果断而叛逆的行为充分说明了他对白人既定规则的蔑视，正像隋红升指出的，“如果白人希伯特的大宅子象征了这座建立在对黑人的压迫和剥削基础上的种族歧视的大厦的话，马库斯的这一举动则象征了他对这座大厦的权威性与合法性的质疑和挑战”①。大宅子象征了白人的权威和对黑人的压榨，而马库斯的做法明白无误地传递了一个信息，那就是马库斯并不惧怕或屈服于马歇尔的威严，他有勇气为了实现自己的理想与白人斗争，向压迫者和剥削者发起挑战。

马库斯本能地感受到社会体制的不合理性，并敢于反抗、挑战白人的权威，展现了其男性气概。这对于塑造新黑人社区的精神特质有重要意义，激励了其他人对所处境状的思考。比如，吉姆是种植园里忍辱负重的传统黑人男性的代表人物，他也为黑人所遭受的不公正待遇而不平，但却并没做出任何实际行动。然而在马库斯惨死之后，吉姆深深地感受到白人有权势者的阴险、狡诈和冷酷，而马库斯为了心爱的人宁愿

① 隋红升．危机与建构：欧内斯特·盖恩斯小说中的男性气概研究［M］．杭州：浙江大学出版社，2011：107.

拿起武器与对方搏斗，以致被杀死也不愿独自逃跑说明了他的勇气和无私的精神。这激励吉姆意识到马库斯反抗的重要意义，从而也离开了种植园，去寻找新的机会。因而，马库斯的行为和死亡促进了其他黑人的觉醒，促使他们为了新生活而努力奋斗。

但值得注意的是，马库斯是个人英雄主义者，他的反抗是自发的，而不是自觉的。他并没有将个人的前途与社区和民族的命运联系在一起，也没有考虑自己的行为可能给他人带来的危险。因为在 20 世纪 40 年代的美国，白人很有可能因为某个黑人的逾矩行为而迁怒于整个社区，从而展开对整个社区的惩罚。因此，当马库斯和蓬蓬搏斗时，其他黑人并没有勇敢地站出来帮助他，而是都躲在自己的屋里害怕惹火烧身。所以，虽然马库斯表现出了大无畏的勇气，他与众人疏离的状态使他得不到支持，其个人英雄主义行为最终失败。

三、黑人精英分子的自主性反叛

杜波伊斯曾提出“十分之一人才”的概念，即黑人中十分之一最具才华的人。“这些人知识广博、聪明能干、目光远大、富有雄心壮志。他们不仅能为黑人民众指点迷津，把握方向，而且还能身体力行地带领黑人群众前进，去实现黑人民族翻身做主人的目标。此外，由于这些人代表了黑人中的精华，他们除了在政治斗争中领导黑人民众展开斗争之外，还要在经济、文化、宗教、教育和社会领域里支撑其黑人民族的脊梁，树立起黑人的真实形象，成为美国黑人各界的杰出代表。”①盖恩斯的小说中也塑造了黑人精英分子的形象，他们在美国北方接受了较为先进的教育和思想，然后回到南方黑人社区，起到教育者和领导者的作用，向普通民众宣传先进的理念，用自己的知识去启迪民众，鼓励大家为争取自己的政治和经济权益而确立自我的文化身份，为推翻白人霸

① 隋红升. 危机与建构：欧内斯特·盖恩斯小说中的男性气概研究[M]. 杭州：浙江大学出版社，2011：164.

权、找到民族发展道路而努力。这些精英分子成为黑人社区里的先行者和带头人，虽然大多数的黑人民众，尤其是世世代代生活在南方农民及其后代，没有受过良好的教育启蒙，因而不可避免有眼光短浅、觉悟低下、缺乏勇气等缺点，在短期内可能会因为恐惧而不愿采取积极的行动，但黑人精英分子所起到的启迪和带动作用终将显现出来，促使黑人民众改变整个黑人社区和黑人民族的面貌。

《简·皮特曼小姐的自传》中的内德从小在通往自由之路上目睹母亲的惨死，而他始终握着燧石，握着这光明和希望的象征。而当他和简·皮特曼一直向北走，希望能走出路易斯安那州，到俄亥俄州去时却迷路，他们终于明白俄亥俄州是他们无法到达的目的地。因为虽然奴隶制被废除了，种族歧视依然存在，白人依然会设置各种障碍来阻止黑人获得自由，会用各种不公正的体制来束缚黑人。但内德在十七八岁时参加黑人委员会，把自己的名字改为“内德·道格拉斯”。道格拉斯是一位著名的黑人作家，以前也是黑人奴隶，但在白人的帮助下成功逃往北方，把自己过去的经历写成书发表，激励黑人民众打破白人的奴隶制锁链，勇敢地追求自由。道格拉斯“不仅抗议奴隶制这种剥夺人身自由的罪恶制度，而且对其他不道德、不公正和不平等的歧视性现象也予以痛击”①，终其一生为改善黑人的艰难境遇斗争。内德选用“道格拉斯”作为自己的姓，隐含着向道格拉斯学习、致敬、支持、追随的意思。事实也是如此，内德后来去了北方，接受了更多关于开明、民主、自由等的思想，参加了古巴战争，最后回到南方教书。

内德比较了布克·提·华盛顿和弗雷德里克·道格拉斯的思想，并表明拥护后者。两人都是著名的、伟大的黑人政治家，但他们的思想和理念并不尽同。布克·提·华盛顿主张温和的妥协主义，认为贫困、愚昧、无知、犯罪是黑人问题的症结所在，希望通过职业技术教育使黑人

① 王恩铭. 美国黑人领袖及其政治思想研究[M]. 上海：上海外语教育出版社，2006：24.

获得基本的生存技能、积累财富，同时获得富有同情心的白人的理解与支持，进而改善黑白种族之间的关系。“华盛顿的政治思想，可以用一句话来概括，即通过勤俭节约的生活方式，勤奋的工作态度和基督教人格的塑造，美国黑人终将获得美国宪法赋予每个美国公民的各种权利。”①华盛顿认为黑人应该努力掌握基本的生存技能，特别是农业劳动技能，使自己能够谋生，而不应该立刻向白人统治集团提出要求平等的政治权利，要注意避开政治斗争，尽量避免与白人统治势力起摩擦和冲突。同时他认为黑人应该向白人暂时妥协，“放弃通过鼓动宣传等方式来争取民权的努力，放弃‘社会平等’的要求，暂且接受南方白人权势给黑人确定的低下地位”②。这样，黑人才能获取白人的同情和怜悯，从而得到一些机会改善自己的生活。这是一种被动消极的态度，忽视了人应该具有更为高远的目标，不仅需要为掌握某种生存技能、满足基本的生存需要而努力，而且应该为了追求政治权利、社会平等、人身自由、种族解放等而奋斗。道格拉斯也赞同黑人民众的当务之急是学习各种农业和工艺技术，实现经济上的自立。“对生活在他那个时代的黑人来说，道格拉斯认为，除了在政治上积极争取自由解放和公民权利之外，他们最迫切需要做的事情是尽快提高和加强自己的经济地位，因为只有经济实力强大了，美国黑人才可能向更高的目标迈进，争取其他方面的平等权利。”③与华盛顿不同的是，道格拉斯更强调黑人的权利意识，鼓励黑人民众坚定地开展抗议种族歧视的斗争，积极争取公民权利。道格拉斯深信黑人可以而且有必要融入美国社会，他不赞成一些分离主义者所倡导的离开美国，回到非洲重建一个自由的共和国的做法，

① 王恩铭. 美国黑人领袖及其政治思想研究[M]. 上海：上海外语教育出版社，2006：65.

② 王恩铭. 美国黑人领袖及其政治思想研究[M]. 上海：上海外语教育出版社，2006：77.

③ 王恩铭. 美国黑人领袖及其政治思想研究[M]. 上海：上海外语教育出版社，2006：32.

而是认为美国就是黑人民众的家园，“他们有一千个理由在这个他们参与建造的国家里寻找和建立自己的家园”①。内德对道格拉斯的思想的支持说明了他自己对黑人教育和黑人前途的看法，因为如果大的社会环境不改变，社会体制没有根本变化，白人依然掌握着话语霸权，牢牢占据统治地位，社会各种机制依然为维护白人的利益服务，那么即使黑人民众掌握了基本的职业技能，也只能任人宰割和剥削。而内德教给黑人孩童的，正是关于权利、身份、自由等黑人在精神方面要摆脱奴役状态所必须具备的要素。内德拥护道格拉斯关于黑人身份的思想，认为美国黑人虽然源自非洲，但他们同样是美国的开拓者与建设者，因此他们应该理直气壮地享有主人翁的权利。里德告诉孩子们，“这土地是你们的，因为它里面埋着你们祖先的骨头。它是你们的，因为它浸透了你们祖先的鲜血和汗水”(*The Autobiography of Miss Jane Pittman*, 129)。“可你们在这里的时候，不要让别人告诉你们，最好的土地都是给他的，而你们只能得到最差的部分。不，你们的祖先耕种了这块土地，你们的祖先砍倒了树林，你们的祖先修筑了道路，建筑了大堤。正是这些人，现在被埋葬在这块土地上，他们的骨头在肥沃着这块土地。”(*The Autobiography of Miss Jane Pittman*, 129)通过这番话，内德强调了黑人与白人一样是美国的主人，黑人应该享受与白人平等的地位和权益，而没有理由任由白人欺凌。为了进一步阐释清这一理念，内德解构了白人对于美国人的定义和理解。在白人看来，“美国人”更多是指欧洲后裔的美国白人。但事实上，

所谓美国人究竟是什么人呢？我来谈谈这个问题。在我们来以前，这里根本就无所谓美国人。印第安人是这里最早的居民，而他们从来不称自己为美国人。事实上，他们也不称自己为印第安人，

① 王恩铭. 美国黑人领袖及其政治思想研究[M]. 上海：上海外语教育出版社，2006：33.

> 到哥伦布来这里以后，才开始那样称呼他们。在哥伦布以后，接着来到这里的是维斯普西和他的随从……哥伦布来的时候，带着一个黑人，因此称这些红种人为印第安人。在维斯普西来到这里并称这个地方为美洲时，这儿到处都是黑人。美洲或美国是红人、白人和黑人的美洲。在我们来到之前很久，红人一直在这块土地上漫游。黑人凭着他们的脊背和双手，从东海岸到西海岸，开垦了这块土地。白人带来了工具和枪炮。美国是我们大家的，所以整个美国是我们大家的。(*The Autobiography of Miss Jane Pittman*, 131)

内德犀利地指出了白人语言系统中的漏洞，从根本上颠覆了白人建构的关于“美国人”的定义以及这一定义背后的一整套政治结构和社会制度赖以生存的逻辑，消解了白人中心主义。因为追根溯源，美国真正的本土居民应该是印第安人。而“印第安人”这个称号也是不确切的，是源于哥伦布的一个错误认识。白人自己也是外来者，到美国的历史只不过比黑人早一些年罢了。因此，白人把自己抬高为美国的主人，而把其他人贬低为奴隶是一种被建构的修辞，其意义经不起严格的推敲。事实上，白人、黑人、红人，以及其他各种族人民一起建造了美国，美国应该是属于所有人的。这样，内德教育了黑人孩童要明确自己的身份和权利，他们和白人是平等的，和白人一样享有在这片土地上生活的权利。白人不能凭借暴力、先进的武器、系统的军队、完备的法制体系等就将其他种族作为自己奴役的对象。同时，内德指出，美国黑人应该既是黑人，也是美国人，而首先应该是“人”，要有人的完整性与主体性，要独立、自尊、自强，既承认其来自遥远非洲的文化渊源，也认可美国的社会大环境对其的塑造和赋予他的文化属性。这与杜波伊斯在《黑人的灵魂》中所阐述的思想不谋而合。

> 黑人感到他的两重性：既是美国人又是黑人，因此，在他黑肤色裹着的躯体里存在着两个灵魂、两种思想、两个不断争斗的理想

> 和两种调和不起来的奋斗精神。美国黑人历史就是这样一个奋斗历史，即渴望获取自觉的人类尊严，把他的双重性合二为一，成为一个更好、更真实的自我。他不会使美国非洲化，因为美国有许多东西可传教给世界和非洲。他也不会让黑人灵魂在美国白人思想文化的洪流中漂白蜕变，因为他知道黑人的血液里流淌着一个传递给整个世界的信息。实际上，美国黑人仅仅希望有可能既做黑人又做美国人……①

也就是说，美国黑人已经无法回到非洲，他们只能带着自身的历史、文化传统尽力地融入美国社会。美国是一个多种族的国家，每个种族都有不同的文化属性，但同时也在美国这个大熔炉里被赋予了美国社会独有的特质。因此，美国黑人没有必要因此而苦恼或自卑，而是应该为自己的文化传统骄傲，同时坚定地宣称自己是美国人。

内德批评了一些黑人鸵鸟式的妥协自保的原则，驳斥了关于“别与白人混在一起，他就不会杀戮你们了”(*The Autobiography of Miss Jane Pittman*, 133)的说法。因为白人杀害黑人更多的是因为感受到了黑人要站起来的威胁，不愿意让黑人打破被奴役的状态，或放任黑人夺回他们应得的权益。也就是说，白人要维持自己的优势地位和政治经济特权，就会采取一系列的手段来打击消灭敢于挑战这种不公平局面的人，因而并不是黑人只要明哲保身就可以避免苦难和折磨。因此，内德号召黑人孩童要“是个人而死去”，而不是个“心满意足的奴隶而死去”(*The Autobiography of Miss Jane Pittman*, 134)，号召他们做“黑人”，而不是“黑鬼”。内德教育他们要为了人的尊严而努力奋斗，表现出男子汉的勇气和胆量，为争取自己的身份、权益以及民族解放而奋斗。

---

① 王恩铭. 美国黑人领袖及其政治思想研究[M]. 上海：上海外语教育出版社，2006：119.

黑人精英分子不仅在思想上起到启蒙作用，而且能发挥号召和领导作用，将人们从麻痹混沌的生活状态中唤醒过来，为他们指明前进的方向，率领大家为个人自由和民族解放而斗争。《简·皮特曼小姐的自传》中的吉米从小就表现出“带头人”的特质，关注黑人民众的利益，热心帮助社区里的黑人民众，经常替大家读报写信，而且善于揣摩照顾大家的心理，在读报时故意编一些鼓舞人心的新闻，或在写信时能生动地反映人们的日常生活。正是因为从小在沙姆逊种植园中与普通的黑人民众一起生活，吉米非常了解黑人民众的生活状况和所遭受的苦难，因而才逐渐成长为愿意为黑人民众的利益而斗争的民族战士。而吉米离开南方后的经历更让他明白了只能通过勇敢斗争才能帮助黑人民众改变受压迫的状况。这和当时的时代背景也有关系。20 世纪 60 年代，正是民权运动开展得如火如荼的时期，马丁·路德·金领导黑人民众在美国北方一些城市开展了一系列的抗议活动，力图为黑人民族争取平等的教育权、选举和参政权、工作机会和待遇、公共领域内的平等待遇等。而小说中的沙姆逊种植园还没有掀起运动的风潮，黑人社区的人们依然逆来顺受地生活着。“我们肯定并不比亚拉巴马州和密西西比州的人生活得好些。……金牧师和自由乘车者在亚拉巴马州和密西西比州正在取得斗争的胜利，但在我们这个路易斯安那州，斗争却还没开始哩。”(*The Autobiography of Miss Jane Pittman*, 265-266)盖恩斯揭露了美国南方相对于北方，人民思想更为传统保守、种族主义势力更加强大的情况。当吉米回到家乡后，他立刻投入了号召大家为自由、独立和平等而战斗的事业中去，表现了大无畏的英勇精神。吉米组织了一场抗议示威活动，首先对种族隔离政策开炮，计划挑选一个黑人姑娘去白人的饮用喷泉喝水，然后当这个姑娘被关进监牢后，再进行集体抗议。美国南方自奴隶制被废除后，在 1876 年至 1965 年间实行臭名昭著的吉姆·克劳法案，将公共领域进行分割，黑人低人一等的地位得以巩固，在教育、司法、政治、经济等领域均遭受严重的歧视，其合法权益被践踏。“从戏院、餐馆、商店、学校、码头和公共汽车站等公共场所到住宅、交友、婚姻等私人领域，黑人都被这些法律强行地与白人分隔开来。”①即使是一个小小的饮用喷泉，黑人都无法与白人享受同等待遇。黑人的设备简陋、肮脏，而白人的设备则相对高档、干净。白人正是要通过这些无处不在的细节来提醒黑人他们是“卑劣的低等生物”，来固化白人与黑人之间的鸿沟，以凸显白人的优越性。而吉米计划的让黑人姑娘去白人的饮用喷泉喝水的行为打破了白人制定的种族分离的规则，构成了对白人权威的挑战和消解。因此，黑人姑娘被关进了监狱，而吉米随后在组织抗议活动时被枪杀。

《简·皮特曼小姐的自传》中的两位黑人民权运动的先行者都惨遭白人杀害，但可喜的是，他们的鲜血唤醒了仍处于蒙昧状态中的黑人民众，使他们克服了先前的胆怯和恐惧，转而团结起来，用实际行动表示支持。内德死后，“人们听到这个消息都哭起来。……马车在门口刚一停下，他们就围了上去，想摸摸他的身体，想帮着把尸体抬进屋里。屋里挤满了从四面八方跑来的人，都想摸摸他的身体，当摸不到他的身体时，就从马车上取下一块一块的木头，想要拿一块沾有他的血的木头”(*The Autobiography of Miss Jane Pittman*, 139-140)。这说明了人们对内德的爱戴，而“拿一块沾有他的血的木头”则隐含有基督献身以救赎世俗的意味，这预示着人们将永远记住内德为了黑人权利和民族解放所付出的代价，从而激励他们不要再像以前一样过着甘受奴役的生活。而在吉米死后，社区里的黑人们聚集起来，站在简的周围，表现了他们的愤怒和对吉米的支持，还有一些人到镇上去参加抗议活动。正像简·皮特曼说的，“死去的只是他的一小部分，他的其余部分正在贝荣等待着我们呢”(*The Autobiography of Miss Jane Pittman*, 295)。而他们不顾种植园主罗伯特的反对和警告，无视他的存在，从他面前走过则说明了社区里的黑人民众被吉米的精神所影响，终于鼓起了勇气，敢于蔑视、反抗象征

① 王恩铭. 美国黑人领袖及其政治思想研究[M]. 上海：上海外语教育出版社，2006：52.

着白人权威的种植园主，为争取黑人权益和民族解放贡献自己的力量。因此，精英分子来源于黑人社区，他们的成长离不开黑人社区的帮助和指导，但当他们接受了先进思想和理念后，又对黑人社区起到启迪、带动和示范作用。精英分子身体力行的先锋行为和付出的牺牲启发黑人民众意识到胆怯和忍气吞声不可能使他们实现自己的理想生活，同时激励他们团结起来为了同一个目标而奋斗。

第三节　发出自己的声音，颠覆白人话语霸权

一、话语与权力

曼弗德雷·弗兰克在《论福柯的话语概念》一文中是这样界定话语的："一种话语是一种言说，或具有(不确定的)一定长度的一次谈话，其展开或自发的展开并不受到过分严格的意图的阻碍。"①杰弗里·利奇和迈克尔·肖特则认为话语是语言性的、说话者与听者之间的、一种人际间的交流活动，其形式由其社会目的所决定。而福柯认为："'话语'是一种隐匿在人们意识之下的深层逻辑，暗中支配着各个不同群体的言语表达、思维方式和行为准则，它是对某一特定的认知领域和认知活动的语言表述。"②因此，话语并不是单纯的语言表述，它蕴含着复杂的心理机制和社会规则，进而反映了交谈者双方之间的关系，以及他们所代表的社会阶层、意识形态、身份等抽象概念。

在福柯看来，话语与权力不可分，权力影响、控制和支配话语，话语表现权力，同时具有行使权力的功能，也是权力争夺的对象。其表达、禁止、分配和占有都表现了一定的权力关系。值得注意的是，福柯论述的权力不是狭义的"政权"，而是广义的支配权和控制权。权力控

① 赵一凡，张中载，李德恩. 西方文论关键词[M]. 北京：外语教学与研究出版社，2006：224.

② 万涛. 论华裔美国文学的沉默主题[J]. 江西社会科学，2010(7)：133.

制话语，同时又通过话语来实现。福柯曾说过，“我们知道得很清楚，我们不是想说什么就说什么，我们不能无论何时何地都说我们喜欢的东西。谁也不能想说什么就说什么”①。比如，在现代社会中，人们并不能随心所欲地谈论一切，有些话语是被禁止的，属于禁忌话题，而有些话语会成为主导叙事被传颂或宣扬，这其实都是社会的主流阶层运用自己的权力，通过操纵社会体制、意识形态和传播手段等对话语进行控制的结果。福柯还指出一种控制话语“并非直接针对话语本身，而是针对话语主体的。也就是说，有一种话语可以对所有人开放，但有一种话语只能对部分说话主体开放”②。说话主体有时被禁止进入某种话语领域，即并不是所有的说话主体都能参与话语，而是必须具备一定的资格才能发言，而且他在对话中占据什么位置、发出什么样的言论也是已经规定了的。比如，在阶级社会里，统治阶级通常会利用自己所掌握的国家机器和社会手段对被统治阶级施加压力，从而使被统治阶级要么顺从地发出主流话语所希望的声音，要么保持沉默。因此，话语是权力的产物，在话语的实践中隐藏着权力的运作。话语的争夺实质上即权力的争夺，话语的拥有意味着权力的实现；但话语又不仅仅是权力的附庸，话语一旦由权力产生出来，本身又具有能动地生产权力的功能。

此外，拉康、福柯、巴赫金，以及语言学家费尔克劳夫还认为语言是社会的产物和现实的组成部分，是社会实践的动态形式，因此具有身份的建构功能。“社会世界和个体是被言语实践不断建构的，语言不是客观实在的反映，而是建构的积极媒介……话语具有构建社会身份、社会关系以及知识和意义体系的作用。”③主体和与主体相伴而生的主体意识是在语言和话语中形成的，语言具有建构身份的作用，掌握了话语权

---

① Michel, Foucault. The Archeology of Knowledge[M]. Trans. A. M. Sheridan Smith. New York: Random House, 1973: 216.

② 汪民安. 福柯的界线[M]. 南京：南京大学出版社，2008：131.

③ 纪卫宁，辛斌. 费尔克劳夫的批评话语分析思想论略[J]. 外国语文，2009(6): 21.

也就意味着掌握了可以建构他者身份的权力。

正是由于话语与权力之间复杂的互动关系、话语对身份的建构作用，掌握话语权对一个社会团体而言非常重要。因此，在社会的各个领域如政治、经济、宗教、司法等，统治阶层都牢牢地掌握着话语权，而不会任由被统治阶级篡夺。而被统治阶级也要积极地颠覆统治阶级的话语霸权，争取话语权，主动发出自己的声音，表达自己的政治诉求，才有希望获得解放和自由。

二、二元对立中的沉默他者

二元对立通常指相反相辅的一对概念，如西方/东方、自我/他者、主体/客体、主流/边缘、白人/黑人等。它们既相互依存，又彼此否定。比如，自我为了凸显其优越性，会对他者进行贬抑和打压，会阐明与他者的区别和差距，但同时，自我的身份确认又依赖于对他者的建构。在美国社会长时期的奴隶制及后奴隶制时期，白人所对应的他者就是黑人，白人自诩文化优越，为了维护其主体地位，不断地利用各种社会手段如政治压迫、司法压制、经济剥削、精神愚化等对黑人进行客体化和他者化，钳制黑人民众的自由，剥夺其平等权益，使其即使在获得自由身份后，依然在社会中处处受到歧视和不公正待遇。黑人在社会各个领域都被边缘化，属于弱势群体，是二元对立结构中的他者。白人制定了各种政策，同时拥有完备的国家机器保证政策得以执行。白人拥有话语的操纵权、话语理论的创造权和话语意义的解释权。在这种强大的白人文化霸权面前，黑人连基本的生存权和自由都无法得到保障，更无法掌握话语权。因此，当黑人民众在面对这些强大的国家机器和欺骗性的意识形态时，被迫集体失声，或者说，他们发出的声音无法进入公共视域。黑人在白人的面前，不能直接称呼对方的姓名，而必须加上表示尊敬的“先生(Sir)”，保持一种毕恭毕敬的姿态。双方也不可能进行平等对话，白人统治阶级掌握了话语权，在与黑人相处时，更多的是居高临下地发出指令，而黑人则是接受指令的一方。而当遭受白人统治阶级的不公正待遇时，许多黑人都不敢流露出不满或反对的情绪，否则会遭到更严厉的毒打或惩罚，因此往往只能默默忍受。这样，黑人成为美国文化二元对立结构中的沉默他者，是白人话语权支配的对象。沉默成为黑人应对白人的一种常用策略。

盖恩斯的《老人集会》中所书写的故事发生在20世纪70年代，而这些老人们在年轻时，即在20世纪30—40年代，都因为种族歧视而遭受过种种苦难。种植园里的黑人赖以生存的自然资源被白人夺去或占据，“那些白人们，他们已经买下了这条河，让你除了这一小块地方之外，无处可去”(*A Gathering of Old Man*，27)。黑人在经济上饱受剥削，比如马特一辈子都在乔治·麦得娄的田地里干活，后者越来越富有，而自己却变得越来越贫穷。种植园里的黑人们虽然祖祖辈辈都在这块田地里劳作，但他们并没有土地的所有权，最后获取的收益除了向白人种植园主付租金之外所剩无几。在法律领域，黑人同样处于弱势地位，根本没有话语权，只能听任白人处置。盖博的儿子还不满16岁，有个白人女孩说他强奸了她，但那个白人女孩生性轻浮，经常和男人鬼混，因此她的话并不能让人完全相信，但盖博的儿子还是被不由分说地处死。法庭上的法官和陪审团的成员全都是白人，而在死刑执行的时候，因为电椅出了故障，盖博的儿子被处死了两次，可是白人法官们对此没有丝毫怜悯，而是就像去打了一场扑克牌一样。这充分说明了在当时特定的环境中，白人才拥有话语的操纵权和话语意义的解释权。白人的话语才会被认可、被采纳，而黑人的话语则被置若罔闻。同时也说明了白人漠视黑人的生命，否定黑人的存在价值。此外，黑人在其他公共领域也遭到了严重的种族歧视。比如，马特的兄弟在医院里奄奄一息时却没有一位医生肯救治他，让他因失血过多而死，只不过因为他是黑人。美国南方自1876年起在长达近百年间实施吉姆·克劳法案，对有色人种实行种族隔离政策。黑人在社会公共领域，如医院、餐馆、学校、公共交通等，都无法得到公平对待。在这种社会环境中，马特的兄弟因为没有得到及时的医治而去世绝不是个案，而是反映了整个黑人民族的悲惨命运。另外，小说还揭示了白人对黑人的尊严的践踏。在白人看来，黑人天生就是低劣的生物，智力低下、头脑愚蠢、行动粗野，而白人则在任何方面都比黑人优秀，因此他们无法忍受黑人有可能在某一天在某个方面赢过白人，或表现出自尊、自强、自傲的样子。比如，小说中塔克的弟弟西拉斯试图在分租制中能保住自己的土地和白人在田地里竞争，用驴子没日没夜地耕地劳作，反而比白人用机器耕地速度要快，却因此遭到毒打，因为黑人是不该赢的。而库特是一位老兵，曾参加过第一次世界大战，接受过战争的训练，在战场上和白人并肩作战，并很好地完成了自己的任务，获得过勋章。但当他回到自己的家乡，他受到的待遇和战前一样，甚至他视为荣誉的军服也被禁止穿着。可见，黑人想要彰显、捍卫自己尊严的行为在白人眼里是对他们的权威地位的挑战，也是不可触犯的社会禁忌。任何黑人有勇气威胁白人的优越性，就会遭到白人的严厉惩罚。

可悲的是，这些黑人老人们在过去虽然在经济上遭受剥削，在公共领域内利益被侵犯、资源被抢占、尊严被践踏，但他们全都采取了沉默的态度，忍气吞声地承受了各种苦难、折磨和侮辱。“沉默是人们表达思想的方式之一，它构成了人们对世界认识的一部分，又渗透于他们对世界的认识中。”①黑人的沉默有其历史和现实原因，由于奴隶制和种族歧视政策，黑人在社会各个领域都被边缘化，属于弱势群体，是二元对立结构中的他者。白人制定了各种政策，同时拥有完备的国家机器保证政策得以执行。白人拥有话语的操纵权、话语理论的创造权和话语意义的解释权。在这种强大的白人文化霸权面前，黑人连基本的生存权和自由都无法得到保障，更无法掌握话语权。因此，小说中的这些黑人老人们只能沉默，逆来顺受地接受一切。

三、言说自我，颠覆白人话语霸权

盖尔·琼斯曾这样评论盖恩斯的《老人集会》：“我一想到盖恩斯，

① 万涛. 论华裔美国文学的沉默主题[J]. 江西社会科学，2010(7)：134.

就想到声音和故事……我想到许多男人和女人对我讲述。我想到他们穿越时间的声音。我想到历史和个人记忆。”①《老人集会》中充满了黑人民众的声音。盖恩斯在这部小说中改变了白人主流文学中黑人总是被叙述、被书写的状态，而是把叙事的主动权交给了黑人民众。“所谓说话就是首先掌握说话的权力，‘话语’不仅是施展权力的工具，而且也是掌握权力的关键。”②小说采取多视角叙事的方式，全书共有十五位叙述者，其中有十位是黑人，从自己的视角叙述了故事发生时的场景。言说很好地塑造了人物形象，同时也成为推动故事情节发展的重要手段。故事的重心并不在于凶杀，而是老人们集中起来，向白人警官叙述了自己的种族经验。

在《老人集会》中，黑人老人们一改被动、消极的状态，积极地掌握了话语权。小说伊始，小黑孩斯努克姆挨家挨户地通知凯蒂(白人种植园主)让黑人老人们带上枪，放空子弹壳，然后到她的院子里去集合。接着，老人们分别讲述了出发时的情景。他们驳斥了妻子的阻挠，把这看成上帝赋予他们的最后一次机会，让他们能改变过去胆小怯懦的形象，展现勇气和尊严，让他们在一辈子的“像条虫一样爬行”之后能站起来。当他们聚集在院子里后，老人们受到白人警官梅普斯的质问和威胁。梅普斯在刚开始时显得盛气凌人，虽然已是20世纪70年代，但他还是用过去种族主义盛行时期的做法对黑人运用简单粗暴的打骂和威胁以期逼问出真正的凶手。但老人们并没有唯唯诺诺地听从梅普斯的命令，而是勇敢地争先恐后地承认自己就是凶手。言说成为老人们进行反抗和彰显自我的重要手段。每个人都有充足的理由杀死比奥。而他们所陈述的理由成为对种族制和种族压迫的最有力的控诉。比利叔叔平时是个胆小怕事的人，但他却最先回答梅普斯的质问，声称是他做的，并毫

① Keith, Clark. Re-(W)Riting Black Male Subjectivity[J]. Callaloo, 1999, 1(22): 195.

② 黄华. 权力，身体与自我——福柯与女性主义文学批评[M]. 北京：北京大学出版社，2005：38.

不胆怯地接受了梅普斯的凝视。福柯认为“凝视”也表现了一种权力关系，凝视者通过这种视线，表现其权威性，并给被凝视者施加了一定的压力。比利叔叔顶住了压力，断然否定了梅普斯的判断，并回忆了白人曾对自己的家人所犯下的罪行，陈述了要杀死比奥的理由。对比利而言，回忆成为力量的源泉，使他有勇气控诉不公正的奴隶制度和种族歧视，挑战白人权威。接着，老人们一个接一个地讲述了他们的故事，埋在他们记忆深处的痛苦经历，过去白人施加在他们身上的歧视、虐待、压迫，对他们身心的巨大伤害，等等。通过这种愤怒的控诉，这些老人们迫使梅普斯不得不改变他倨傲的态度，开始认真地倾听和思索。

黑人老人们除了直接陈述过去的历史之外，还在话语中采取了小亨利·路易斯·盖茨在《意指的猴子》里所阐述的“自由间接话语”的表达方法。黑人“居于话语的边缘，永远都在用双关语，永远都在转义，永远都代表着语言的模糊性。他是我们的重复与修正的转义，实际上是我们的交错配列法的转义，在巧妙的话语行为中，他同时在重复和倒转”①。当梅普斯前来质询黑人老人们谁是真正的凶手时，黑人老人们利用语言的隐喻性和模糊性巧妙地使之成为一场控诉。强尼·保罗根本没有正面回答梅普斯的问题，他的回答看似与眼前的凶杀毫无关系：

> “你呢？”他说，“你听到了吗？你听到教堂的钟声了吗？”
>
> “什么？”梅普斯问他。“也许我应该早点问你，也许我应该早点问你们”，他说，看着我们大家，接着又看向强尼·保罗。“你听到教堂的钟声了吗，强尼·保罗？”
>
> “我听见他说的话了”，比娜坐在台阶上说道，“他说的有道理”。
>
> “那用英语告诉我他到底在说什么？”梅普斯说道。（*A Gathering*

---

① 小亨利·路易斯·盖茨. 意指的猴子[M]. 王元陆，译. 北京：北京大学出版社，2011：63.

of Old Man, 92)

梅普斯的反应说明他已经完全被弄糊涂了。因此，代表地方权威的白人治安官与黑人民众之间发生了话语权的逆转，梅普斯的权威性被消解。而接着，强尼从似乎毫无关联的教堂钟声引入，讲到了社区里的河流、大树，以及过去人们在一起生活、劳作的情景，虽然强尼并没有明确地说出自己可能会是凶手的理由，但事实上，他对过去的回顾、对社区里的一草一木一座墓地的描述透露了他对黑人先辈们的深厚感情，以及对黑人民众们所遭受的苦难的愤怒，从而间接地、隐晦地表达了自己会杀死一名黑人种族主义分子的动机。罗杰・D. 亚伯拉罕斯曾这样定义黑人话语中的意指行为，“在其他情况下，它可以指对一个主题迂回地讨论，而永不落在点上的倾向。它可以指嘲笑一个人或一种境遇。另外它还可以用手势或眼神说话，这包括所有复杂的表情和手势”①。因此，黑人老人们采取意指的话语策略，巧妙地表达了自己的诉求，消解了原本强势、盛气凌人的白人治安官的权威，使其在黑人民众的面前狼狈地处于下风，变得茫然无措起来。“他已经用尽了他所知道如何与黑人群众的打交道的一点点知识——把他们打倒在地。而当这并不能改变情势时，当人们开始排成队由他打倒在地时，他不知道还能做什么。”(*A Gathering of Old Man*, 93)小说中极具讽刺意味用了“知识”(knowledge)这个词，根据福柯的观点，知识是被某一社会中占统治地位的阶级所建构的，“权力产生知识(而且，权力鼓励知识并不仅仅是因为知识为权力服务，权力使用知识也并不只是因为知识有用)；权力与知识是互相指涉的；不相应地建构一种知识就不可能有权力关系，不预设和建构权力关系也不会有任何知识”②。梅普斯作为美国白人司法权威的代表，他所知道的与黑人相处的模式就是简单的、粗暴的方式，用暴力去解决

① 小亨利・路易斯・盖茨. 意指的猴子[M]. 王元陆，译. 北京：北京大学出版社，2011：65.

② 马新国. 西方文论史[M]. 北京：高等教育出版社，2002：480.

问题，用武力去镇压黑人的叛逆行为。这种知识的产生、普及和运用说明了美国社会机制中黑人被压迫的本质。可是在与黑人们的话语交谈过程中，梅普斯的知识不再有效，而是被解构、颠覆。

盖恩斯采取多视角叙事的方式，赋予这些黑人老人们用第一人称来讲述过去的遭遇的权力，他们不再是被描写、被讲述，而是把话语权牢牢地掌握在自己手里。而白人角色，如娄·戴姆斯等仅仅起到补充、说明的作用，代表司法权威的白人治安官梅普斯则根本没有给予其机会从他的视角来讲述事情经过。因此，这是一场语言领域内的狂欢，是对等级制和白人中心主义的彻底颠覆，有着“交替与变更、摧毁与更新的精神”①。黑人老人们虽然处于社会的底层，但他们向占据统治地位的白人阶级用自己的方式发起了一场攻击，挑战了僵化的社会等级制度和白人权威，使白人主流阶层不得不改变他们的思维和行为方式，用崭新的眼光来重新审视两个种族之间的关系。当梅普斯发现自己惯用的威胁和武力都无法迫使黑人们屈服时，他对他们的勇气表现出敬意，而黑人老人们的故事也促使他反思白人的行为方式和社会体制等问题，让他意识到变化已然无法避免，这同时预示着黑人民众精神上的逐渐强大和时代的进步。

黑人老人们的言说不仅促使代表白人司法霸权的地方治安官梅普斯放下了自己高高在上的姿态，同时也改变了白人民主人士对待黑人的态度。凯蒂是种植园的主人，思想较为开明，对待黑人一向较为宽容和善，把自幼抚育她的马修当成自己的亲人，也正是她在小说开始时叫社区里的黑人老人们聚集起来，保护她认为是杀人凶手的马修。但是她依然有着白人顽固的优越感。她以黑人的保护者自居，不论对方的年龄有多大，都把对方看成“小孩”，看成种植园财产的一部分，却意识不到这些黑人老人们早已是具有决断力和行动力的成年人。她无法理解老人们想要自主处理自己事务的愿望，其实是他们追求尊严、独立和男子气

① 马新国. 西方文论史[M]. 北京：高等教育出版社，2002：489.

概的重要途径。因此，凯蒂在骨子里有着白人霸权主义思想，潜意识里并没有将黑人看成与她平等的具有思考和行为能力的主体。但老人们的叙述使她终于意识到了他们不是需要她的庇护和指引、懦弱无能的小孩子，而是有勇气、胆量和行动力的男子汉。她也终于放下了自己的权威意识，转而尊重老人们的决定。

言说自我同时还具有治愈功能。老人们通过讲述他们曾遭受的苦难和不公，发泄了藏在心头已久的愤怒，更重要的是，他们扭转了过去的负面形象，治愈了历史创伤，展示了作为人的尊严，表现出黑人民众的觉醒和对自由、平等的追求。因此，自我言说在小说中对于老人们而言是至关重要的一步。拜珀曾这样谈论老人们的反叛："他们的集体告白使他们洗刷了对种植园体制愤怒而无作为的耻辱，但更重要的是，他洗刷了他们在过去大半生中所积累的自我厌恶。虽然他们并不是杀死比奥·布坦的凶手，但他们都对比奥·布坦所做的恶事而心怀不满，因此都有心这么做，通过讲述他们的故事，他们直面过去，并重建现在和将来。"①这些老人们恢复了话语权，意味着他们对自我存在和身份的确认，也说明了他们终于在心理上摆脱了奴隶制的束缚，敢于挑战白人的话语霸权和不公平的社会体制，追求平等权益。

小说最后，黑人老人们与前来报复的种族主义顽固分子路克·威尔等人短兵相接，爆发了一场枪战，并在法庭上描述了案件的始末。"时不时地，就会有个黑人老头儿，手臂绑着吊带，额头缚着绷带，知道他是在大众面前，会大胆地描述发生的一切。另外，他会用绰号来称呼同伴们——煤块、烟囱、雄鸡。这让法庭上发出一阵阵笑声。"(*A Gathering of Old Man*, 212)盖恩斯在此处所描写的法庭的情景与早期作品《简·皮特曼小姐的自传》中的庭讯大不相同。在《简·皮特曼小姐的自传》中，法官颠倒黑白、歪曲事实，根本不给黑人一点说话的机会。

① Valerie Melissa, Babb. Ernest Gaines[M]. Boston: Twayne Publishers, 1991: 131.

但在这里，黑人老人们掌握了话语的主动权，自己来讲述事件的经过，而不是任由白人统治阶级评述和判决。而老人们对彼此绰号的使用则说明了黑人民众之间的紧密团结，只有所有黑人共同为了民族解放和自由而抗争时，他们才有可能获得成功。同时，通过这部小说，盖恩斯也反映了时代的进步和社会环境的变化。而记者们，作为国家政府的喉舌，此时却并没有无条件地支持白人，虽然惊讶，但并没有很严肃认真地对待这个事件。这也充分说明，在20世纪70年代的美国，经过了民权运动中广大黑人民众的艰苦努力，黑人已不再完全被当成一个低等种族和附庸品。他们的话语也不再完全受制于白人霸权，而是能够真正地表达自己的思想。这样，通过对黑人老人们重获话语权的描述，盖恩斯表现了他们在心理上摆脱奴隶制的束缚，最终建构自我身份、实现主体性的过程。

因此，言说自我在小说中对于老人们而言是至关重要的一步。正像詹妮弗·尤所说的，“从沉默转入言说，对那些被压迫的、被殖民的、被剥削的以及那些从中卑微而出并肩战斗的人，是一个具有医治功能、并使新的生命和新的成长成为可能的反抗行为”①。言说自我表明这些老人们夺取了话语权，意味着他们对其主体性和身份的确认，标志着他们终于在心理和精神上摆脱了奴隶制的束缚，敢于颠覆白人的话语霸权，抨击不公平的社会体制，追求平等权益。正因如此，这些黑人老人们才成为了真正的男子汉。

《老人集会》解构了南方路易斯安那州南方乡村里黑人男性一味忍耐白人暴力、委曲求全的传统。这群老人们大胆地抗议了他们的土地不断地被法裔白人夺去的事实和白人盲目自大者对于他们的种族歧视，更重要的是，抗议了过去的文学作品里所塑造的软弱的黑人老年男性的形象。② 这部小说有其历史背景。美国20世纪60年代的黑人艺术家们如

① 转引自许胜男. 打破沉默与争夺话语权[J]. 宁波大学学报，2004(7)：63.

② Sandra G, Shannon. Strong Men Getting Stronger, Estes, David C., ed. Critical Reflections on the Fiction of Ernest J. Gaines[M]. Athens: The University of Georgia Press, 1994: 205.

埃米利·巴拉卡、唐·李(Don Lee)和毛拉那·卡瑞嘎(Maulana Karenga)等认为当时黑人老人们似乎对黑人民权运动置身事外，推卸责任。当时有关20世纪60年代民权运动的文学作品塑造的典型的自由战士都是年轻的、有攻击力的黑人男性。而黑人老年男性被普遍认为不积极参与社会事务、懦弱胆小、苟延偷生。但盖恩斯的小说《老人集会》打破了这种偏见，作家塑造了一群勇敢的老人们，在危急关头表现出非凡的勇气，成为民权的捍卫者，与他们年轻时由于恐惧、害怕而畏缩的样子形成了鲜明对比。

马丁·路德·金曾经说过："只有理解了上百万黑人的头脑中所发生的变化，才能说取得了全面胜利。当自由精神被深深禁锢时，对解放的冲动会突破一切束缚。那么黑人就会变得和任何人一样平等。他们摆脱了心理上的奴役，并大声宣告：'我们可以让自己自由。'"①也就是说，心理上的精神才是真正的自由，虽然《老人集会》发生在20世纪70年代，距奴隶制被废除已有近百年的历史，但许多黑人民众并没有获得实质上的解放。他们依然把白人看成不可冒犯的权威，企求白人的保护。"他们没有将自己看成'男人'，认为他们不可能是，因为在他们漫长的一生里，他们从未被允许来彰显男性权利。"②但是在故事所发生的20世纪70年代，虽然美国南方相对北方而言显得闭塞落后，却依然发生了巨大的变化。马丁·路德·金所领导的黑人民权运动在北方各大城市开展得如火如荼，这些老人们的生活也有了波动。当时许多关于民权运动的作品所塑造的主人公都是愤怒而勇敢的年轻人的形象，而老人们则显得消极、被动或无动于衷。盖恩斯则认为没有老人的民权运动是不成功的，他想要描写的是老人们身上所发生的改变和表现出的男子汉气概。只有当民权运动把每一种人群都涵盖在内，才有可能

① Mary Ellen, Doyle. Voices from the Quarters: The Fiction of Ernest J. Gaines[M]. Baton Rouge: Louisiana State University Press, 2002: 175.

② Mary Ellen, Doyle. Voices from the Quarters: The Fiction of Ernest J. Gaines[M]. Baton Rouge: Louisiana State University Press, 2002: 176.

真正获得成功，民族解放才会真正实现。对话成为老人们的重要工具，成为他们反抗黑人霸权的最佳政治策略。“不论性别如何，许多黑人主人公的最主要的叙述目的就是找到自己的声音。”①打破沉默，发出自己的声音，并且让声音被听见，成为黑人男性表达自我、追求个人身份的直接手段。

为了突出黑人老人们对话语权的争夺与掌握，盖恩斯在小说布局上颇花心思。作家采取了多视角叙事，赋予每位黑人老人言说自我的权力。此外，盖恩斯还在每一篇独白的标题中写出黑人们的完整姓名，如小男孩“乔治·艾略特(George Eliot, Jr.)”、“罗伯特·路易丝·斯蒂文森·班克斯(Robert Louis Stevenson Banks)”等，非常正式，同时还列出了他们的绰号或昵称。盖恩斯此举富有深意。一般说来，正式姓名是一个人在各种文件中会签署的名字，同时从法律意义上标明个人在社会中的身份，通常由姓和名组成。姓通常表明了个人与家庭的紧密联系，具有一定的历史意义。但对于黑人来说，他们的原初名字经常被白人主人有意地遗忘或抛弃，而改用白人主人取的名字。奴隶解放后，许多黑人奴隶改掉了主人给自己取的姓，而用他们所熟悉的一些伟大人物的姓，“这反映了他们急切地想表明他们的新的社会地位，确认伴随独立而来的尊严和自信”②。而名则标明了个人在家庭中的身份。绰号或昵称，一般是个人周围的人，如父母、亲友、邻居等所取的，表现了亲近、友爱、同志情谊等。在奴隶制时代，黑奴的孩子“受到奴隶主的支配，是奴隶主的法定财产。许多黑人终生为奴，一辈子没有正规名字，即使有也是奴隶主们随意为之脱口而出的产物，仅仅为了叫起来和用起来方便，缺乏深思熟虑的特别意义。命名系统的缺失，彰显出奴隶制时代黑

① Keith, Clark. Black Manhood in James Baldin, Ernest J. Gaines, and August Wilson[M]. Illinois: University of Illinois Press, 2004: 14.

② Joseph, Griffin. Calling, Naming, and Coming of Age in Ernest Gaines's A Gathering of Old Men[J]. Names, 1992, 2(40): 90.

人群体自我存在的无足轻重和微不足道，以及他们在身份和归属问题上的混乱不堪和无所适从”①。而在《老人集会》中，盖恩斯郑重地在每一章的标题处列出这些黑人的正式姓名，表现了对他们的尊重，同时也确认了他们的政治身份。而他们之间会运用绰号或昵称来称呼彼此，甚至在法庭这种严肃、正式的场合也会如此，这表现了黑人的文化传统，同时也说明了彼此之间互相帮助、互相扶持的情谊。正是当黑人老人们聚成一个团结的整体时，他们所发出的声音才令人无法忽视。与之相反，《老人集会》也有些人并没有绰号或昵称，如梅普斯警官，这和他的身份相关。“由于他在社会中的功用，特别是因为他在确立自己的权威时所采用的野蛮方法，他被排除在白人和黑人的圈子之外，和任何人都没有足够友好的关系，使他能拥有一个比较亲近的名字。”②因此，名字成为确认个体身份的一种方式。盖恩斯郑重地写出黑人们的正式姓名和绰号或昵称，其实展示了他们的不同身份，表现了他们真正地站了起来，成为了独立、自尊的个体。

因此，盖恩斯在这本小说中完全改变了黑人在长期的主流文学和文化中被书写、被讲述、被塑造的命运，把主动权牢牢地抓在了自己的手里，从而挑战了白人的话语霸权。通过这部小说，盖恩斯一方面表现了黑人老人们在心理上突破奴隶制束缚的自由进程，赞颂了老人们身上表现出的尊严和勇气。另一方面，盖恩斯也说明了黑人民族的解放不仅仅只是年轻人的事业，没有老人的民权运动是不成功的，只有当每个人都真正觉醒并付诸行动，黑人民族的解放和自由才有成功的希望。此外，通过小说中话语权的逆转，盖恩斯也表现了时代的进步和社会环境的变化，以及改变紧张对立的种族关系，建构和谐、公平、合理的社会的可能性。

---

① 荆兴梅，刘剑锋. 莫里森作品的历史记忆和身份危机[J]. 当代外国文学，2011(1)：15.

② Joseph, Griffin. Calling, Naming, and Coming of Age in Ernest Gaines's A Gathering of Old Men[J]. Names , 1992, 2(40): 78.

白人主流文学中的旧黑人形象被严重刻板化，分为两个极端，要么是安于天命、谨小慎微、忠心侍主、温顺谦恭的好黑人，要么是胆大妄为、粗暴野蛮、荒淫无耻的坏黑人形象。即使是同情黑人境遇、痛恨种族主义的白人作家如福克纳等也无法摆脱自身的阶级和种族局限，对黑人的形象塑造停留于表面化、脸谱化，对种族制度则有着爱恨交织的复杂感情。盖恩斯在其作品中塑造了崭新的黑人男性形象，他们个性鲜明、生动逼真，主要可以被划分为三种类型：第一类是传统的旧黑人形象，没有觉醒，满足于目前的生活而害怕改变。第二类是在时代的进步下、在社区的帮助下逐渐认识到转变的必要性，不懈地追寻着勇气、胆量、尊严等男性气概，最终推翻了白人统治阶级给他们所贴的贬义性标签，打破了白人所制造的白人优秀、黑人低劣的神话，成长为真正的男子汉。第三类则是不甘于受奴役、被剥削的命运，不断与白人权威抗争的黑人男性。其中优秀的、具有先进理念的革命先行分子则致力于启迪民众，愿意为民族解放事业不懈奋斗并不惜献出宝贵的生命。盖恩斯批评了旧黑人，以及脱离民众的个人英雄主义者，而赞赏了这些表现出勇气、胆量、叛逆精神、追寻做人的尊严，以及敢于维护并追求平等权益的新黑人男性。这些新黑人男性所表现出的男性气概，体现了黑人民众在重压下的优雅和尊严，在危机中迸发的胆量和勇气，即使要付出惨重的代价也绝不退缩，从而改变了黑人民众在美国文化中的他者地位，实现了其主体性和完整性。男性气概标志着黑人民众在心理和精神上的解放，摆脱了种族主义的束缚，摆脱了被奴役的状态，真正成为站起来的人。这种男性气概并不局限于黑人男性，而是一种精神特质，使整个黑人社区焕发出新的面貌，同时也预示着黑人民族解放和振兴的希望。

第三章　新黑人社区的伦理关系建构

盖恩斯在其作品中建构了新黑人社区内外的人与人之间的伦理关系。旧黑人社区内的伦理关系有着失谐、分歧、摩擦的特征。一方面表现在社区内部各个小团体之间的疏离与隔阂。虽然黑人群体作为一个整体被白人统治阶级看成二等公民，是被奴役、被剥削的对象，但黑人群体内部并不团结，有着细微的分歧与矛盾。由于黑人来自非洲的各个不同的部落与角落，他们的文化传统并非完全一致，他们的肤色深浅也有区别。一些黑人内化了白人“以白为美”的评判标准，甚至不惜漂白自己以期混入白人的圈子，以获得各方面较好的待遇。一些浅肤色的黑人，如混血儿，则自认为高人一等，画地为牢，将自己与其他黑人疏远开来，努力地学习白人的生活方式和行为举止，以谄媚的姿态期待被白人社会接纳。另一方面则表现在黑人的家庭问题方面。一些黑人，特别是黑人男性对家庭、对社区缺乏应有的责任感，道德意识淡漠，同时他们因为看不到希望与前途所在，变得自暴自弃，用酗酒、斗殴、与女人调笑来麻醉自己，过着只顾眼前不考虑未来的生活。一些黑人男性甚至将在白人世界里所受的憋屈与压迫转移到家庭领域内，将怒气发泄在比他们更为弱势的黑人女性与孩子身上，将后者当作自己的出气筒和奴役的对象。甚至，当无力承受生活的压力的时候，他们会一走了之，将所有的责任都推到家人身上。许多黑人作家，特别是黑人女性作家如艾丽斯·沃克、托尼·莫里森等在作品中生动地反映了这一点，而她们对于黑人男性在家庭范畴内的施暴及不负责任的行为的揭露也在黑人文学界里引起了激烈讨论。

而在黑人社区的外部，与白人社区之间则存在着不平等的压迫与被压迫、剥削与被剥削的关系。长久以来，黑人种族与白人种族之间处于紧张对抗的局面，白人统治者把自己凌驾于黑人群体之上，用各种手段宣扬并巩固“白人优越论”，把黑人看成他者，并利用国家机器、司法机制等维护自己的利益。因此，总体来说，白人与黑人之间的关系是以上欺下、以强凌弱、不平等的关系。在新黑人社区里，虽然黑人群体与白人群体之间的关系并不属于黑人社区内部的问题，但两大群体能否平等和谐地共处直接关系到黑人社区的健康发展。

针对这些问题，盖恩斯力图在新黑人社区里建构和谐、民主、平等的新型关系，强调黑人民众，特别是黑人男性应该反思过去的错误，增强对社区的责任感，努力提高自身的道德水平和品行修养。在建构家庭伦理关系时，盖恩斯认为关爱与责任感是和谐家庭关系的基石，同时黑人男性对于家庭的责任并不仅仅在于经济支持，还意味着精神上的付出。夫妻之间的关系应该平等互助、彼此关爱、互相交流、各司其职。此外，盖恩斯反对男性中心主义，反对暴力，认为大男子主义并不能彰显黑人男性的男子汉气概，反而会使夫妻之间的关系变得紧张、僵持、对立。而在黑人社区这个较大的范围内，团结才是社区能够得以发展繁荣的根本。任何人都无法单凭一己之力与不公正的社会体制抗争。散漫的、虚无主义的黑人知识分子如果认识不到自己与黑人社区的紧密联系，以及自己对黑人社区应尽的责任，就会成为毫无目的的漂流者。只有将个人命运与整个黑人社区、黑人民族的兴衰联系在一起，个人才有奋斗的目标和生活的意义。同时，只有当黑人社区里的民众联系起来，为了同一个目标而努力奋斗时，黑人解放事业才有可能成功。

此外，盖恩斯的作品探讨了黑白种族之间关系的复杂性，塑造了一些开明、富有正义感和民主意识的白人，展现了美好和善的人性因子，认为奴隶制及种族歧视有悖于伦理道德，有违于美国关于“天赋人权”“民主、平等、公正”的建国理念。也有些白人认识到黑人身上的优良品质、主体性、尊严和力量，因此，这些白人用平等、尊重、理解的态度与黑人交往，并主动帮助黑人获得自由和解放。来自白人群体内部的人道主义精神使黑白种族之间建立新型的平等融合的关系具有了可能性。同时，盖恩斯的小说跨越的时间纬度是20世纪30年代到70年代，也是黑人民众逐渐觉醒，并在全国范围内逐步发起民权运动的时期。时代在进步，社会发生了巨大变化，族群关系也呈现出新的趋势。虽然盖恩斯的作品中也表现了顽固的种族主义分子在六七十年代仍然相信可以滥用白人权力，任意运用私刑处罚他们认为犯错的黑人，但总的来说，盖恩斯的作品体现出时代与社会的进步。黑人社区里受过高等教育，曾经在大城市里生活过的黑人们早一步发出了自由的呼声，并带动社区里的民众为了民族解放而共同奋斗，即使是顽固的种族主义分子也不得不认清现实，承认过去的一套做法已经过时，将自己的意志凌驾于法律之上的行为模式被解构。盖恩斯在作品中体现出多元文化融合的思想，认为美国文化是多元的，有着多个中心，不应该以白人文化为唯一中心，黑人种族和其他种族的文化都对美国文化的形成做出了同等的贡献。黑白种族的人民如果能够彼此尊重、理解、宽容，那么种族关系的改善、黑白种族融洽相处并非遥不可及的梦想。

第一节　建构新黑人社区内部的和谐伦理关系

一、黑人家庭伦理困境与和谐伦理关系的建构

盖恩斯关注黑人家庭的伦理关系问题，与他的童年经历有着密切的联系。盖恩斯小时候由姑婆抚养长大，他的母亲和继父在加州的瓦列霍(Vallejo)生活，但由于经济条件不允许，直到盖恩斯15岁时才将其带到身边。盖恩斯从来没有见过亲生父亲，似乎并没有这样一个人的存在。家庭破碎的阴影一直萦绕在他的心头，成为其写作中反复出现的主题之一。盖恩斯非常关注黑人家庭的内部问题，如黑人夫妻之间的紧张

关系、家庭暴力、父亲在家庭生活中的缺失等问题。这些问题不仅对黑人个体有着负面的、消极的影响，而且与整个黑人社区的团结、黑人民族的前途都有直接联系。因为虽然家庭是一个社会中最小的集体单位，但家庭的稳定与和谐直接影响到孩童的健康成长，家庭的发展以及社区和社会的安定团结。因此，盖恩斯通过对黑人家庭问题的严肃探讨，力图揭示问题背后深层次的社会、历史、文化、政治等方面的诸多原因，一方面表现了黑人群体在重重压力和束缚下身不由己的无力感，另一方面盖恩斯也认为黑人民众应该自我反思种族内部问题，勇敢地面对过去所犯下的错误，积极地承担对他人和家庭的责任，并努力修复种族内部关系以实现黑人家庭、黑人社区，乃至整个民族甚至整个美国社会的健康发展。

黑人家庭破裂的部分原因是种族制遗留问题，使黑人男性对家庭的责任感淡漠。“在奴隶制下，黑人家庭往往缺乏在法律制约下的婚姻观，黑人奴隶的婚姻有很大的随意性。”①在奴隶制时代，为了防止黑人之间互相串联，奴隶主一般并不允许同一个种植园内的男女黑奴通婚，因此，黑人夫妻通常来自不同的种植园，这样也导致了黑人奴隶们即使在婚后也不能拥有正常的家庭生活，通常只能在周末或稍有空闲的时候团聚。因此，黑人男性实际上并没有太多时间与家人相处，更不用说照顾子女，这使得黑人男性对家庭的责任意识淡漠；而且，奴隶们连基本的生存权和自由都被掌握在奴隶主的手里，因此他们的婚姻根本不会像白人那样有着繁复的仪式，许多人并不会去教堂庄严宣誓，也无法邀请亲朋好友来宣告婚姻的合法性和正式性，而只是把两人的东西搬到一起过日子。托尼·莫里森的《宠儿》中贝比的婚姻就是举办了一个非常简单的仪式，两个人牵手跳过了扫帚，把日常生活用品搬在一处就算完成了。盖恩斯的《简·皮特曼小姐的自传》中简·皮特曼和乔·皮特曼“同

① 张立新. 文化的扭曲：美国文学和文化中的黑人形象研究[M]. 北京：中国社会科学出版社，2007：170.

意住在一起，像在奴隶制时期的人们那样”（*The Autobiography of Miss Jane Pittman*, 91），就算结婚了。这样，许多黑人缺乏关于婚姻的法律意识，黑人家庭缺乏法律的保障，一旦情况出现变化，夫妻之间有了矛盾，解体的可能性就要大很多。黑人奴隶通常被当成种植园主的私人财产，可能会因为种种原因如主人的经济状况不佳而被转卖，或由于冒犯主人而被处私刑，因此，一家人团聚的时间会非常有限，而一些黑人奴隶也会由于这些不定因素而尽量不对伴侣和子女产生太多关注、投入太多感情，这样也导致了家庭内部亲人之间的疏离。社会学家菲利普·豪泽曾这样说过，“由于长期以来黑人在美国的社会地位低下，造成了美国黑人家庭的瓦解和家庭生活的不稳定。在奴隶制时期及其奴隶解放之后的半个世纪里，黑人从来没有机会获得白人中产阶级所享有的那种家庭生活模式。事实上黑人家庭在奴隶制下被摧毁了，黑人奴隶不可能建立任何持久的家庭组织形式”①。

奴隶制被废除后，黑人的境遇有所改善，但种族歧视依然顽固地存在。南方分租制的实行使黑人的生活依然陷于贫困，黑人往往租用的是最贫瘠的土地，除去租金之外，几乎没有太多的收益。因此许多黑人不得不放弃土地，去北方的大城市寻找工作机会。但由于大多数黑人所受的教育有限，没有合适的技术，同时由于种族歧视的存在，黑人男性往往能承担的工作种类有限，薪酬较低，通常是最后被聘用、最先被开除的员工，因此养家糊口对于黑人男性而言是非常艰巨的任务。而有些黑人男性在无法完成传统伦理原则对自己的期待时，会消极地逃避责任，一走了之，这也是造成许多黑人家庭破碎的原因。盖恩斯曾在访谈中，解释了奴隶制是造成家庭成员分离的主要原因。“三百多年前，当黑人们被带到这个国家时，父亲与儿子就被分开了。白人们不希望他们在奴隶制时期待在一起，而自那之后，他们就一直无法触及彼此。”就像《在

① 转引自陈志杰. 顺应与抗争——奴隶制下的美国黑人文化[M]. 北京：中国社会科学出版社，2010：102.

父亲的房子里》的菲利普在面对寻父而来的罗伯特时，将自己二十年前抛弃家庭的责任归结于“外面的世界”。

> “你不明白。”菲利普说。他不想去止住顺着面庞滚下的泪水，也不想控制自己因为过度激动而颤抖的声音。“我根本无法离开那个房间，去追上这个世界上我最珍惜的女人，就像我现在无法将汽车扛在背上一样。我瘫痪了，瘫痪了。是的，我有嘴，但是我没有声音。我有腿，但是我无法行动。我有手臂，但是我无法抬起它们将你抱起。只有男人才能做这些事情，而我在那时候还不是个男人。我那时只不过是头无知的动物，只会骗、偷、抢、杀——却无法站起来。不会负责。不会保护你或你的母亲。他们从奴隶制时代起就将这个烙在了我们身上。”(*In My Father's House*, 102)

文中的“他们”显然指的是白人主流社会。黑人男性长久以来处于被阉割的状态，在精神上必须依附于白人，在经济上则受到白人社会所制定的一系列政策的剥削，因此他们无力完成支撑一个完整的家庭所必须肩负的责任。

其次是因为白人主流社会对黑人男性的攫取，以白人为主的国家政府征召大批黑人男性入伍，为国家利益贡献自己的生命，但对他们的妻子和家庭却不给予任何安置或帮助，从而使其家庭处于物质上贫苦、精神上压抑孤独的状态。《阴沉沉的天》中的奥塔维娅的丈夫被征兵后，家里过去欢乐的气氛荡然无存，而奥塔维娅作为美国社会中更为弱势的黑人女性，在承担着同样的工作强度的情况下，却只能领取更微薄的薪水，因此，小詹姆斯全家不得不面临着更加困窘的生活，而美国政府却没有对他们进行补助。

> 贝庸先生说他们就这样把爸爸带走而不给妈妈任何补偿，不给我们任何补偿，实在是太不公平了。……贝庸先生说：“千真万

确。他们给了他的孩子什么？他们不论严寒酷暑都必须步行3.5英里去上学。这就是给一个做父亲的回报吗？她得不论晴天雨天都在田里辛苦劳作才能勉强维持生活。这就是给一个做丈夫的回报吗？"①

在20世纪五六十年代，美国在第二次世界大战中是最大赢家，随后为了扶持自己的势力、反对社会主义，美国又卷入了朝鲜、越南等地的战争。虽然美国是为了自己的政治和经济利益而战，但对内对外的宣传却具有一定的欺骗性。同时，官方宣传是少数族裔入伍后可享受公民待遇，但事实上，这些黑人男性在部队里依然处于底层，而他们的家庭却不得不承受分离之痛。美国政府将这些底层的少数族裔男性放在前线冲锋陷阵，当战争结束后，又把他们无耻地撇在一边。从社会伦理的角度来看，公民有义务在国家需要的时候，为之奉献，但国家也应该给公民基本的生存权、平等、自由、政治、经济等方面的平等待遇。当公民个人因为为国奉公而无法顾及小家庭时，国家则应该为公民解决后顾之忧。可是，美国政府关注的不过是以白人为主体的社会阶层的利益，而黑人的权益被无耻地剥夺。

此外，盖恩斯也深刻检讨了黑人民众的自身原因，认为虽然美国的社会大环境使黑人男性在承担家庭责任，养育子女方面有重重困难，但一些黑人男性自身家庭观念淡漠，对妻子儿女不关心或将外界的压力发泄到家人身上也是客观事实。由于黑人男性在现实生活中不得不压抑自己，对白人统治阶级及其制定的规则俯首听命、卑躬屈膝，当内在的压力积累到他们无法承受时，许多黑人男性就将这一压力释放到家人身上，对比他们更为弱势的女性和孩子打骂虐待，甚至遗弃。黑人女作家洛德曾这样分析黑人男性的家庭暴力行为，"种族主义和无能为力的压

① 查尔斯·契斯纳特，等. 阴沉沉的天——美国黑人短篇小说选[M]. 吴持哲，译. 北京：外国文学出版社，1987：108.

力加剧了对黑人妇女和儿童的残暴，使其成为我们内部一种衡量阳刚之气的标准”①。也就是说，一些黑人男性错误地把不负责任和家庭暴力等同于彰显男性气概，因而会做出伤害家人的行为。《在父亲的房子里》的菲利普二十年前对乔安娜经常进行家暴，一有钱就去赌博喝酒，虽然部分是因为外部环境对其的压抑使其只能借助这种消极手段来进行发泄，但还有个重要原因是他完全把自己凌驾于女性之上，把对方当成“世界上苦难深重的骡子”，完全没有平等、尊重、爱护、关心等意识。更为可耻的是，他在与乔安娜同居期间，同时还有好几个情人以及私生子。正是菲利普缺乏正确的家庭伦理观念，才导致他们关系的破裂。事实上，当菲利普转变观念，皈依基督教并努力经营自己的生活后，他完全有能力支撑一个完整而幸福的家庭。所以，通过菲利普的前后对比，盖恩斯试图说明黑人个体并不能把责任完全推到社会层面去，个人在特定的社会环境中至少有一定的选择权，黑人个体也应该为他们的失职负担起责任。

同时，盖恩斯也批评了部分黑人男性对家庭责任的错误理解。一些男性认为只要自己能够赚钱养家就可以了，而忽视与妻子精神上的交流，以及对子女的关爱。《十一月漫长的一天》中的艾迪就是如此。艾迪痴迷于汽车给他带来的自由和快感，而忽略了妻儿。“从某种意义上讲，艾迪迷恋上汽车，恰恰是他的传统男性气概的某个层面的伸张，因为在美国文化中，汽车是男性气概以及男性独立性的象征。”②艾迪对汽车的掌控对其有着不同寻常的意义。在物质社会里，对一些物质形式，如汽车、房屋等财富的占有在一定程度上成为衡量一个人是否成功的标准。那么对于一个长期处于奴隶制压抑下的黑人男性而言，对汽车的占有和驾驭能让艾迪获得极大的满足感，让他在一定程度上享有行动自

① 蒋天平. 上帝还是恶魔——20世纪美国黑人小说中的父性[J]. 海外文坛，2003(8)：156.

② 隋红升. 危机与建构：欧内斯特·盖恩斯小说中的男性气概研究[M]. 杭州：浙江大学出版社，2011：54.

由。可是身为丈夫和父亲，艾迪必须承担养家的责任，保护好妻子，同时做孩子的关爱者和引路人。但在拥有汽车后，艾迪的注意力全被汽车所占据，每天劳作后驾着车四处游荡，直至深夜才回家，根本就无法顾及妻子的感受，也没有时间陪伴孩子。因此，对自我男性气概彰显的渴望和对家庭责任的承担之间的矛盾构成了艾迪面临的伦理困境，使夫妻关系变得紧张直接导致了家庭危机。

家庭作为社会的重要组成部分，其结构模式其实也反映了意识形态、社会体制、政治制度和文化因素的影响。家庭关系不是简单的两三个人或成人与孩子之间的关系，而是反映了一系列复杂的国家机制运作之下的结果。家庭支撑着个体的成长，在心理上给予个体基本的爱与关怀，让个体有归属感和集体感，并帮助个体建立对自我的认知。家庭的破碎和分裂在物质和精神层面都会对个体产生极大的负面影响，因而建立和谐美满的家庭关系非常重要。盖恩斯对黑人家庭内部关系问题的探讨，以小见大，部分地反映了黑人民众在美国社会中真实的生存处境，同时也说明了黑人民众自身的弱点和思想上的不足。只有当黑人民众转变观念，勇敢地承担起对家人的责任，让爱、关怀与理解成为家庭伦理的基石，才有可能建立和睦友善的新型家庭关系，家庭才能得以健康发展，而这也将促进黑人社区的健康发展。

(一)黑人家庭内部两性关系的失谐与和谐

在美国社会中，由于种种原因，许多黑人家庭并不完整，夫妻分离，通常妻子独力支撑家庭，抚育幼儿，而丈夫却不知踪影。黑人的家庭关系极不稳定，夫妻之间的关系并不因为双方均处于社会的底层而互相扶持，而是充满了紧张的张力。黑人夫妻之间，男性并不一定尽到自己的责任来养家糊口，夫妻之间也不是互敬互爱、相互扶持，反而经常会有家暴现象，或对家庭根本不负责任，甚至离家出走。而这些问题并不是某一个黑人家庭的个别现象，而是在整个黑人社区都具有一定的普遍性。事实上，许多黑人作家曾经描绘过黑人夫妻之间各种失谐现象，如艾里斯·沃克在《紫色》中描写的某先生将西丽亚当成泄欲的工具；特丽·麦克米兰的小说《妈妈》中的克鲁克对家庭完全不负责任的行为；格罗丽亚·内勒也在其小说《布鲁斯特街的女人们》中通过一个个表面独立但事实上主题相互联系的故事反映了丈夫与妻子之间的疏离。这说明，黑人普通民众的夫妻关系问题的不仅普遍，而且对于家庭成员造成了负面影响和心理创伤，因而亟待解决。盖恩斯敏锐地关注到了这一问题，在其作品中多次反映了夫妻之间存在的种种问题，但同时他也构建了和谐的两性相处的模式，表现出他对普通黑人民众两性关系的思考。

聂珍钊教授认为所有的文学文本反映的其实是伦理问题，“从文学伦理学批评的观点看，几乎所有的文学文本都是对人的道德经验的记述”①。伦理道德不仅是社会意识形态和上层建筑的体现，还是社会文化精神的价值内核。不同的时代有着不同的伦理标准，但关于夫妻关系和婚姻问题，黑格尔早就说过：“婚姻是具有法律意义的伦理性的爱，这样就可以消除爱中一切倏忽即逝的、反复无常的和赤裸裸主观的因素。”②在20世纪六七十年代的美国，婚姻通常被认为是神圣的，是男女双方恋爱的水到渠成的结果，同时也是对彼此的最重要的承诺。要结婚的双方会在教堂举行庄重的仪式，并邀请亲朋好友见证。婚姻是男女两性结合在一起过一种完整的生活的一种社会形式，是男女两性实现结合取得社会认可从而具有合法性的一种方式。它意味着两个生物体的结合在某种意义上变成了社会行为和伦理行为，从而具有了社会性和伦理性。婚姻既是一种证明也是一种承诺，它要求双方为婚姻这种精神共同体和家庭这种物质共同体担负相应的义务和责任。但对于许多普通黑人民众而言，恋爱和婚姻并不一定有直接联系，并没有很好地经营自己的婚姻。笔者在通读了盖恩斯的小说之后，发现他涉及的主要家庭内部的夫妻关系问题可大致分为三类：第一种是没有结婚而同居；第二种是虽

---

① 聂珍钊. 文学伦理学批评导论[M]. 北京：北京大学出版社，2014：20.

② 丁世忠，朱颂.《卡斯特桥市长》的家庭伦理维度[J]. 世界文学评论，2008(1)：66.

然已经结婚，但其中一方(通常是男性)却由于某种原因离开了家庭；第三种则是结婚后一方并没有对家人尽到应尽的义务和责任。

《在父亲的房子里》的菲利普年轻时与乔安娜生活在一起，但他对乔安娜的喜爱主要是基于后者的美貌，是一种肤浅的爱情，缺乏真正的关心、爱护和尊重。两者的关系是不平等的，菲利普处于主宰地位。当他在白人统治的社会里四处碰壁时，当他无法忍受生活的重担时，他将压力都发泄到更为弱势的女性和孩子身上，经常打骂他们，最后乔安娜忍受不了而离开。另外，菲利普与乔安娜之间并不是受法律保护的婚姻关系，而是靠彼此的信任和爱情所建立的一种联系，但这对维系夫妻伦理关系并不够，而夫妻的伦理身份也无法得到有效的承认和维护。小说中提到许多黑人以拥有情人的数量为骄傲的资本，菲利普年轻时也是如此，他与别的情人还有私生子。这也说明了菲利普对待两人的关系非常轻慢，满不在乎。他把女性看成了验证自己性能力的工具，以补偿在白人社会里所受的挫折，而并不理解爱情伦理的真正意义，也不会真诚地去爱护另一半。正是这种伦理混乱的局面使得菲利普与乔安娜的夫妻关系非常脆弱，无法承受生活的考验。在乔安娜带着孩子们离开时，菲利普没有任何挽留，在分开后的二十多年里，他也没有打听过她们的消息，甚至根本不记得孩子们的名字。而在听到关于乔安娜的不幸的消息时，菲利普的第一感觉是难以置信，并不觉得自己当年对母子的抛弃会对后者产生不良影响，或对后者的困窘境遇该负一定责任。

如果说《在父亲的房子里》的菲利普与乔安娜并没有举行过结婚仪式，只是同居，没有法律的保障，而盖恩斯另一些小说则揭示了即使已经结婚，家庭却并不完整或夫妻关系非常紧张的状态。《刑前一课》中的费雯和丈夫处于分居状态，虽然他们有孩子，但其丈夫对子女不闻不问。小说中的丈夫从没有正面出场，甚至连费雯都不知其踪迹，这显然有悖于正常的家庭伦理关系。它导致的恶果也是显而易见的。虽然其丈夫已经离开，但二人并没有解除婚姻关系，因此费雯没有办法正大光明地开始自己的新生活。费雯与格兰特真挚地相爱，但费雯的已婚身份使费雯不得不小心翼翼地掩盖自己的感情，与格兰特在离她生活环境较远的地方约会，从不敢在外过夜，以免给她的丈夫留下把柄，使他在法庭上有理由争取子女的抚养权。这种三角关系使费雯陷于不道德的、被动的局面，使她无法自由地追求爱情，而是随时处于忐忑不安和精神压力之中。短篇小说《阴沉沉的天》中的奥塔维娅也是位单身母亲，丈夫去当兵了，不知何时才能归来，所以奥塔维娅不得不独自拉扯几个孩子，生活陷入困境。奥塔维娅必须得下地干活才能勉强糊口，家里的长子“我”在 8 岁时就被迫学会了杀死鸟雀让家人可以有点肉吃。家里的气氛也变得比较沉闷，缺乏乐趣。“如今她总是早早地就上床了。爹没有去当兵时，妈可会熬夜哩。那时候，全家人坐在外边门廊上，或者守在炉火周围。可是现在，妈好像一撂下饭碗就瞌睡了。”(*Bloodline*，402)“从前我可爱跟爹、妈呆在一起。那时我们家多么快活呀。但是，人家把我爹拉去当兵了。现在，谁都闷闷不乐……得等有一天爹回家来，我才会重新高兴起来。”(*Bloodline*，427)显而易见，丈夫的远去，使奥塔维娅在物质上陷于困境，而其精神世界也变得苦闷压抑。从伦理道德的角度来看，完整的家庭应由父母与孩童共同构成，父母作为成人，对孩子有抚养教育的责任，丈夫一般被看成一家之主，担负着赚钱养家的职责。可是小说中的丈夫却因为征兵而被迫离家，无法尽到自己的责任，夫妻之间原本正常的伦理关系被扭曲甚至断裂。

盖恩斯小说中还描写了一些虽然家庭完整，但夫妻双方由于对家庭责任的理解不同而导致分歧和冲突，使夫妻关系紧张的情况。短篇小说《十一月漫长的一天》从小孩桑尼的视角来描述，父亲艾迪购买了一辆汽车，于是每天在田地里的劳作结束之后，开着车到处游荡，对妻子和儿子都没有尽到家庭责任，而引起妻子艾米的强烈不满。艾米带着桑尼回到娘家，她的母亲瑞歇尔本来就不满意女婿的表现，所以借这个机会怂恿艾米离婚另嫁，家庭面临破裂的危机，艾迪听取了伏都教女巫的建议，放火烧掉汽车，最终赢回了艾米的心，保护了家庭的完整。故事并不复杂，但盖恩斯在小说中强调了夫妻双方对家庭的责任心才是建立和谐夫妻关系和家庭生活的关键所在。故事中的艾迪认为男人只需要赚钱养家就够了，但他不理解妻子艾米对他的情感需求，也忽视了儿子桑尼对父亲的依恋。正是艾米对家庭责任的理解的偏差导致了他和妻子艾米之间的矛盾，家里的和谐气氛被破坏，艾米也变得心神不安，甚至在照顾桑尼方面出现了疏漏。“每个人都在学习功课，但我不知道我的功课该如何念。我希望我能知道，可惜我不知道。妈妈昨天晚上没有教我功课，她今天早上也没有教我，我不知道。”(*Bloodline*, 22)在老师点名学生们读书时，桑尼因为不会读感到紧张害怕而尿裤子，遭到同学们的戏弄和嘲笑，被叫为“尿包”(piss pot)，小女友露茜也立刻改变了对他的态度。究其原因，主要还是因为桑尼的心理上没有得到足够的安全感，父母没有尽到照顾子女的责任。虽然他只有6岁，无法真正理解父母之间的问题所在，但家里的异常气氛给他一定的压力。

夫妻关系是家庭成其为家庭的最重要的一个部分，一旦正常的家庭伦理被破坏的话，其中的每个成员都会在心理上遭到极大的创伤，甚至会影响一生的发展。弗洛伊德的心理研究表明，过去的不愉快经历和情感上的挫折会深藏在无意识深处，造成个人的种种异常行为。《在父亲的房子里》的乔安娜虽然与菲利普分手了，却始终无法走出情感上的泥沼：

> 没有一个能持续很长时间。两、三个月，然后他就得走。再过一段时间，一个男人也没有。接着又是两、三个月，然后他也得走。原因是，没有人能成为她心目中最好的那个。她让他们从一开始就知道这个。最好的那个还在路易斯安那。他们愿意的话，可以呆一段时间，接着他们就得离开。(*In My Father's House*, 195)

因此，乔安娜与菲利普的分手导致了她情感上的空虚，留下了长久的心理阴影，使她无法再和他人建立起正常的恋爱关系，更别提婚姻了。而家庭中父亲的缺席，则使孩子们处于无成年男性保护的危险境地，子女得不到父亲的关爱和保护，在其成长道路上缺少父亲的正面指引，容易步入歧途或生活艰难。《在父亲的房子里》的幼女被强奸，尚且年幼的罗伯特作为家中长子，被迫要承担起本该由父亲承担的责任，保护家人。而当他未能实现这一期待时，他的自信被彻底摧垮，变得自暴自弃。事实上，家庭夫妻伦理关系的紧张或破裂对孩子的影响也许是最大的。《阴沉沉的天》中的奥塔维娅在丈夫离开后，由于精神和物质的双重压力而变得郁郁寡欢，小男孩虽然只有 8 岁，却已经要表现得像一个男子汉，被迫杀死小鸟让家人可以有点肉吃，而他虽然牙疼却因为贫穷不能得到及时医治。《十一月漫长的一天》中的桑尼也因为父母关系的异常而影响了其学校功课，更严重的是使他心理上没有安全感，进而引起生理上的异常反应，上课时尿裤子。

夫妻伦理关系对于维系家庭至关重要。如果夫妻之间能够和平相处、平等尊重、互爱互助的话，家庭氛围必然是亲密和谐的。那么理想的家庭内部两性关系应该是怎样的呢？盖恩斯在小说中试图对这个问题进行解答。“婚姻应当是自由平等的。‘第一，为了使婚姻有效，它必须是一种双方自愿缔结的契约；第二，在结婚同居期间，双方在相互关系上必须具有平等的权利和义务。’”①盖恩斯笔下的较为和谐的夫妻或准夫妻关系基本有如下几个共同特征：第一，爱情、婚姻建立在双方爱慕的基础之上，而不是出于现实的经济因素考虑，或是由于家族或其他外力的强迫。婚姻的结合应该出于感情，而不是出于财富、相貌等原因。婚姻的本质不在于肉体的结合，而在于精神的结合。第二，平等互助，互相尊重、关心和爱护，遇到困难会互相商量，共同面对。《简·皮特曼小姐的自传》中的简·皮特曼和乔·皮特曼可以说在一定程度上实现了盖恩斯对理想的夫妻关系的构想。首先，他们的婚姻建立在真挚的爱情的基础之上。夫妻之间是一种互敬互爱的伙伴关系，简·皮特曼和乔·皮特曼在结婚之前，“已经互相认识很久了，但从未表示彼此有

① 王锋. 社会变迁中的家庭伦理[J]. 黑龙江社会科学，2006(2)：135.

好感”(*The Autobiography of Miss Jane Pittman*, 91)，所以他们有一定的了解和感情基础。然后，他们是经过理智的思考后才做出决定的。简·皮特曼小时候身为奴隶，曾遭受过奴隶主鞭子的毒打，受了内伤，长不高，还丧失了生育能力，在她发现自己爱上乔·皮特曼之后，她考虑了一段时间，虽然她担心乔·皮特曼会因此而离开自己，但她依然没有隐瞒这一点。而乔·皮特曼只是说：“我们不都是受到奴隶制度的折磨吗？只要你说声你愿意帮我抚养我的两个女孩，我就心满意足了。”(*The Autobiography of Miss Jane Pittman*, 91)诚实、宽容和责任，都是美满婚姻的必要条件。再次，简·皮特曼在乔·皮特曼在遇到问题时一般会互相商量解决，无论是离开以前的种植园，到另一个农场去驯马，还是简在白主人的大房子里遇到的另一个黑人保姆的刁难，他们都会互相鼓励支持，共同面对困难，并设法解决问题。

《刑前一课》中的费雯和格兰特虽然并没有结婚，但他们的相处模式无疑也是比较理想的。更可贵的是，格兰特并没有常见的男性中心主义思想，而是把费雯看成自己平等的交流对象，而费雯作为新型的黑人知识女性，有勇气，能独立思考，并能在格兰特迷惘时给出中肯的建议，是格兰特的精神支柱。这种平等交流、互相尊重的模式从一个小的生活细节中可以看出来。某个周日，费雯到格兰特家造访，正好格兰特的姑母出去了，费雯和格兰特共进晚餐后，费雯坚持要把餐具洗掉，并对格兰特说：“你洗碗，我擦干。”(*A Lesson Before Dying*, 106)而格兰特的回答富有深意：“以后都是这样了吗？啊？”(*A Lesson Before Dying*, 106)然后就很有默契地帮忙干活，还表示“和她在一起做这些事情感觉很好”(*A Lesson Before Dying*, 106)。这一细节具有一定的革命性。因为传统的夫妻相处模式通常是女主内、男主外，一般男性几乎不做家务。而格兰特能心甘情愿地和费雯一起分担家务琐事，说明他并没有传统的大男子主义的思想，也说明了他对费雯的爱护和尊重。当然，这也是因为两人都是受到教育的知识分子，思想比较开明的缘故。

《十一月漫长的一天》中的艾迪和艾米的婚姻虽然出现了危机，但双方还是有着坚实的爱情基础。艾迪对妻子和儿子充满了爱，“‘你有个好妈妈’，爸爸说道，‘我也爱她。她是驱使我努力的唯一动力——还包括你’”(*Bloodline*, 15)。虽然小说中并没有正面描写艾米对艾迪的感情，但她在面对母亲强烈反对，并有经济条件更好一些的追求者弗兰迪时还是愿意回到艾迪的身边，也说明了艾米还是对艾迪有着更深的感情，以及她有对婚姻忠贞的伦理观。但光有爱情是不够的，盖恩斯还强调了双方的家庭责任感。而且，值得注意的是，盖恩斯挑战了传统的家庭伦理观，并不认为男性赚钱养家就够了，他认为夫妻之间更重要的是精神上的交流和关心。正如这篇小说中的强尼所说的，“世界上没有什么比家庭之爱更重要”，“一家人坐在桌旁吃着小妇人做的饭菜是世界上最美妙的事情了”(*Bloodline*, 57)。这些话说明了黑人男性对家庭伦理的认知和家庭角色的分配。男人在外面田地里劳作赚钱，女人在家操持家务，照顾子女。强尼其实也遭遇过家庭危机，他笃信上帝，每周都会在教堂里做礼拜而忽略了家庭，但在听了杜森特夫人的建议后，强尼将更多的时间留给家庭，并注意经常爱抚妻子，从而使家庭气氛变得和谐融洽。这充分说明了盖恩斯的婚姻观，丈夫不仅仅只是赚钱养家就够了，宗教信仰或外在的物质条件并不是保证婚姻幸福的必要因素，丈夫还应该注意妻子的精神需求。艾迪所得到的建议也证明了这一点。杜森特夫人建议艾迪烧掉汽车，回归家庭，并分析了女人在家庭里的角色，“她更希望呆在自己的家里。女人们喜欢呆在自己的家里。那是她们的世界。你们男人把外面的世界弄得一团糟，她们在那儿会感到无所适从。她在别人的家里什么事儿也做不了——不管是妈妈的家或者别的什么人。你们从不知道女人的感觉，因为你们从来不问。……你以为只要每周末给她两三块钱她就应该满意了。但是看着吧，有一天你们会发现的”(*Bloodline*, 61)。这段话说明了女性在家庭中的分工和定位——照顾家庭，家庭就是她们的领地。同时，杜森特夫人强调了女性对丈夫的期待不只是赚钱，而是希望他们能对家庭投入更多的爱与关心。正是因为艾迪在小说开篇时并没有意识到这一点，才使婚姻陷入困境。只有当他转变观念，真正意识到自己对家庭的忽略，将汽车烧掉，表明了自己回归家庭的决心时，婚姻危机才得以解决。

小说最后，为了不让艾迪成为农场上的笑柄，艾米要求艾迪用树条狠狠地抽打她以示惩罚，虽然艾迪并不愿意这样做。这一要求看似有悖常理，但“文学伦理学批评重视对文学的伦理环境的分析。伦理环境就是文学产生和存在的历史条件。文学伦理学批评要求文学批评必须回到历史现场，即在特定的伦理环境中批评文学”①。在当时的伦理环境下，男性在家庭中占主导地位，女性一般处于从属和被支配的地位。女性在家庭事务中并没有太多的决策权，在家庭大事上一般必须听从丈夫的意见。艾米知道她坚持让丈夫烧掉汽车以证明对她的爱和忠诚是对丈夫的羞辱，会让丈夫在社区里抬不起头来，而小说结尾丈夫对妻子的训诫(鞭笞)则会让他挽回颜面，成全他男子汉的形象。因此，艾米的要求其实反映了当时社会对家庭夫妻伦理关系模式的设定，同时也表现了她对丈夫的男人形象的维护，说明他们的家庭生活终于回到了正常的轨道。小说的结局也证明了这一点。艾米在桑尼睡前给他辅导功课，并重新分配了父母的义务，艾米和艾迪将轮流辅导桑尼的功课，艾迪也意识到没有汽车后，他会有更多时间陪伴家人，而不是像以前那样总在外面晃荡。和谐美满的家庭关系对桑尼有着积极正面的影响，桑尼睡觉时对第二天要检查的功课充满了信心，他再也不会尿裤子了，还发誓在跑步比赛中超过他的小伙伴们。

盖恩斯在小说中表现了不同的家庭夫妻关系，探讨了其表层下面的深刻原因，黑人家庭破裂的部分原因是种族制的遗留，使黑人男性对家庭的责任感淡漠，缺乏意识；其次是因为白人主流社会对黑人男性的攫取，以白人为主的国家政府征召大批黑人男性入伍，为国家利益付出自己的生命，但对他们的妻子和家庭却不给予任何安置或帮助，从而使其家庭处于在物质上贫苦、在精神上压抑孤独的状态；同时，盖恩斯也深

① 聂珍钊. 文学伦理学批评导论[M]. 北京：北京大学出版社，2014：19.

刻检讨了黑人民众的自身原因，强调个人对家庭的责任感，对另一半在精神上的关心、爱护和支持，唯有这样，才能营造和谐美满的家庭关系。另外，盖恩斯似乎并不赞成黑人男性在家庭中的强势地位或黑人男性为了追求男性气概而使家庭处于危机的做法，《简·皮特曼小姐的自传》中的乔·皮特曼在一定程度上是个英雄，受到其他黑人的热爱和尊敬，但他对男性气概的一味追求，与传统的家庭伦理相悖，最后导致了家破人亡的悲剧，而《十一月漫长的一天》中的艾迪似乎并不那么强硬，甚至有些女性特质，在艾米离开后对其苦苦哀求，还哭了好几次，但他适当的软弱姿态挽救了濒临破碎的家庭，圆满地解决了婚姻危机。因此，在家庭这个相对私密的场所内，黑人男性并不需要表现得很强势，平等交流、互相尊重、彼此扶持才是夫妻关系融洽、婚姻幸福的关键所在。

(二)父亲的缺失与对父子伦理关系的反思与重建

在黑人家庭中，父亲的缺失是普遍现象，这代表了黑人文化的一种表征，也是黑人文学的一个重大主题。父亲的缺席对于黑人家庭而言无疑有负面影响，成长中的青少年没有父亲的训诫与引导很有可能会迷失方向，而身为人父的黑人男性由于未能称职地担任父亲的角色而无法真正地实现其男性气概，会“长期处于身份的危机和焦虑之中”①。盖恩斯对这一现象的关注和其自身经历有关，他曾在一次访谈中谈及这个问题：

> 我是由继父养大的。我的母亲和父亲很早就分开了，这个主题就渗透到了方方面面。我不知道父亲们都去了哪里……儿子和父亲在拍卖台上被迫分开，自那之后，他们就在互相寻找……

① 隋红升. 危机与建构：欧内斯特·盖恩斯小说中的男性气概研究[M]. 杭州：浙江大学出版社，2011：72.

> 儿子和母亲总是在一块儿。比如说白人男性强奸了黑人女性，不管发生了什么，孩子总是母亲的产物。父亲从来不需要照顾孩子。母亲需要照顾孩子。这就是为什么我的书里儿子和母亲总是在一起。①

盖恩斯沉痛地意识到，父亲的缺失对黑人生活的影响是方方面面的，它不仅是个人家庭的问题，也是整个黑人社区里的普遍现象。艾丽斯·科斯(Ellis Cose)曾写道："现在大多数黑人孩子并没有和双亲生活在一起。几十年前情况并非如此。在20世纪60年代，18岁以下的黑人孩子有三分之二以上和双亲生活。到了1991年，这个比例降到了只有三分之一多点儿——而自那之后还在继续下降。这个现象意义非凡。因为它意味着，许多黑人孩子比以前都要多觉得父母中至少有一位，大多数情况下是父亲，抛弃了他们。"②这一现象违背家庭伦理原则，使家庭不再完整，子女得不到父亲的关爱和保护，在其成长道路上缺少父亲的指引，容易步入歧途或生活艰难。盖恩斯的小说中描述了许多父亲缺失的现象。《凯瑟琳·卡米尔》中的杰克森自小由姑妈抚养成人。《阴沉沉的天》中的小詹姆斯的父亲被征召入伍，与家人分离，小詹姆斯作为长子，被迫快速长大，承担起本不属于他的责任。当他在小镇上遭遇到种族歧视时，也没有父亲指引他该如何应对。父亲的缺失给他的生活留下了无法填充的空白，是其生活艰辛的主要原因。《三个男人》中的普罗科特自我毁灭的生活态度就和父亲的失踪以及母亲的早逝有关系，他感觉自己被整个世界抛弃了，因此自暴自弃。《爱与尘》中的马库斯由教母抚养，"他的妈妈死了，他的爸爸就那么抛弃他离开了"(*Of Love and Dust*，12)，教母的年纪已大，虽然她尽力想把马库斯管教好，却力

---

① Valerie Melissa，Babb. Ernest Gaines[M]. Boston：Twayne Publishers，1991：18.

② Bell，Hooks. We Real Cool：Black Men and Masculinity[M]. New York：Boutledge，2004：97.

不从心。盖恩斯曾在访谈中说过："马库斯没有问：'我的父亲在哪儿？'但是天啊，如果父亲就在身边，马库斯很可能不会处于那种境况。"①《刑前一课》中的杰弗森亦由教母抚养，没有见过父母。《简·皮特曼小姐的自传》中的几位主要人物的生活中父亲都是缺席的。简在获得自由后动身前往俄亥俄州，希望能完全摆脱奴隶制，她回忆道："青年人开始朝路上走，但是老年人哭喊着拖住他们。我没爹妈哭喊着拖我回去。我很小的时候，我妈就被杀死了，而我从来不认识我爹，他属于另一个种植园，我从来不知道他的名字。"(*The Autobiography of Miss Jane Pittman*, 18)内德在小说开始时和妈妈大劳拉在一起，小说根本没有提及他的父亲，因此他的父亲也是不在场的。简·皮特曼在试图到达俄亥俄州的路上遇到一名黑人男性，他正在寻找失踪的父亲，他不知道父亲在哪儿，只知道"他们把他出卖时，他在密西西比州"(*The Autobiography of Miss Jane Pittman*, 54)。小说中的另一个重要男性角色吉米也没有父亲：

> 他出生在黑人区深处。雪莉·艾伦是他妈妈的名字——但我不需要告诉你他爸爸是谁。那没关系——哦，不，有关系。因为如果有他爸爸在身边，他受的苦难就不会那么重。哦，苦难是重的——那是必然的——因为我们需要他分担我们的苦难。但是如果有他爸爸在身边，一定能给他一点帮助，但他没有爸爸帮助他。他爸爸干了一百年前人们叫他干的事，干完以后就把它忘了个干净，就像一百年前人们要他忘掉的那样。所以他爸爸到底是谁已无关紧要，因为现在马上会有人告诉你，他爸爸是另外一个人。(*The Autobiography of Miss Jane Pittman*, 236)

① Marcia, Gaudet & Carl Wooton. Porch Talk with Ernest Gaines: Conversations on the Writer's Craft[M]. Louisiana: Louisiana State University Press, 1990: 61.

因此，父亲的缺失不是个体现象，而是黑人社区里普遍存在的问题，也是盖恩斯的作品中的普遍现象。就像维勒瑞·巴珀所指出的，“盖恩斯的男性人物的心理状态是父亲存在或缺失的直接结果”①。其他的黑人作家也有相似经历。在拉尔夫·埃里森3岁时父亲去世；理查德·赖特小时候父亲离家出走；詹姆斯·鲍德温的母亲是位未婚妈妈，他从来没有见过亲生父亲，跟着继父长大，但两者间的关系并不亲近。赖特在《黑孩子》中对父亲离家出走而使家人生活贫困艰难表示了愤慨。鲍德温亦在《向苍天呼吁》中试图梳理黑人父子的关系。因此，盖恩斯对此问题的关注有其普遍性、广泛性和必要性。

盖恩斯大多数小说如《简·皮特曼小姐的自传》《爱与尘》《凯瑟琳·卡米尔》《阴沉沉的天》中都涉及了黑人父亲的缺失这一现象，但并没有对其进行深刻剖析，但《在父亲的房子里》则专门讨论了这一话题。在一次访谈中，盖恩斯谈到这是他最难产的一部小说，花了将近7年时间才完成。同时，这部小说所涉及的也是一直萦绕在他心头的一个主题。盖恩斯曾说道：

> 我想它是我以前试着写过很多次的书，我觉得我得到达某一个时刻——它卡在我的胃里，我必须得解决它。我想在写完《凯瑟琳·卡密尔》之后，我就想写这本书了，但我一直没能写完。我一直写不出来。我能写出一份草稿，但感觉不对。接下来，我把它放到一边，去写别的什么。我写了《爱与尘》，又写了《血统》中的小故事。但我又试着再次把它写出来，它从未离去。最后，在写完《简·皮特曼小姐的自传》之后，我又回到了这个故事。我猜想它一直在我心里，是我从《凯瑟琳·卡密尔》以来就一直想做的事情，它让我一次次地回来，它会一直在那儿，我必须得摆脱它，然后我

① Valerie Melissa, Babb. Ernest Gaines[M]. Boston: Twayne Publishers, 1991: 98.

才会自由，才能做别的事情。①

小说的情节并不复杂，讲述的是一位名叫罗伯特·X的神秘的年轻人来到了小镇，并租住在弗吉尼亚·卡勒的廉价旅馆里。他四处打听关于牧师菲利普·马丁的消息。同时，他的行为非常怪异，经常在马丁的房子前或布道的教堂门口徘徊。艾里杰邀请罗伯特参加了菲利普的一个聚会，当时菲利普正和同伴们秘密组织一场民权示威活动。当菲利普见到罗伯特的时候，他认出了后者，并跌倒在地。原来，21年前，菲利普和情人乔安娜育有两子一女，但他整日沉迷于赌博、酗酒，根本没有家庭责任感。最后，菲利普与乔安娜大吵一架后离去。罗伯特是他的长子，但菲利普在见面时居然想不起他的名字。

小说伊始，菲利普是小镇上声望颇高的牧师和民权运动领袖。据小旅馆的老板娘弗吉尼娅所说，菲利普为小镇做了许多事情，带领黑人民众反对白人的不公平政策。埃尔杰将其称为“我们的马丁·路德·金”，因为“他的领袖才能、政治手腕和道德品质”(*In My Father's House*, 16)。他的名字也暗示着伟大的黑人民权运动的领袖——马丁·路德·金，说明了盖恩斯有意将菲利普与民权运动联系在一起，试图通过父子关系来审视该运动的功过得失，同时也说明黑人的家庭问题与民族解放问题是紧密联系在一起的，如果无法妥善解决家庭问题，黑人民族解放运动也没有办法顺利开展，或其效果会大打折扣。此外，盖恩斯也在小说中比较隐蔽地批评了黑人民权运动对家庭问题的忽略。

盖恩斯在这部小说中表现了黑人家庭里父与子扭曲的伦理关系。虽然菲利普现在是一个受人尊敬的牧师、民权运动领袖，家庭生活也似乎和谐美满，会为孩子们掖被角，亲吻孩子们的额头，俨然一位慈父的形象，但21年前菲利普对家庭并没有什么爱心和责任感，是一位不负责

① Marcia, Gaudet & Carl Wooton. Porch Talk with Ernest Gaines: Conversations on the Writer's Craft[M]. Louisiana: Louisiana State University Press, 1990: 56-57.

任的爱人和父亲。21年前，菲利普并没有和乔安娜住在一起，他们只在周末时团聚，与孩子也只是在周末见面。“他没有什么时间去结婚，去安定下来。总是有太多事要做；在他的生活中总是有太多女人。”(*In My Father's House*, 63)因此，菲利普的失职其实和自身有很大关系，是因为其家庭观念淡漠、家族道德观不强。虽然他与乔安娜是事实上的夫妻关系，但他并没有相应的正确的伦理意识，对待家人非常粗暴。在认出罗伯特就是他的儿子之后，菲利普发现他们其实完全是陌生人，菲利普对他的情况一无所知，甚至都不记得罗伯特原来的名字是什么。“那个男孩只不过是他的血缘意义上的儿子。他究竟抱过他多少次呢？他有多少次让他骑在背上玩儿呢？他甚至都不记得他是否这样做过。他完全想不起来他的真实名字。”(*In My Father's House*, 67)他与乔安娜最后分开前大吵一场，儿子跑出了家门，他走到乔安娜的面前，将她手里的钱夺下来，扔进火炉中烧掉，狠狠地扇了她一巴掌，还用拳头打她。菲利普那时的形象，完全像个恶魔，是个不称职的丈夫和父亲。

父子之间的关系本来应该是和谐的、融洽的，父亲对子女有抚养和照顾的责任与义务，还要能在精神上引导子女健康成长，子女对父亲应该尊敬、孝顺，然而菲利普与子女之间的关系却充满了紧张、疏离与仇恨。菲利普早年对家人的粗鲁和暴虐导致孩子们对他报以冷漠和仇视。他的另外两个孩子当他不存在，当多年后菲利普声称“我是他们的父亲”时，罗伯特回答：“对他们(弟弟和妹妹)来说，可不是这样。他们在离开种植园时就已经把你的名字从大脑中抹去了。就像你从黑板上擦去所有的字母和数字一样。没有父亲，就像没有上帝或法律一样。”(*In My Father's House*, 104)长子则改掉了自己的名字，把本应是继承父亲的姓改成了“X”。姓名作为一种符号，承载了丰富的文化意义、政治意义，表现了个人与父亲、与家族的联系，是确认个人身份的重要标志。“X”是未知数，马尔科姆·X将自己的姓定为“X”是因为他对奴隶制的抗议、对自身的美国文化身份归属的困惑、对美国政治体制的反抗，而罗伯特改掉自己的名字，说明他想要摆脱并不愉快的过去的阴影，而对姓的改变则更说明了他对父亲失职的愤怒和对父亲的否定。

这种扭曲的父子关系给子女的成长造成了极其恶劣的影响。首先，菲利普不负责任的行为使家庭生活陷于贫困，他经常流连酒吧、赌场等场所，而不是努力赚钱养家，使得家庭的经济状况不佳。而他对乔安娜打骂的家暴行为在孩子们的心里留下了永久的阴影，他最后与乔安娜分手时给了后者 3 美元，更是让孩子们不齿，觉得自己被父亲廉价地抛弃了，以至于罗伯特在 21 年后回想起来，还是不由得咬牙切齿。其次，孩子们因此处于无人保护的状态，导致年幼的孩子被迫早早地承担起本不属于他们的责任。虽然母亲乔安娜和他们在一起，但黑人女性作为美国社会中的弱势群体，忍受着白人对黑人、黑人男性对黑人女性的双重压迫，根本没有能力保护好子女。罗伯特作为家中的长子，被迫快速成长，帮助妈妈养家，承担本不属于他的责任。小妹被乔安娜的男友强暴，却没有父亲能出头为她报仇，这一责任被转移到尚且年幼的弟弟身上。弟弟"找到了那个男人，开了枪，轰掉了他的脑袋"（*In My Father's House*, 103）。弟弟因此坐牢，而他出狱后不久就和妹妹离开了家，搬到了北方，这个家庭就此完全破碎。再次，孩子们，特别是男孩，需要父亲"成为生活中的典范，去教他们如何应对父权制，从而不会使他们的灵魂受到伤害，如何同美国的种族歧视体制周旋，以及如何形成健康的自我认知"①。因此，如果遭受到父亲的遗弃，缺乏父亲正面积极的引导，黑人子女很容易自暴自弃，缺乏自信，变得消极颓废。罗伯特就是如此。在小说开篇，罗伯特显得神秘、诡异。他待人十分粗鲁、无礼，自我封闭，用冷漠和忽视来回应旅店老板弗吉尼娅对他的关心，在小镇上出现时也从不主动与他人交流。从外貌上看，他头发蓬乱、胡子拉碴；手指长而清瘦，骨节突出，这说明他的生活艰辛潦倒。他感觉非常痛苦和绝望，在旅馆里整日酗酒，因为这样才能减轻痛苦。旅馆里的

① Bell, Hooks. We Real Cool: Black Men and Masculinity [M]. New York: Boutledge, 2004: 98.

房间被他弄得一团糟，到处都塞满了酒瓶、废纸，而他这样形容自己："我的灵魂感觉很不好，就像垃圾、破碎的玻璃、锡罐。"（*In My Father's House*，24）他觉得自己的灵魂生了病，认为自己的人生就像是"充满了破碎的瓶子、锈迹斑斑的锡罐、碎纸头和各种垃圾的陋巷"（*In My Father's House*，26）。由此可见，罗伯特的心理非常阴暗、颓废、悲观，缺乏自信，充满了痛苦和绝望。而且他已经丧失了继续生活的勇气，小说中不止一处写到他觉得自己要死了，认为不管一个人怎么努力，最终的结局都是一样的：

> "最后结局都是一样的"，租户（指罗伯特）说道，"不管你做什么，不管你工作如何努力，不管你多么有爱心，他们都会有一天抓住你，击碎你。不管你是玻璃或锡罐，或是血肉之躯，都没有关系"。（*In My Father's House*，27）

这段话表明了罗伯特的消极心理。在强大的社会机制面前，他感觉到自身的渺小和无力。他没有任何积极奋进的勇气，只是被动地、悲观地接受命运的安排。他的这种消极态度和绝望心理当然和美国社会体制对黑人的种族歧视有一定关系，但是父亲在家庭里的缺失也是主要原因之一。此外，父亲的缺失也间接地导致了罗伯特男性气概的缺失和男性身份危机。在妹妹受辱后，罗伯特只会抱着妹妹哭泣，乞求上帝或法律的帮助。但法律是由白人统治阶级制定的，充满了对黑人的歧视，就法律而言，黑人女性根本不存在"被强暴"之说。在白人的眼里，黑人女性无所谓贞洁或廉耻，她们"被强暴"只不过是因为她们诱惑男人这么做。罗伯特也明白白人的法律根本不会为妹妹伸张正义，因此，他的推脱不过是怯懦的表现。而当他弟弟打死那个人并坐牢之后，罗伯特非常后悔自己没有采取行动，变得异常消沉。罗伯特在关键时刻没能起到兄长的作用，没能像一个真正的男子汉一样保护妹妹，和菲利普不负责任的离去不无关系。正是由于生活中缺乏父亲所代表的阳刚之气、勇气、力量等特质的表率作用，在突发事件面前，罗伯特变得手足无措，不知道该如何解决，也不知道如何才能使自身具有这些男性品质。

可悲的是，菲利普完全没有意识到自己的不负责任给先前的家庭，给乔安娜和孩子们造成了多大的伤害。当罗伯特指责他毁掉了他们一家人的时候，菲利普困惑地说："我怎么会毁掉你，毁掉一家人呢？在过去二十年间，我都没有见过你们的任何一个——过去的二十多年啊。我怎么会毁掉你呢？"(*In My Father's House*, 99)可见，菲利普根本不认为自己对家庭的遗弃就是造成后者悲剧的原因，甚至对罗伯特所叙述的惨剧持怀疑态度。而事实上，菲利普作为丈夫和父亲对亲人的淡漠和忽视，使后者长期处于被遗弃的心理阴影中，成为他们心里无法面对、谈及、忽略或愈合的创伤，使家庭处于不完整的状态，并使他们无法积极地建构新的家庭伦理关系和秩序。乔安娜与菲利普关系的破裂，摧毁了乔安娜对和谐家庭伦理关系的信心，使她无法正常地处理和后来的男朋友的关系；同样也使孩子们处于无人保护和引导的危险境地，最后导致了悲剧。可悲的是，菲利普并没有认识到自己的失职所造成的严重后果，他接着把责任推到社会、体制等宏大的、外在的因素上。但罗伯特一针见血地指出，真正的责任还是在于自己。外界因素虽然对黑人个体施加了许多压力，但并没有人迫使菲利普与乔安娜相爱却不承担任何后果。

所以，罗伯特对菲利普的疑问嗤之以鼻，而他来小镇的目的是弑父复仇。自古希腊以来，弑父就是最严厉的伦理禁忌之一。俄狄浦斯的弑父使其受到天神的惩罚，双目变瞎，国土蒙难，最后自己被流放。罗伯特的弑父，并不是弗洛伊德所分析的"恋母情结"的表露，更多的是出于对父亲失职的愤怒，同时，通过想象中的弑父行为，以弥补自己在妹妹失身时的懦弱表现，重新树立起作为黑人男子汉的自信和尊严。但是，由于简单的弑父并不能真正解决黑人父子之间的疏离，并且这也有悖于正常的家庭伦理，罗伯特并没有真正实施这一计划。盖恩斯让罗伯特出现的真正意义是启发菲利普反思作为父亲的失职，从而启发更多黑人家庭中面临相同情况的黑人民众反思自己对家庭的责任，并力图寻求重建家庭伦理关系的途径。

菲利普所取得的政治和宗教领袖的地位并不能弥补父子之间的鸿沟。虽然小镇上的人对菲利普充满了敬意，把希望寄托在他身上，期冀他能带领民众开展民权运动，为民众争取更多权益，但罗伯特对此嗤之以鼻。宗教信仰或民权运动并没有将父子关系拉得更近一点。与比利的对话让菲利普更清楚地认识到了这一点。比利认为教会并没有起到积极作用，因为教会也会拉帮结派，将黑人民众分裂为不同的群体；而民权运动虽然关注了黑人民众的政治权利，使其获得了选取权与被选取权，在某些公共场合取消了隔离制度，但民权运动并没有使黑人父子关系变得更亲近。“只不过因为我和我爸爸能在白人的柜台吃饭，只不过因为我和他能坐在公汽的前面座位，并不意味着我们更亲近。”(*In My Father's House*, 166)所以，黑人在社会公共领域内所取得的进步并没有真正促进黑人家庭内部的交流，虽然他们有了更多的平等权益，但正常家庭伦理的维护，需要的是家庭成员彼此的关爱，是家庭内部的问题。在盖恩斯看来，黑人家庭内部父子之间的关系问题主要还是伦理层面的。父亲应该担当起为人父应尽的职责和义务，赚钱养家，对妻子和儿女给予关爱，在孩童的成长过程中起到启蒙和正面引导的作用。同时，盖恩斯也指出，父亲要与时俱进，在思想上能和子女共同成长，而不是用父亲的权威使子女屈服。在菲利普向比利问及该如何缩小父子之间的代沟时，比利的回答非常坚决：“我的爸爸必须赶上我的步伐，我不能回到他所停留的水平上去。”(*In My Father's House*, 166)因此，盖恩斯认为父亲不能止步不前，停留在过去，而是应该意识到社会形势的转变，跟上时代的步伐，和子女共同进步，这样两方才能在同一个精神层面上平等交流。

要真正解决父子之间的芥蒂，菲利普必须回到过去，必须自我触动，在思想上认识到自己在家庭伦理方面的失职。小说的后半部展现了菲利普的回归，他去探访居住在里诺种植园的教母安吉里娜·鲍维，后者依然用木柴生火，没有电话，保留着传统的生活方式，也象征着菲利普与过去千丝万缕的联系。正是在安吉里娜·鲍维那里，菲利普得知了童年伙伴奇普·西蒙的下落，并知道奇普·西蒙曾见过乔安娜。“在圣经中，西蒙是被迫帮助背负钉死耶稣的十字架者，耶稣的十二门徒之首。而在小说中菲利普的童年伙伴奇普·西蒙担负着告知他被他抛弃的情人和孩子后来的生活境况的任务。因此说，奇普·西蒙让他看到了弥补过错的希望之光。”①在寻找奇普·西蒙的过程中，菲利普仿佛重温了过去的荒唐经历，酗酒、赌博，与女人寻欢作乐，见到了一些失去丈夫或父亲的由母亲支撑的黑人家庭，终于明白了自己的不负责任给乔安娜和孩子们造成的伤害。最终，菲利普从奇普·西蒙的口中得知了乔安娜和孩子们的生活近况，从而痛苦地意识到自己在多年前对家人的遗弃导致了孩子们的痛苦，使其陷入无人引导和保护的危险境地，以及造成乔安娜心底永远的创伤和家庭的破裂。他开始认真思索父子疏离的深层原因，并深刻地为自己的过错而忏悔。他意识到自己以前的刻意遗忘只是一种鸵鸟似的自欺欺人，并不能真正地解决问题。但正当他想要弥补自己的过失，重建父子正常关系的时候，埃蒂尼·罗伯特却自杀了。罗伯特本为弑父而来，以重拾自己丢失的男子气概，但囿于父子伦常，却无法开展自己的计划。他的死，说明了他对这个世界的极度失望和对父亲的强烈控诉。小说最后，菲利普受到巨大的打击，精神上几乎垮掉，妻子艾尔玛给予了他安慰、鼓励和支持。虽然盖恩斯并没有明确说明菲利普接下来的生活会如何，但艾尔玛坚定的态度表明了她对菲利普的理解、鼓励和支持。她会帮助菲利普将对过去的孩子们缺失的父爱投射到现在的家庭中来，罗伯特已经用极端的方式向菲利普昭示了不负责任的父亲导致的恶果，而菲利普将会吸取教训，勇敢地承担起作为父亲的责任，重新建立起家庭内父子之间的正常伦理关系。

---

① 隋红升. 危机与建构：欧内斯特·盖恩斯小说中的男性气概研究［M］. 杭州：浙江大学出版社，2011：92.

如果说《在父亲的房子里》更多表现的是父亲失职对子女所造成的心理伤害，以及过去的错误对现在生活的影响，那么《血统》中的短篇小说《三个男人》则表现了重建正常的、积极的父子伦理关系的可能性。普罗科特·路易斯在酒吧里打架杀人后被关入监狱，同一个牢房里还关押着曼弗德和海地。曼弗德在普罗科特·路易斯的身上看到了自己年轻时的影子，他也曾恣意妄为，寻衅斗殴，但每一次都由白人把他赎出来。可是，“我认识到他们把我弄出来只不过因为他们需要一个曼弗德·巴兹尔……来证明他们的人性……因为如果没有我们，他们不知道他们是什么……只有当我们在旁边作对照，他们能看见我们，他们能知道他们不是什么样子”（*Bloodline*，137-138）。这段话清楚地指出了主体与客体之间互相依存的关系。正是由于黑人的低劣性才证明了白人的优越性，黑人不断打架犯事才证明了白人的宽容和仁慈。而白人之所以经常帮助曼弗德，更多的是出于自己的利益考虑，比如将黑人保监出来在种植园里作免费劳动力，或证明自己的仁慈，从而让曼弗德对他们感恩戴德，为他们所用。而曼弗德还有另一条路，那就是不接受白人的施舍，保持精神的自由，但这会打破白人既定的游戏规则，给他招致毒打甚至死亡。曼弗德在普罗科特身上看到了年轻时的自己，同样因为冲动卷入打斗杀人而入狱，并且同样可以被有权有势的白人种植园主保释出去。当普罗科特入狱后，曼弗德将自己平生的思考教给了他，让他不要向白人求助把他保释出去。因为一旦那样做了以后，普罗科特将不得不在麦德娄面前保持谦卑的姿态，麦德娄将会掌握他的把柄，“如果他要我对他奴颜屈膝，我（指普罗科特）也不得不那样做”（*Bloodline*，145）。曼弗德成为普罗科特事实上的精神导师。正在普罗科特思考是否该接受麦德娄的保释时，一个更小的男孩被关进了监牢。普罗科特去照顾他，帮他清洗背上的伤口，“感到对这个孩子有种说不清的爱”（*Bloodline*，153）。小说的结尾，普罗科特劝告小男孩要向上帝祈祷，而他自己决定选择一条更艰难的路，不是向白人种植园主乞求怜悯与帮助，从而使自己落到任由白人摆布的地步，而是勇敢地承受自己的不当行为所导致的后果和惩罚，保持自己的男子气概。小说中的曼弗德、普罗科特和小男孩虽然并没有血缘关系，但他们因为相似的际遇而联系在一起，使他们有了一种类似亲缘的关系。曼弗德和普罗科特，以及普罗科特和小男孩之间关于对于美国社会的认知的传授，则使他们之间建立了一种类似于父与子之间的教导关系。他们自己由于父亲缺失而在成长过程中缺乏正面引导，缺乏对这个残酷的社会的正确认知，但他们彼此的关爱却表现了长辈对晚辈父亲般的责任感与爱护。三个男人的年龄不同，代表了三代人，上一代人的醒悟将作为宝贵的人生经验被传承下去，使下一代人明白自己为民族所肩负的责任，不再是做白人言听计从的奴隶，而是尽量摆脱精神上的依附状态，努力寻找自由、独立，即使可能为此付出巨大代价也在所不惜。

因此，盖恩斯在其作品中指出了父亲缺失对家庭，特别是对孩童的负面影响和所造成的长久的心理阴影，并指出父亲应该要负起自己对家庭应尽的责任与义务，在经济上支撑起家庭的生活负担，在精神上要能教导、指引子女健康地成长。此外，父与子都需要与时俱进，不断突破自己，接受新思想、新观念，适应时代的转变。这样，缺失的父亲才会真正回归家庭，父子之间也才有可能建立和睦、融洽、健康的伦理关系。

二、黑人个体与黑人社区之间

黑人个体与黑人社区之间是辩证统一的关系。黑人个体的利益与黑人社区所代表的集体、黑人民族的利益息息相关。黑人个体的成长与成就离不开黑人社区的帮助与扶持，黑人社区是黑人个体的生活空间，为黑人个体提供了生活的基本物质条件和精神支持，同时也是黑人民众施展才华的社会空间。只有当个人的努力与黑人社区的解放与建设联系起来，个人的奋斗才有更为清晰的目标和成功的希望。黑人社区同时也需要黑人个体，特别是受过高等教育的黑人精英分子的领导和指引，以及黑人民众的共同努力才能更好地发展与繁荣。

如果认识不到自己对黑人社区的责任以及黑人社区的这种力量，黑人个体往往会失去人生奋斗的目标与方向，缺乏归属感，变得迷惘、困惑，找不到前进与发展的道路。黑人个体与黑人社区之间的疏离不利于个人的成长以及社区的团结和解放。遗憾的是，盖恩斯笔下的黑人知识分子常常表现出一种与黑人社区疏离的状态。他们无法真正融入美国北方的生活，可是当他们回到美国南方的家乡时，他们却感到一种陌生感和无所适从。在《凯瑟琳·卡密尔》中，杰克逊在北方生活了一段时间后回到南方。他在北方常常感觉到有一堵无形的墙局限着他，束缚着他的行动，也使他无法自由地发挥才智。但当他回到家乡后，他与过去的朋友、邻居之间也有了隔膜。杰克逊与兄弟的见面并不热烈，而是充满了怀疑，“兄弟(杰克逊过去的朋友的名字 Brother)站着没有动。他能说些什么呢？也许，这并不是杰克逊。他有什么很不一样了——这让兄弟无法将自己的手放在他的身上”(*Catherine Carmier*，17)。而杰克逊也感觉到：“他和兄弟在他离开之前曾是最好的朋友——他们曾密不可分。但他现在已找不到那种对兄弟的感觉了，而且他怀疑是否以后还能找得到。”(*Catherine Carmier*, 63)当他与社区里的黑人民众在一起时，杰克逊也有一种疏离感。

> 他们在他身边有点手足无措。他不得不采取主动。如果他伸出手去，他们会握住他的手。如果他和他们说话，他们会回应。如果他微笑，他们也会这样做。但是当他与他们握过手、说过话、微笑后，他想不起还能说什么或做什么。他们也有同感。(*Catherine Carmier*，66)

离开家乡，杰克逊不仅是在相貌上发生了变化，更重要的是他的思想和心理发生了巨大的变化。他接受了高等教育，相信平等、自由、解放等理念，但现实却有着巨大落差。北方的种族歧视没有那么明显，但是会用隐晦的形式表现出来。“因此斗争还在继续。那些小的事件，一些琐碎的、间接的事件，就像是木棍上的碎片。但是它们一直堆起来直到变成一堵墙。但这不再是由碎片垒成的墙可以被一阵微风吹垮，而是一堵砖墙、石墙。这墙变得非常高，以至于他得踮起脚来才能看到另一面是什么。”(*Catherine Carmier*, 94)杰克逊无法突破这堵无形的墙，仅凭个人之力无法与种族歧视抗衡。但当杰克逊回到南方后，他发现南方有着更为顽固的奴隶制残余，使他无法忍受南方乡村里令人压抑的生活。因此，当他在现实生活中处处碰壁时，杰克逊不由自主地想要逃离。但是，“当他逐渐把过去的根都切断——家庭责任、社区联系、宗教、过去的友谊——布莱德利(Bradley，即杰克逊)发现自己只剩下一个人，他需要找到某种生存的方式，能够让他重新充满活力”。正是因为杰克逊没有意识到自己对社区和人民的责任，他感觉自己就像是“一片树叶……从树上坠落下来”(*Catherine Carmier*, 79)。

盖恩斯所塑造的格兰特在小说《刑前一课》开始也是个典型的迷失的知识分子的形象。格兰特从北方回到南方后，在家乡做教师，但他依然感觉到生活中处处受到禁锢与钳制。“是的，我是老师。我教的是周围的白人告诉我要教的——阅读、写作和算术。”(*A Lesson Before Dying*, 13)作为黑人老师，格兰特的教学内容受到白人的限制，白人只关注黑人孩童学习知识技能方面的东西，而有意忽略了精神上的引导，其目的是使黑人孩童成为合格的劳动者，而不是思想者，从而不会对现行的不公正的体制进行质疑，或为了自身的平等权益以及整个黑人民族的利益而向白人统治者发起挑战。因此，格兰特在这种压抑的大环境中常常怀疑自己所能起到的微薄作用，或者怀疑黑人孩童能否通过自身努力拥有美好的未来。而这种怀疑也反映了格兰特对于自身前途的迷惘。格兰特不止一次向爱人费雯表达了离去的渴望：“我需要去到某个地方，一个让我感觉自己活着的地方。我不想在一个设在农场教堂里的学校教一辈子的书。在这儿我不觉得自己活着。在这儿我没有生活。我知道我们在其他地方会干得更好。”(*A Lesson Before Dying*, 29)但事实是，格兰特也无法在北方待下去，他曾去加州与父母待过一段时间，但很快又回到了南方。

南方与北方象征着两个不同的世界，南方以农业为主，有着大片的种植园，在很大程度上还保留着过去的传统和生活方式，因而奴隶制残余也相对深厚。北方则以工业为主，没有种植园奴隶制的传统，黑人解放也是从北方开始。在南北战争和奴隶解放之后，许多黑人奴隶历经艰辛来到北方，但北方的种族歧视只是相对隐蔽一些而已。因此，盖恩斯借杰克逊与格兰特的遭遇指出，逃离南方不是黑人民众的出路。杰克逊与格兰特的相似之处在于他们都接受了高等教育，并试图在北方实现自己的抱负却未能如愿，因此回到家乡。但正如贝尔·胡克斯所指出的，“在通常的情况下，受过大学教育的黑人往往对黑人社区有一种疏离感”①，他们对家乡的落后、衰败的情形感到不满，同时无法融入黑人社区的普通民众生活，自己的理想也遭到现实的挫折而无法顺利开展。他们身为知识分子，却并没有把个人的命运与民族的解放联系起来，忽视了黑人个体与黑人社区之间唇齿相依的伦理关系，因此也意识不到对于黑人而言，光凭个人努力是无法在一个充满种族歧视的社会里成功的。摒弃了黑人的文化传统和黑人民众的集体力量，杰克逊与格兰特陷于孤立无援的处境，找不到努力的方向，没有集体的归属感与文化的认同感，所以才会在北方与南方之间犹疑、漂泊，而找不到一个真正地能够实现自我价值的地方。

黑人社区是黑人个体的力量源泉，如果脱离了社区的帮助与支持，个体很难获得成功。《爱与尘》中的马库斯最后的悲剧与其过于自大、不考虑社区中的其他人的利益，以至于孤掌难鸣有一定关系。马库斯虽然具有叛逆精神和个人英雄主义思想，敢于反抗压迫者，挑战白人的权威，但他也表现出自私自利的一面。马库斯一意孤行，为了报复蓬蓬对自己的折磨而不顾后果，并执意要带露易丝离开种植园，虽然他明知这

① Bell, Hooks. We Real Cool: Black Men and Masculinity [M]. New York: Routledge, 2004: 44.

种行为不符合黑白种族间的伦理关系原则，因而会触怒整个白人群体，并将怒火发泄在黑人社区上，给大家带来灾难。马库斯毫无集体意识的行为也使得他与社区里的民众之间有了隔阂。其他的黑人民众关注马库斯的一举一动，但更多的是担心其逾矩行为可能会给大家带来的危险。因此，当马库斯采取行动，带着露易丝出走的那天，黑人社区里的居民们都闭门不出，没有任何人帮助马库斯。“当我（指叙述者吉姆）穿过铁轨时，我看到整个社区非常寂静，漆黑一片。所有房子里的灯都熄了。没有一家厨房的烟囱在冒烟。整个地方如此漆黑、安静，就好像所有人都搬走了一样。但是他们并没有搬走，他们只是把自己关在了房子里。”（*Of Love and Dust*，270）马库斯的失败主要是因为白人的势力过于强大，他不过是种植园主马歇尔的一枚棋子，诱使他和蓬蓬互相冲突，从而使蓬蓬犯错，好让马歇尔抓住把柄，以达到驱除蓬蓬的目的。但他得不到黑人民众的支持也是一个重要原因。通过马库斯的悲剧结局，盖恩斯揭示了个人英雄主义的弊端。失去了民众的拥护、理解与支持，个体就没有强有力的倚靠，在遇到困难时也得不到帮助，因此很难获得成功。

《在父亲的房子里》的菲利普在小说开始时是备受人们爱戴和支持的牧师和民权运动领袖，但他并不信任集体的力量，有着严重的个人主义的倾向。“在出现重大问题时不能及时与他人和集体沟通与协商，而是刚愎自用、一意孤行，结果一错再错。”①在他认出自己的私生子罗伯特时，菲利普由于内心的巨大震动而跌倒在地，随后又因为要将罗伯特·X保释出来，菲利普答应白人警官诺兰取消圣·艾德丽安民权委员会早就策划好的一次抗议活动，即召集社区里的民众在切奈尔商店门口抗议其雇工方面的不公平。菲利普并不知道该如何面对突如其来找上门来的私生子，也不能妥善地处理保释事件，但他并没有和身边的人商量

① 郑健青，罗良功．在全球语境下美国非裔文学国际研讨会论文集［C］．武汉：华中师范大学出版社，2011：228.

或寻求帮助，而是草率仓促地做出了不恰当的行为，从而使自己被白人抓到把柄，并破坏了大家早已商量好的民权活动。因此，脱离了社区与集体的帮助，个人不免失去正确的方向从而犯下大错。个体需要把自己的奋斗目标与集体的前途结合起来，依靠集体的力量，才能实现个人价值，获得成功。在种族主义思想依然顽固，黑人各方面力量都十分薄弱的社会里，黑人单凭个人的方式去争取经济和政治上的改善与提升是非常困难的，他们应该要团结起来，拧成一股绳，共同努力。用杜波伊斯的话讲，"我们必须合作，不然我们黑人民族就没有机会取胜"①。

与之相反，如果黑人个体能够认识到自己与集体之间休戚与共的密切关系，能够意识到个人对集体的责任和义务，能够把个人前途与集体命运联系起来，那么他才能实现个人价值，其奋斗才有清晰的目标和成功的希望。《刑前一课》中的格兰特从接受任务，教导杰弗逊懂得"尊严"的力量的时候开始，就已经把自己与黑人社区紧密地联系在一起了。格兰特担负起了自己作为整个社区里唯一接受过高等教育的人的责任，并利用集体的力量，在教堂里举办圣诞晚会，使社区里的人们都聚集起来，为杰弗逊祈祷祝福。同时，格兰特号召孩子们为杰弗逊赠送礼物，表达关爱，并通过社区里的民众凑钱为杰弗逊购买了一部收音机，使他感受到生活中美好的东西，打破了他自我封闭的狭窄空间，从而帮助杰弗逊意识到个人与黑人社区之间的联系，在杰弗逊的转变中起到了重要作用。而杰弗逊最终意识到尊严的力量，用自己的行为有力地反驳了白人对他的侮辱性定义，从而激励黑人社区意识到勇气、尊严、平等的意义，这也启发了格兰特，使之认识到普通黑人民众身上所蕴藏的力量，以及自己教育的意义，让他看到希望。杰弗逊的转变和对黑人社区，特别是黑人孩童们的启迪，反过来促使格兰特认识到自己的对黑人社区的责任和作用。作为受过高等教育的知识分子，格兰特的见识更

① 转引自王恩铭. 美国黑人领袖及其政治思想研究[M]. 上海：上海外语教育出版社，2006：122.

广、思想更有深度，也更能深刻地认识到美国的社会体制的弊端所在。从杰弗逊的身上，格兰特认识到他对于黑人孩童的教诲并不是无效的，而是能够在精神上启迪后者，帮助他们努力去改变现状，摆脱为人奴役的命运。《刑前一课》的最后，格兰特并未离开南方，小说以格兰特走进教室面对学生而结束，暗示着格兰特将会继续教育工作，将个人的能力和抱负与社区的前途紧密结合，帮助黑人民众在精神层面上升华，从而为自身的权益和民族解放而奋斗。

黑人社区是黑人个体生活以及发挥个人价值的重要社会空间，同时盖恩斯指出黑人中的优秀个体、精英分子对于黑人民众能起到指引方向和启发的作用，而黑人民众则能在精英分子的带领下为实现共同的目标，即民族的解放与平等而奋斗。《简·皮特曼小姐的自传》中内德与吉米都是属于在北方受过教育然后又回归南方的知识分子，但与杰克逊和格兰特不同的是，他们有强烈的民族归属感，将个人的利益与民族的前途紧密联系在一起，并愿意为了民族解放和独立献出自己的生命。内德小时候在亲眼目睹母亲被白人巡逻队的成员杀死后一直手握着母亲给他的火石，象征着他将像盗天火的普罗米修斯一样，不顾自身安危，为人类带来火种和希望。内德成年后致力于黑人民族的解放事业，他在南方设立学校，但他并没有按照白人所规定的内容教学，而是要在思想上启迪黑人孩童。教育除了传授知识之外，也承担了传递意识形态的功能。在受到白人控制的黑人学校里，黑人孩童被教导要对国旗效忠，其实也是对黑人孩童进行洗脑，培养他们的爱国精神。而内德的教育注重的是对黑人精神层面的提高，教导黑人孩童们做堂堂正正的美国人，让他们知道他们与白人一样都是美国这片土地的主人，他们的祖辈参与了这片土地的开发与建设，因此他们并不比白人低下，而是应该拥有与白人平等的权益。最后，内德还教导黑人孩童要作为人站起来，而不应该作为“心满意足的奴隶而死去”（*The Autobiography of Miss Jane Pittman*，134），即黑人孩童们要有勇气和尊严，要敢于为争取做“人”的权利而斗争。由于这些教育内容触犯了白人的利益，内德遭到了白人的杀害。

虽然内德并没有看到他所教导的内容完全实现，但他的牺牲激励了黑人社区里的人们团结起来，启发他们去思索自己的生存状态和自己的责任，从而促使人们为了共同的目标而努力。

《简·皮特曼小姐的自传》中的吉米和内德相似。在其成长过程中，吉米受到了整个社区的关爱和帮助，人们有意培养吉米对社区、对集体的责任感。在吉米的童年时代，社区里的人们选中他作带头人，教他正确的行为举止，培养他对黑人民众的关爱和责任感，让他为社区里的人们做事；如读信、写信、读报等，并为他的错误行为惩戒他。正因为这样，吉米熟悉黑人社区里的人民的生活状况和心理渴望，了解黑人社区由于在新的经济政策下逐渐衰落的过程，愿意为社区和民族的发展前途而努力。而当吉米离开家乡去北方接受了新的理念后，他的思想更成熟，视野更开阔，境界也得以提升，积极投身于带领社区人民挑战白人权威、反抗种族歧视和隔离、争取民族平等权益的事业。吉米发动大家摆脱安于现状、怯懦胆小的状态，勇敢地向白人霸权发起抗议和战斗：

> 我们必须继续干下去，已经行动起来的人要继续干下去。我们中的一些人可能遭到杀害，我们中的一些人肯定会被抓去坐牢，我们中的一些人在后半生可能成为残废。但是死亡和牢记吓唬不了我们——我们感到我们现在已是残废的人了，已经残废了很长的时间，我们每天忍受着白人的侮辱，他们却一天天地更加摧残我们。
>
> ……现在，我谈到我们的情况，为的是要你们了解我们的生活方式。那就是年轻人从现在起想要过的生活，不是你们的生活方式，不再是了。但我们仍需要你们的力量，我们需要你们为我们祈祷，我们需要你们站在我们一边，因为我们没别的可以依靠的东西。……我知道，在这个世界上，我们没有你们什么也干不成——我还要回来的。(*The Autobiography of Miss Jane Pittman*, 270)

吉米指出了黑人民众精神上“残废”的状态，这和乔伊斯笔下的爱尔兰人的“麻痹”有相似之处，虽然他们的身体健康，但他们的精神被阉割，胆小怕事，苟且偷生，不愿也不敢失去白人给他们的小小的利诱，如住所、土地、劳动工具等，却意识不到白人对他们的经济压榨和政治权利的剥夺，意识不到种族歧视和隔离对他们的人格和尊严的伤害，以及整个民族的前途该如何发展。吉米明确表示现在的年轻人不能再继续过去的生活方式，他们需要改变自己，进而改变整个社会体制，虽然这可能使他们遭到白人的压制与迫害，但只有大家团结起来，为这一目标共同努力，才可能实现理想，找到民族的发展道路。同时，吉米指明了社区对个体的支持是革命成功的关键。没有集体的拥护和支持，个人的努力将无济于事。吉米接下来策划了一场在贝荣城的抗议种族隔离的活动，但被白人杀害。他的死激励了黑人社区里的人们。正像简·皮特曼所说的，“死去的只是他的一小部分，他的其余部分正在贝荣等待着我们呢”(*The Autobiography of Miss Jane Pittman*, 295)。吉米的精神不会随着他的生命的逝去而消失，将永远鼓舞黑人民众为未竟的事业而奋斗。在他的感召下，简·皮特曼不顾种植园主罗伯特的阻拦，执意要去贝荣城，和他一起出发。小说的最后是开放式结局，“我(指简)和罗伯特相互注视了好一会儿，然后我从他身旁走了过去”(*The Autobiography of Miss Jane Pittman*, 295)。罗伯特的“注视”隐含着白人的权威和盛气凌人，而我的“注视”则说明了一种不顺从的姿态。这说明，黑人民众终于觉醒，摆脱了唯唯诺诺的受奴役的心理，有了自主意识，并最终鼓起了勇气藐视白人权威，为自己的权益和民族前途而战。

此外，盖恩斯认为社区和民族内的团结非常重要。盖恩斯为社区内部的分裂感到痛心，黑人民众内部也存在歧视与疏离的现象。黑白混血儿往往因为所携带的白人血统而自认为高人一等，故意与其他黑人民众拉开距离；社区内部会因为肤色的深浅不同而分裂成不同的小社团；即使是黑人民众之间也会因为利益关系而彼此争斗，如《简·皮特曼小姐的自传》中的简被白人主人调到大屋做厨师后，被原本在里面做厨师和保姆的莫莉百般刁难。这种社区内部的分裂、歧视不利于集体的团结，因而会阻碍民族解放事业的开展。盖恩斯在《简·皮特曼小姐的自传》中借内德之口分析了黑人内部分裂所带来的弊端：

> 白人不必带着枪跑到非洲去抓我们。白人来时带着甜酒和珠子。为什么？因为白人坐着轮船去那里时，我们早已在等着他了。我们自己的黑人已把我们像猪一样关在圈里面了，等着把我们卖给人当奴隶。……我真希望能告诉你们我们非洲人对白人进行了多次的战斗，打了一次又一次的仗。但是，实际情况并不是这样的。我们非洲人相互火并，白人用一桶甜酒和一串念珠就换走了俘虏。我告诉你们这些，是为了向你们说明，团结一致是你们能够强大的唯一道路；如果我们团结一致的话，白人绝没有可能把我们带到这里来，他们决不可能分裂我们的民族。但是由于我们的小部落之间相互格斗，白人只要坐等时机，就能达到他们的目的。（*The Autobiography of Miss Jane Pittman*，130）

内德这段话说明了黑人被奴役的部分原因是白人的狡诈，但更重要的原因是黑人民众内部缺乏集体观念，相互争斗，给了白人可乘之机。而黑人社区一旦团结起来，为同一个目标而齐心协力的话，就会爆发出巨大的能量，使白人统治阶级意识到他们的尊严和力量，也使得他们的政治、经济诉求能够得到重视，从而改善自身的生存环境。《老人集会》中就是如此，小说中的黑人社区虽然在物质层面相对衰败，但在精神层面却焕发出新的面貌。老人们一改过去软弱、胆怯的形象，为了同一个信念凝聚在一起，集体控诉了种族主义者所犯下的罪过和他们忍受的苦难，证明了他们的勇气和尊严。而小说最后，这些老人们和种族主义者们爆发了一场枪战，并在法庭上勇敢地申诉了事情的经过，以双方的妥协而告终。这个结局相比盖恩斯前期作品中的法庭事件有了明显进步。在前期作品，如《简·皮特曼小姐的自传》和《在父亲的房子里》中，白人法官占绝对的主导地位，黑白颠倒，歪曲事实，黑人民众完全没有任何申诉的机会，话语权完全被掌握在白人的手里，黑人民众只有被裁决的命运。因此，《老人集会》既体现了时代的进步，也说明了黑人民众的团结是取得胜利的关键。只有在集体中，个体的能力才能得以充分发挥，个体的诉求才有可能实现，而集体也因为汇聚了个体的能量，化零为整，从而具有巨大的威力，对不公正的社会体制形成巨大的冲击，从而改善了整个民族的生存环境，为整个民族最终的解放打下了良好的基础。

第二节 黑白种族间的伦理禁忌的违背和新型种族关系的建构

由于历史原因，美国黑白种族之间被人为地隔了一条鸿沟。在白人阶级的统治下，黑人民族长期以来遭受政治、经济上的压迫和剥削，其历史和文化被任意地扭曲、删减或忽略。同时，白人种族主义者为了维护其种族优越论，不遗余力地利用各种手段对黑人进行丑化和妖魔化，不断强化黑人男性愚蠢、懒惰、野蛮等刻板印象，以便使非人道、非人性的种族歧视制度具有合法性。在白人看来，黑人民族是低劣的民族，其道德也有缺陷，他们身上具有非洲野性和兽性，有犯罪倾向，会对正常的社会秩序构成严重的威胁。“重建时期”之后，最令白人恐惧的莫过于黑人这一“妖魔”对白人女性的性侵害。白人认为黑人容易受性欲冲动的控制，并走向犯罪。因此，白人一般将自己凌驾于黑人之上，凸显自身在政治、经济、文化、道德等方面的优越性，与黑人是统治者与被统治者、压迫者与被压迫者的关系。黑人和白人之间平等相待、拥有友情、亲情、爱情都是难以想象的，也是违反伦理禁忌的。特别是黑人男性与白人女性的交往被整个白人社会所不容，认为是对整个白人种族的侵犯，是最难以饶恕的罪恶。而白人男性与黑人女性的交往是可以被接受的，但黑人女性往往被当作白人男性的玩物，不是真正的爱情对象。

盖恩斯的作品细致地描写了黑人和白人之间除了压迫与被压迫、剥削与被剥削关系之外的友情、亲情、爱情被扼杀的状况。黑人和白人两个种族之间的交往禁忌严格地限制着个体的行为模式，但这套严苛的规则制度有悖于人性和人与人之间基本的交往理性原则，而盖恩斯的笔下的南方乡村正处于变革期间，旧有的社会秩序和体制不断地受到新思想的冲击，原先固有的黑白两大阵营也不再那么泾渭分明，而是逐渐出现一些缝隙和融合。有一些勇敢的先锋试图冲破黑白之间的伦理禁忌，因此受到残酷的惩罚。黑人民众为他们的“逾矩行为”往往要付出沉重的代价，甚至自己的生命。但白人阶层也背上了良心的十字架，为自己的罪恶而备感煎熬，在精神层面受到惩罚。盖恩斯曾说过，他的作品是写给黑人孩童和白人孩童看的。盖恩斯并不只是要让黑人孩童了解黑人民族史和黑人民众曾遭受的苦难，也希望白人孩童能够了解历史真相，以及不合理的社会制度对整个社会中的每个个体所造成的伤害，从而促使双方能为创建和谐、美好、公正、平等的社会而努力。

一、黑白种族之间的“墙”

自黑人在 17 世纪被当作奴隶带到美国以来，黑人与白人的关系就处于紧张的状态。白人有着根深蒂固的白人意识，“是英国文化中早已沉淀下来的一种自我认同心理。其基础当然是白人的生物性自我认同，但与此同时还有对自身宗教、习惯等文化特征的归属感情”①。同时在利益驱动下，白人在上百年的时间内将奴隶制合法化，迫使黑人长时间地在种植园里劳作，剥夺他们的劳动成果和政治权利。奴隶制被废除之后，黑人的待遇并没有得到根本的改善，白人种族主义者依然从各个方面限制黑人的发展，阻挡他们追求自由和平等。盖恩斯在其小说作品中如实地反映了这些情况。即使是后奴隶时代，黑人与白人的关系依然在

① 高春常. 文化的断裂——美国黑人问题与南方重建[M]. 北京：中国社会科学出版社，2000：15.

很大程度上沿袭了奴隶制时代的不平等。

第一，白人种族主义者用各种方法阻挠黑人获得自由和解放。在《简·皮特曼小姐的自传》中，简·皮特曼和其他黑奴获得自由身份，但当他们试图北上时，他们遭到白人种族主义者、蓄奴制时代以追捕逃奴为生的穷苦白人、不甘心失去奴隶的奴隶主、溃败的南方军队等组成的巡逻队和三 K 党的追捕和杀害，只有简·皮特曼和内德幸免于难。他们在路易斯安那州不停地迷路、绕圈子、挨饿、躲避可能有恶意的白人追捕者，一直未能如愿以偿地走出路易斯安那州，到达在他们看来象征着自由和平等的俄亥俄州。简·皮特曼碰到的一位白人老头指出了她选择的道路充满了各种艰辛和困难。原因之一是简·皮特曼缺乏必备的地理常识，因而对于路线的设定不合理，这也是因为黑人从小就被剥夺了受教育的权利和机会所造成的。原因之二则在于不公平的社会体制，白人会给黑人制造种种障碍使他们无法顺利地获得自由，简·皮特曼一路上可能会碰上拦截的白人，而一旦被抓住，她就会再次失去自由，而不得不接受奴役、虐待和侮辱。原因之三则在于黑人内部的女性歧视，简·皮特曼也有可能遇上某个黑人男子，但因为黑人男性在美国社会中饱受折磨与苦难，他们也不知道该如何正确地对待黑人女性，反而将自己所受的苦难转嫁到黑人女性身上去。白人老头的一席话，揭开了黑人艰难的处境，特别是黑人女性在美国社会所受到的双重苦难，这些都成为了他们通往自由之路的阻碍。

第二，即使在后奴隶时代，白人与黑人之间依然是不平等的关系。“重建时期”，一些黑人因为辛苦劳作而拥有了自己的小农场，但他们经常受到白人种族主义者的骚扰，农场遭到破坏，他们自己则被毒打，因为一些白人就是无法接受黑人拥有与之平等的地位。此外，南方许多种植园里实行了分租制，黑人不再以奴隶的身份在农场里劳作，而是变成了佃农，但他们所耕种的土地往往是种植园里最差的，同时需要交纳高额的租金，因此，往往在年终时只能拥有微薄的利润。他们还必须与穷白人竞争，如果落败，就会失去土地。黑人变成了自由人，但黑人的社会地位依然低下，属于边缘群体，经济利益被剥削，政治权利被剥夺，在社会公共领域内备受歧视。特别是南方自 19 世纪以来实行吉姆·克劳法案，黑人与白人享受不同待遇，公共领域被分割，学校、教堂、医院、商店、酒吧等都按人种肤色划分出不同区域，黑人与白人分属不同的群体，他们之间事实上隔着一条看不见的鸿沟。白人与黑人之间的交往是不对等、不公平的，是以上对下的关系。这种不对等的关系表现在社会生活的方方面面，如称谓，法庭上白人律师对黑人嫌疑犯简单武断的判决，学校设施与教育质量，黑人在白人房子里必须从后门，而不是正门出入，等等。白人都刻意与黑人保持一定距离，以突出白人的优越性，强调黑人的低劣性。同时，在功能相同的公共设施方面，白人的设施优良齐全，黑人的设施简陋粗糙，也是为了贬低、侮辱黑人，使他们逐渐认同外在的低劣形式，并将其内化为评判自我的标准，从而形成对自我否定性的认知。黑人民众由于外在的社会大环境的压迫，以及内在的长年累月沉淀下来的否定性的自我认知的影响，他们在白人面前的行为模式也被固化下来，怯懦胆小、畏缩软弱，表现得没有尊严和男子气概。而白人则显得傲慢自大、盛气凌人、强势硬朗，有着强烈的优越感。

第三，即使在相对自由开放的美国北方，隐性的种族歧视依然无处不在。种族隔离表现在公共领域的各个方面，同时由于大多数黑人所受教育程度不高，没有专业技能，更由于种族政策，黑人的工作机会偏少，劳动报酬相对白人而言偏低。而黑人即使接受了高等教育，无处不在的种族歧视也像一堵墙一样包围着他，使他没有自我发展的空间，能进入的职业领域也很有限，就像《凯瑟琳·卡米尔》中的杰克逊所感受到的：

我看到那堵墙在不断升高，但我在与它搏斗。但它一直在升高，一直在升高，而我继续与它搏斗。很多次我差点儿放弃。很多次。但我还是斗了下去。这就是我为什么离开，为什么来到这里的原因。我必须得离开——至少离开一阵子。我相信我不会被一直困

在墙内。我相信不会。我宁愿死也不愿意在恐惧与害怕中活着。(*Catherine Carmier*, 149)

杰克逊的这段话清楚地说明了黑人在美国北方的困境。两大种族之间矗立着“高大、厚实的隔离墙，这些墙是由历史和仇恨建立的”①。正是在这种情况下，盖恩斯认为北方并不是黑人的出路，只不过北方的种族歧视相对隐蔽一些罢了，而盖恩斯作品中的一些逃离南方，去北方寻找自由与公平的黑人也并没有实现他们的理想。“我(《刑前一课》中的格兰特)还记得其他人——比尔、杰瑞、克劳迪、斯米蒂、雪球——所有人。他们也曾在这儿砍过木头；接着他们就离开了。去了田地，去了小镇，去了城市——他们在那里死去。总有些消息传回社区里来，要么是谁被杀啦，要么是谁杀死了别人而被关进了监狱：雪球，在埃伦港(Port Allen)的一个夜总会里被捅死；克劳迪，在新奥尔良被一个女人杀死；斯米蒂，因为杀人被关进安哥拉(Angola)的州立看守所。”(*A Lesson Before Dying*, 62)从这段话可以看出，盖恩斯认为如果种族制度一直存在，无论黑人是在南方或是北方，都难以找到实现其理想和抱负的土壤，都会感受到无形或有形的束缚与局限，因而很难有好的发展。逃离不能解决问题。

二、黑人与白人的爱情——伦理禁忌的违背与惩罚

美国社会中，白人阶级一般用双重标准来看待黑白种族之间的爱情或纠葛。在种植园时代，白人主人经常与美貌的黑人女奴发生关系，但这只是作为白人主人发泄欲望的一种方式，两者之间并没有真正的爱情。黑人女奴往往是被动、受性侵犯的一方，其地位并不会因为白主人的青睐而有根本改变。同时，由于一些黑人女奴是出于被迫与白人发生性关系，她们的性爱完全是屈辱、痛苦的体验，所以她们连带着对自己

① 转引自程锡麟. 美国黑人美学述评[J]. 当代外国文学, 1994(1): 168.

的混血儿也产生了厌恶和憎恨的情绪，甚至会将刚出生的混血婴儿杀死。托尼·莫里森就曾经描述过在17世纪从非洲到美洲的运奴船上发生的类似情景。而更多的情况是，他们的子女因为拥有一半的黑人血缘，被当成黑人奴隶。因此这样就形成了奇特的血缘关系，黑白混血儿虽然也是白人种植园主的孩子，却不能冠以父亲的姓，没有父亲的关爱，其地位得不到父亲的承认，没有财产继承权。他们与其白人兄弟姐妹之间也没有任何形式的亲情，而是主仆关系。因此，在这样一种以种族制度为基础的伦理环境中，白人男性与黑人女性之间的亲密关系只能是不掺杂爱情的、单方面的、不平等的泄欲行为。正是在美国南方百年来奴隶制所形成的黑白种族之间的独特的伦理环境中，白人与黑人之间的爱情、友情都成为禁忌。"禁忌是古代人类伦理秩序形成的基础，也是伦理秩序的保障。……人类社会的伦理秩序的形成与变化从制度上说都是以禁忌为前提的。"①敢于违反伦理禁忌的人都不可避免地置身于伦理困境，并遭到严酷的惩罚。而美国南方这种扭曲、奇特的黑白伦理关系不仅给黑人民众带来了极大的伤害，同时也使白人永远地背负了沉重的罪恶的十字架，成为其无法摆脱的诅咒。

（一）白人男性与黑人女性的爱情——绝望中的挣扎

盖恩斯在不同作品中书写了对这一伦理禁忌的违背，并控诉了这一禁忌对人性的束缚和扭曲。在《简·皮特曼小姐的自传》中，种植园主的儿子蒂·鲍勃爱上了克里奥人玛莉·艾格妮丝，玛莉·艾格妮丝是混血儿，虽然她的肤色很浅，但她的黑人血统成为两人交往的最大障碍。蒂·鲍勃是新一代的白人，接受过开明思想和先进理念，并没有严格的种族隔离的观念，把玛莉·艾格妮丝当成真正的爱人来对待。"他一直望着她走进屋里，他望着她时，那神情不像一般白人男人望着黑人妇女。他深情地望着她，我（简·皮特曼）说是那种藏在内心深处的感情。

① 聂珍钊．文学伦理学批评导论［M］．北京：北京大学出版社，2014：15．

我很少见过任何肤色的男人以那种感情望着女人。”(*The Autobiography of Miss Jane Pittman*, 202)但周围的人都认为蒂·鲍勃不过是“还没结束他青年时代的放荡生活”(*The Autobiography of Miss Jane Pittman*, 197)罢了。他的母亲觉得蒂·鲍勃爱上玛莉·艾格妮丝是不可能的事情。在蒂·鲍勃向朋友吉米·凯亚讲述自己的爱情故事后，吉米·凯亚完全无法理解他，并“把别人常常讲给他听的话，讲给蒂·鲍勃听。这些话，从他的爸爸到他的老师，都曾经给他讲过。‘如果你要她，你就到她屋里去，占有她。如果你想在学校里干，就把那些孩子赶到院子里去等着。如果你等不及把她带回家的话，把她带到沟里去干。但她在这个地方只起一个供你玩弄的作用，别的什么也不是。’”(*The Autobiography of Miss Jane Pittman*, 205)显然，白人男性把黑人女性只不过当作发泄性欲的工具，这种观念来自白人的祖辈，已经变成一种根深蒂固的思想在白人中传递下去，充分表现了在性领域内白人男性的权力机制对黑人女性的压迫，黑人女性被双重边缘化，在这种不平等的两性关系中完全处于被动和消极的地位，没有任何自保能力或有效应对措施。蒂·鲍勃无法接受吉米·凯亚的建议，他鼓起勇气想和玛莉·艾格妮丝逃离南方，却遭到拒绝。蒂·鲍勃因此感到绝望而自杀。

要分析蒂·鲍勃的真正死因，我们必须研究他所处的伦理环境和他的伦理身份。“文学伦理学批评不是对文学进行道德批评，而是从历史发展的观点考察文学，用伦理的观点解释处于不同时间段上的文学，从而避免在不同伦理环境和伦理语境中理解文学时可能出现的巨大差异性。”①而在20世纪三四十年代的美国南方，虽然黑人奴隶已经获得了自由身份，种族主义氛围依然浓厚，白人和黑人种族之间的关系并没有什么实质改变。在种族主义盛行的伦理环境中，由于黑人和白人之间的爱情关系本身就违背了白人社会的伦理道德原则，两性交往所需要的平

① 聂珍钊. 文学伦理学批评：基本理论与术语[J]. 外国文学研究，2010(1)：19.

等和尊重反而成了悖反。在这种伦理环境中，就像他的朋友吉米·凯亚所说的，蒂·鲍勃被期待要用白人统治阶级对待黑人的固有模式来对待玛莉·艾格妮丝，在两人的交往中不涉及感情，只有欲望，要把黑人女性看成白人男性的玩物，而不是恋爱结婚的对象。这样，蒂·鲍勃不可避免地面临着伦理困境的道德考验。一方面是白人社会对待黑人的常规行为模式和伦理准则，用来维持白人和黑人的不平等的关系；另一方面是蒂·鲍勃所接受的正常的人际交往的伦理准则，即适用于白人种族之间的关于爱情、婚姻的伦理道德规范，以及他对美好爱情的追求和渴望。两种不同的伦理原则互相冲突，使蒂·鲍勃备受煎熬。

同时，我们要注意蒂·鲍勃在不同的伦理环境中所拥有的不同伦理身份之间尖锐的冲突和不可调和的矛盾。“文学伦理学批评注重对人物伦理身份的分析”，因为“几乎所有伦理问题的产生往往都同伦理身份相关”①。蒂·鲍勃的一个重要的伦理身份是白人种植园主的儿子，必须接受白人主流社会所规定的对待黑人的伦理准则，但他的另一个伦理身份则是受过高等教育、思想开明的大学生。事实上，蒂·鲍勃是美国南方种族隔离、种族歧视依然严重的环境中的一个异类。他从小就没有严格的种族隔离的观念，把蒂米(同父异母的混血儿)当成自己的哥哥，在蒂米因为犯事离开种植园之后还经常念叨着后者。在蒂·鲍勃与玛莉·艾格妮丝交往的过程中，蒂·鲍勃表现得彬彬有礼，很正派，对玛莉·艾格妮丝没有唐突的行为，让玛莉·艾格妮丝对他也很放心。当他爱上玛莉·艾格妮丝后，他的伦理身份就是一位爱人，应该尊重、爱护对方。但白人社会所规定的伦理准则和伦理禁忌使蒂·鲍勃无法实现自己的愿望，他也没有办法完全遵从美国南方社会的种族主义制度，完全抛开感情，利用自己的优势地位和暴力去实现自己的欲望，也不愿意奴隶制亵渎纯真的爱情，让玛莉·艾格妮丝成为他的情妇。正是蒂·鲍勃双重伦理身份之间的冲突，使他陷入伦理混乱，最终变得绝望。他无力

① 聂珍钊. 文学伦理学批评导论[M]. 北京：北京大学出版社，2014：263.

抵抗强大的社会机制，也无法按照自己的理想建立新的伦理秩序，只能选择自杀。蒂·鲍勃死后，牧师朱尔斯·雷纳德说：

> ……我们共同杀害了他。我们都要他遵循我们先辈很久以前传给我们的那一套正常行为的准则。……过去有的地方，很久，很久以前，像罗伯特(指蒂·鲍勃)这样的男人能够爱像玛莉·艾格妮丝那样的女人。但在后来一段时间，有人写了一套新的正常行为的准则，谴责过去那种作法。我必须遵循这些准则，大房子里的罗伯特必须遵循它们，克拉伦斯·凯亚必须遵循他们。克拉伦斯·凯亚叫吉米遵循它们，吉米遵从了。但蒂·鲍勃不肯遵从。因此我们毁掉了他。(*The Autobiography of Miss Jane Pittman*, 231)

显然，盖恩斯指出奴隶制的存在导致了这种不合理的伦理环境，给爱情人为地增加了许多附加条件，束缚了人性的自由。它不仅使黑人民众饱受苦难，也使白人种族背负了人性的枷锁，并终将为自己的罪恶付出代价。《简·皮特曼小姐的自传》中的罗伯特失去了两个儿子——混血儿蒂米被赶走，小儿子蒂·鲍勃自杀，结果不得不面对晚景凄凉的命运。

盖恩斯的另一部小说《爱与尘》也涉及了这一敏感话题。蓬蓬是赫伯特种植园的白人监工，与黑人女奴波琳相爱。小说非常细腻地描写了他们相爱的过程。蓬蓬刚开始时只是和其他白人一样，将黑人女性看成玩弄对象，“等他满足了欲望后，他会回到马背上，好像什么都没有发生一样。……当他的欲望起来的时候，他会叫上任何一个离他最近的人”(*Of Love and Dust*, 62)。这说明蓬蓬起初是遵照白人社会对待黑人的伦理准则行事，持着高高在上的姿态，两性关系是不平等的，是一方凭借奴隶制所赋予的优势和权力对另一方的侵占，这里面只有霸权，没有尊重、爱护、责任或义务。白人社会允许他和黑人女性交往，就像迈克尔·法伯所说的：“法律允许白人男性与任何黑人女性在干草堆里打滚，就像他是在和什么动物或妓女在寻欢一样，因为性欲的发泄会阻碍他产生真正的柔情。"①所以，虽然这种伦理准则使白人男性无所顾忌地发泄自己的性欲，但同时也使他们将自己贬抑到了可耻、缺乏人性的地步，只是本能地放纵自己的欲望。但是当蓬蓬与波琳真正相爱以后，蓬蓬停止了以前的放荡行为，变得忠实。蓬蓬虽然本来有着固执的白人优越感，对黑人态度简单粗暴，但他却不顾"黑白禁忌"，不再遵循黑白种族之间的伦理关系模式，而是认真地爱上了波琳，并承担起了一位爱人应尽的职责，表现出家庭责任感，尽量照顾波琳与孩子们。至于波琳，开始时对蓬蓬并没有什么感情，而是可怕的麻木，因为她知道，在种植园里，白人男性对黑人女性的占有是一件非常平常的事情，其他的白人男性不会在意她的感受，而黑人男性没有勇气或胆量抗议白人的做法，她根本没有反抗的可能性。因此，波琳利用了蓬蓬的好感，要求把她调到大屋里去工作。显然，大屋的工作条件比田地里要好很多，相对轻松、舒适，所以在波琳看来，她和蓬蓬之间的关系更像是一种交易，而她的作法是在权衡利弊之后的无奈之举，是对现实的屈从，涉及更多的是利益关系，并没有什么感情因素。"只要她在种植园里生活，她就得和蓬蓬睡觉。……因此为什么不利用这一点呢？为什么还要在日头下暴晒呢？为什么不穿好点儿的衣服，不吃好点儿的食物呢？"(*Of Love and Dust*, 63)但随着时间的流逝，波琳却真正地爱上了蓬蓬。"她情不自禁地爱上了他。她知道他爱她，胜过爱他自己的妻子，或住在河岸边的其他白人。"(*Of Love and Dust*, 66)因此，波琳的爱，主要还是对蓬蓬的爱的回应。这里面，虽然有着真挚的感情，但还是相对被动，是弱者对强者的屈服。

但是，尽管两人相爱了，当时的伦理环境并不容许他们逾越规矩。黑人女性在美国社会属于被二次边缘化的群体，处于社会的底层，而蓬蓬虽然是穷白人，但他的肤色决定了他必须遵守白人社会所规定的伦理

① Valerie Melissa, Babb. Ernest Gaines[M]. Boston: Twayne Publishers, 1991: 65.

原则。

> 大房子给了他(指蓬蓬)一匹马和一根鞭子，他们叫他跟在田地里劳作的黑人后面，尽量地从他们身上压榨出更多工作。他这样做了，但他做得更多：他爱上了其中的一个黑女人。他不能用他该用的方式来对待她，像他们允许他做的那样——不，他必须陷入爱情。当孩子到来后，他也爱他们。他无法告诉他们他爱他们，他不能那么做。也许他从未告诉过波琳，也许他甚至都没有告诉过自己。但他能感觉到这一点，当他给孩子们玩具和衣服时，他表现出了这一点。不，不，不，他从来没有直接给孩子们，他先给波琳，再由波琳给他们。(*Of Love and Dust*, 67)

这一段非常清楚地展现了蓬蓬所处的伦理困境。作为白人社会中的一分子，蓬蓬必须“像他们允许他做的那样”，对待黑人女性只能是不对等的玩弄，不能有爱情或者亲情。但当蓬蓬爱上波琳之后，他的伦理身份发生了改变，他从一个白人种族主义者不自主地转变成一个黑人的爱人和两个混血儿的父亲。新的伦理身份让蓬蓬对波琳和孩子们充满了爱，但他同时也无法挣脱旧的伦理身份对他的钳制和禁锢。因此，他只能在白人社会允许的范围内以隐秘的方式来表达自己对家人的关爱。蓬蓬无法与波琳公开碰面，也不能承认其混血儿子的身份。他并没有勇气反抗白人社会里的伦理秩序，其恋情同样充满了绝望，注定没有未来。

(二)黑人男性与白人女性的爱情——无法逾越的伦理禁忌

如果说白人男性与黑人女性的亲密关系还是被白人社会所默许的话，那么黑人男性与白人女性的亲密关系则冒天下之大不韪。白人认为一旦白人女性与黑人男性结婚生育的话，黑人的低劣基因将会威胁到白人的优秀基因，降低白人的整体水平。因此，为了捍卫种族血统的纯正性，以保护其优势地位和既得利益，白人女性如果敢于跨种族和黑人男性恋爱结婚的话，会遭到整个白人社会的唾弃，而黑人男性甚至会遭到私刑的处罚。此外，一些白人认为白人女性与众不同的美貌会激起黑人对她们的性渴望，对黑人有特殊的诱惑力，而黑人则可能采用暴力对白人女性进行性侵害，以满足他们的兽欲。“有关黑人容易受性欲冲动的控制并走向犯罪的观点，可以追溯到内战前。一些白人认为，黑人的性放纵起源于黑人在非洲的性放荡传统。早在1840年，神学家乔塞雅(Josiah Priest)就设法证明：‘放荡的、邪恶的淫火在黑人的血管里燃烧，其强度远远超过其他种族。它使黑人产生了许多相关的幻觉和想象。’重建后，有关黑人对白人女性进行性侵犯的担心有增无减。”①因此，受到这种武断意识的诱导，白人社会一旦发现黑人男性与白人女性之间有纠葛的话，就会主观意识上认定黑人男性是过错方，会对其进行处罚。

《爱与尘》中的马库斯由于在酒吧里打架杀人后被投入监狱，在等待审判的过程中，他很快就被赫伯特种植园里的种植园主马歇尔保释出来，但马歇尔并不是出于善意想要给予马库斯自由，而是出于不可告人的私人目的。监工蓬蓬每天让马库斯超负荷地工作，为了报复，马库斯想要引诱波琳，却被拒绝。然后，马库斯注意到蓬蓬的妻子露易丝。蓬蓬与妻子露易丝的关系并不融洽，露易丝长得非常瘦弱，虽然已二十多岁，但看上去还像一个小女孩。她曾经试图逃离这桩被安排的婚姻，但每一次都会被蓬蓬抓回来，最后一次则是被她的父亲和两个哥哥带回来的。显然，露易丝并没有得到什么家庭关爱，她似乎没有母亲，父亲“有一张血色充沛的脸，大眼睛，大鼻子。他的牙齿因为嚼了太多的烟叶而发黄。两个儿子则和他一样；短小身材，肌肉强健。他们都嚼烟叶，其中一个在裤子后面的口袋里装了半瓶酒”(*Of Love and Dust*,

① 张立新. 文化的扭曲：美国文学与文化中的黑人形象研究，1877—1914[M]. 北京：中国社会科学出版社，2007：54.

163)。从对露易丝的父亲和兄长的外貌描绘中，可以看出，他们都是一些性格强势、粗暴的人，四肢发达，头脑简单，缺少温情和理解力。事实也是如此。他们根本不顾及露易丝在婚姻中的实际感受，而是用武力逼迫露易丝回到她憎恨的婚姻中去。他们甚至还建议蓬蓬，如果露易丝不听话，就用拳头制服她。这些充分暴露了白人男性的男权思想，任意地凭借武力将自己的意志强加在女性身上。而蓬蓬根本不在乎露易丝的存在，因为他可以随时在种植园里找到发泄欲望的对象，何况后来他又有了稳定的情人。因此，从这个角度上说，露易丝也是受害者，是白人社会中的弱势群体，受到身体上的凌辱和精神上的压制。露易丝作为白人女性，在婚前受到父亲和兄长的管制，婚后受到夫权的压迫，她也想要报复那些白人男性，摆脱让她窒息的婚姻：

> 她开始经常坐在门廊上凝视别人。一旦她找到合适的目标，她就会采取行动。她不在乎他能否这样做，她只是想要他碰她。她希望在她的肉体上留下标记。她需要证明，所以她必须有个标记。当然，只要白人女性这样说就会有黑人被私刑处死；只要有人做了这样的梦就会有黑人遭到私刑；而还有人是自己主动做的，也会有黑人遭到私刑，但露易丝需要这个标记。因为她不确信自己有什么价值，她担心如果她叫喊自己被强奸了的话，别人也许会嘲笑她。但是如果有标记的话，蓬蓬必然会杀死那个黑人。马歇尔·赫伯特则一定会因为蓬蓬总是偷东西而解雇他——而她就可以自由地离开了。(*Of Love and Dust*, 165)

身体在现代文学批评理论中是一个重要概念。“身体之所以受到重视，因为它是女性主义和后现代主义攻击传统思想和理性主体的开始。”①露

① 黄华. 权力、身体与自我——福柯与女性主义文学批评[M]. 北京：北京大学出版社，2005：81.

易丝的身材瘦小，像个小女孩，以及她对波琳的身材的羡慕，说明了露易丝的不成熟，她不自觉地用白人男性社会的标准去评判自我又说明了其心理深处的自卑；而她在镜子面前对身体的长久凝视，则暗示了她的自我意识的觉醒。而在这段话里，露易丝准备用身体作为武器发起对白人男权的挑战。因为虽然蓬蓬并不在意露易丝，但后者已经通过婚姻成为了他的私人财产，绝不容许他人染指，更别说是一个黑人了。因此，她的身体变成了她唯一可供利用的工具，能够挑起黑人与白人之间的矛盾，甚至导致悲剧。露易丝“希望在肉体上留下标记”，是因为她一旦有了这个标记，蓬蓬将不得不根据当时白人社会的伦理原则，杀死胆敢触犯禁忌的黑人，从而使她有机会获得自由。此外，“‘凝视’就是一种话语、一种压抑、一种权力摄控的象征”①，露易丝对种植园里的黑人男性的“凝视”，表现了她想要将自己的意愿加诸于黑人男性身上，虽然她在白人社会中属于被压迫的第二性，但她的白人身份使她在黑人面前有着优势地位，这使她在黑白关系中扮演了主动、引导的角色。

《爱与尘》中的马库斯和露易丝都非常清楚黑人和白人之间有关爱情的伦理禁忌，但他们还是在并没有爱情的前提下，违背了这一禁忌。那么他们的目的何在呢？根据文学伦理学的批评方法，我们可以仔细地分析下两人的伦理身份，从而理解他们的动机。马库斯的伦理身份是被种植园主保释出来的黑人罪犯，终日在白人监工的监视下辛苦地工作，却几乎没有什么报酬。但马库斯并不是逆来顺受的传统黑人，而是充满了自爱和叛逆精神。他在刚刚来到种植园时，就不肯放弃自己在城里的穿着打扮，而不是穿着种植园里其他的黑奴们劳动时穿的卡其布的衣服和戴着的草帽。马库斯对外貌的注重说明了马库斯对自我的肯定，以及对既定的黑人奴隶的行为模式的挑战，对种植园的伦理秩序的不驯。因此，他要报复压迫和剥削他的最直接的白人权威的代表蓬蓬是顺理成章

① 王岳川．当代西方最新文论教程［M］．上海：复旦大学出版社，2011：333.

的。他采取了最危险的方式。他首先选取的对象是蓬蓬的情人波琳，遭到后者的拒绝后，才将注意力转移到露易丝身上。虽然这会给他带来严厉的惩罚，但马库斯也能因此羞辱白人的尊严，挑战白人的权威，在一定程度上颠覆社会秩序，从而达到自己要报复的目的。而露易丝，虽然也是白人阶级的一员，但由于父权制的存在，她同样处于白人社会的最底层，受到父权和夫权的双重压迫，没有得到关爱或尊重，只有肉体所承受的打骂和精神上的凌辱，因此，露易丝想要反叛白人男权体制，而最直接的对象也是蓬蓬。她在马库斯的身上看到了希望，觉得后者能够给她提供离开种植园的另一种方式，让她的父亲和哥哥们再也不能将她抓回来，而与黑人男性的通奸也会狠狠地羞辱蓬蓬。正是在共同目的的驱使下，他们将伦理禁忌可能带来的严厉惩罚抛在了脑后。

但随着马库斯和露易丝进一步地交往，他们逐渐爱上了对方。马库斯对露易丝身体真诚的赞美，肯定了露易丝的女性特征，使露易丝获得了在蓬蓬那里无法得到的肯定、尊重、关爱和快乐。小说中描述了他们关系的变化，根据黑人仆人玛格丽特姑妈的观察，两人做爱从一开始的大张旗鼓、喧嚣嘈杂，到后期的温和、安宁、倾心交谈，说明他们在感情上有质的飞跃，从性的发泄逐渐变成身心的结合。但在南方种植园里，他们的关系没有办法持续下去，于是他们决定逃走。露易丝将自己涂黑，马库斯试图找马歇尔借车和枪。但蓬蓬闻讯而来，在搏斗中杀死了马库斯，露易丝受到强烈的精神刺激，被关进了疯人院。

当马库斯与露易丝爱上对方之后，他们的伦理身份就发生了巨大的转变。他们将种族身份抛在一边，而是作为彼此的爱人存在。因此，马库斯能理解露易丝在种植园里受压抑的生活状态，认为自己有责任带着露易丝离开，寻找自由。逃跑前，露易丝将自己涂黑，想要让人无法辨认她的白人身份。在美国社会中，由于白人“对黑人形象的扭曲使一部分黑人不仅使黑人在公开场合极力掩盖自己的黑人身份，而且使一部分黑人希望永远脱离黑人群体，变成一个白人。人们把一个黑人由黑人的身份变成白人身份并被白人和黑人所承认的过程叫作

'passing'(变白)"①。而露易丝想要从白变黑，说明她对马库斯的爱情已经超越了种族差异，克服了白人社会里对黑人的偏见和歧视。

但在当时南方的伦理环境之中，他们的愿望只不过是一场幻梦。首先，他们的恋情是婚外恋。白人男性对自己和白人女性实行双重标准，虽然他们对自己的道德标准相对宽松，对于婚外情持宽容的态度，但对白人女性却要求绝对忠贞。其次，黑人男性对白人女性的染指被整个白人社会看成不可容忍的事情。"从历史上看，我们知道黑人犯了同白种女人睡觉的罪是要被阉割的。黑人占有一个白种女人这种事是他的同族所忌讳的。使这种具有一种性忧虑的悲剧变为真实确凿的事，这对于思想来说，是容易的事。"②因此，马库斯与露易丝的爱情导致了伦理混乱与伦理失衡的局面。虽然美好的爱情是两性之间再自然不过的事情，但夫权制和奴隶制的存在，使露易丝和马库斯根本没有恋爱的可能性，更不用说私奔了。在20世纪40年代的美国南方，白人和黑人的日常交往都会让人侧目，蓬蓬为了能让波琳在贝荣城购物，都不得不借助吉姆的掩护，"没有一个白人男性能和一个黑人女性公然坐着车穿越南方，如果他们在大白天坐在一起赶路的话，黑人女性得看上去要么是去劳作要么是刚做完工"(*Of Love and Dust*, 140)，波琳也不能穿着得像位淑女一样，否则马上会有人用残酷的方式提醒她注意自己的衣着。如果说蓬蓬和波琳的关系还是可以被容忍的话，马库斯与露易丝的关系则被视为对白人社会的大胆挑战，如果被抓住，犯事的黑人很可能被处以私刑。私刑的恐怖性和暴力性在于，它并不是简单地将受害人杀死，而是"发明了许多新的手段。例如，把用火烧红的铁棍捅进受害人的眼睛和阴部；用火慢慢烧烤受害人的身体；让受害人的鲜血在火中发出吱吱的响声；用绳子吊起受害人，让他的肋骨在不停地抽动，然后对其折磨多次直至

① 张立新. 文化的扭曲：美国文学与文化中的黑人形象研究，1877—1914[M]. 北京：中国社会科学出版社，2007：213.

② 弗朗兹·法农. 黑皮肤，白面具[M]. 万冰，译. 南京：译林出版社，2005：53-54.

受害人死去，再肢解受害人的尸体，旁观者用刀子把受害者的各种器官取下作为纪念品保存，这些纪念品有牙齿、耳朵、脚趾、手指、指甲、膝盖骨、烧焦的皮肤和骨头等"①。更糟糕的是，白人可能会因为此事而迁怒于整个黑人社区，从而给所有黑人带来灾难。正因如此，在马库斯与露易丝做爱的时候，露易丝的黑人嬷嬷玛格丽特一直在门外试图干扰、阻止他们。玛格丽特的言行充分说明了白人社会的伦理准则对于黑人男性与白人女性的爱情禁忌，也表现了黑人社区对这种僭越行为的恐惧。

小说中的蓬蓬其实并不愿意杀死马库斯，而是希望马库斯能独自逃走：

> 他告诉我他并不想与马库斯搏斗，他希望马库斯能够从他身边逃跑。如果马库斯试图逃跑的话，他会让他走的，那么，这件事会就此为止。但马库斯没有跑，而他就必须与他搏斗，不仅是搏斗，他必须杀死他。如果他没有杀死马库斯，他自己就会被杀死。河岸边的那些法裔白人们会那样做的。(*Of Love and Dust*, 277)

蓬蓬的解释亦说明了伦理环境对他的强大的约束作用。白人社会的伦理法则绝不允许一位黑人男性带着白人女性自由地离开。同时，蓬蓬作为露易丝法律上的丈夫，也必须保护妻子的贞洁，不可能任由妻子和情人随心所欲。这样，在双重伦理法则的制约下，蓬蓬事实上也并没有选择的权利。

盖恩斯在访谈中曾经提到，他原先的设想是马库斯带着露易丝开着车大笑着离开种植园，小说更像是带有戏谑意味的闹剧。而盖恩斯最终对小说结尾的修改，使小说具有了悲剧色彩，也更符合20世纪40年代美国南方的伦理环境。马库斯和露易丝的爱情悲剧，主要在于当时的伦

① 张立新. 文化的扭曲：美国文学与文化中的黑人形象研究，1877—1914年[M]. 北京：中国社会科学出版社，2007：261.

理禁忌绝不容许类似事件的发生，虽然马库斯富有叛逆精神，敢于挑战既定的伦理规则，但个人的力量终归无法与整个环境抗衡，只能以失败告终。

三、在多元文化主义的原则下建构新型黑白种族关系

值得注意的是，盖恩斯作品中的黑白两大种族并不是处于泾渭分明、完全敌对的状态。新黑人社区并不是一个完全封闭的空间，而是呈开放姿态，与白人社区之间有着千丝万缕的联系。盖恩斯反对白人文化中心主义，提倡多元文化主义，主张用平等、尊重、包容、融合的态度处理族裔关系。白人种族应该尊重其他少数种族，用平等的心态肯定其他种族的优点，而不是盲目地高高在上，一己独大。而黑人种族则应该努力站起来，肯定、证明自我价值，改变白人对他们的负面书写，用勇气和尊严来对抗一切不公正的体制，彰显自己作为大写的“人”所拥有的尊严和主体性，为群体的平等权益而奋斗。盖恩斯的作品书写了白人与黑人之间的友谊与爱情，虽然微弱，甚至遭到恶势力的扼杀，但这依然显示了黑白种族在多元文化主义的原则下和谐相处的可能性。而随着时代的进步，黑人民权运动的进一步开展，新黑人社区的物质形态和精神特质都发生了巨大变化，那些死守旧观念、头脑僵化、故步自封，依然按照种族主义时代的规则行事的人，将会被时代淘汰。

盖恩斯首先指出种族歧视的政策，双方不对等的交往模式不仅使黑人民族饱受苦难，同时也使白人种族永远无法摆脱刽子手的血腥形象，使他们在正常的道义良心以及对待黑人另一套的丧失人性的伦理准则之间无法平衡，从而在心理上受到谴责。《简·皮特曼小姐的自传》中的艾伯特·克卢沃是卡杰人，与简·皮特曼的关系类似于友情。两人经常在一起聊天，克卢沃还会帮简·皮特曼做些事情，如劈木柴、买东西等，简·皮特曼会煮咖啡招待克卢沃。但表面的和谐关系下隐藏着不和谐的因素。因为两人的种族不同、伦理身份不同，他们在关键时刻的立场亦不相同，致使他们无法成为真正的朋友。种族分歧就像一道鸿沟一

样将他们隔开。因为内德来到南方后向黑人民众宣传先进思想，白人种族主义者很快就注意到他，并选中克卢沃去杀害他。当克卢沃告诉简·皮特曼这一消息时，他们爆发了尖锐的争吵。虽然克卢沃承认简·皮特曼是个好人，可是“他们叫我干什么我就得干什么”（*The Autobiography of Miss Jane Pittman*，126）。“他们”指的是白人种族主义者们。克卢沃是个穷白人，在白人社会里属于地位比较低下的群体，同样受到更有权势与财富的白人阶级的欺压，但他在黑人面前立刻坚定地选择了支持白人种族主义者。克卢沃遵循的是白人社会的伦理法则，当内德挑战了白人的权威，并威胁到他们的既得利益时，克卢沃会毫不犹豫地把他除掉。但当克卢沃杀死内德后，他自己的生活也被毁了。克卢沃失去了友情，并且总是听到“阴间的催命车咕隆咕隆开来”的声音，因而变得神志不清，备受折磨。盖恩斯用超现实的手法表现了克卢沃在充当刽子手之后心灵所背负着的沉重的十字架。“阴间的催命车”与其说是迷信，不如说是他自己的良心受到了煎熬。根据弗洛伊德的相关理论，“谵妄”作为一种病态，其实是内心的焦虑和痛苦的表层反映。而且在疯癫状态下，人的内在潜意识会失去理智的控制，流露出心底最真实的心理活动。克卢沃认定“阴间的催命车”在追赶他，说明他的内心深处并不赞同自己的行为，有种负罪感，所以才会觉得自己受到了这种超自然力量的惩罚。因此，通过克卢沃的故事，盖恩斯说明了种族之间的仇恨与隔阂给双方带来的伤害。白人种族虽然暂时处于上风，占有绝对优势和权力，但由于对另一种族的戕害是违背人性和道义的，因此白人种族也把自己放在了十字架上，灵魂不得安宁，受到良心的谴责。《简·皮特曼小姐的自传》中的白人种植园主罗伯特的儿子蒂·鲍勃就因为两种伦理身份之间的强烈冲突无法平衡，一方面他是受过高等教育的白人知识分子，思想开明，相信公平、民主等美国所宣扬的普世法则，另一方面又因为种族制的存在，他必须按照白人社会里通行的陈旧的与黑人相处的原则粗暴地对待他的黑人爱人，将后者当成是可供人随意践踏的玩物。蒂·鲍勃既没有办法违背内心，也无力推翻奴隶制，所以他被逼入伦理困境中无法自拔，最后只能自杀。他的死亡，也使得罗伯特失去了唯一的法定子嗣。罗伯特本来还有一个混血儿私生子，但是按照白人的法律和伦理原则，这个私生子没有合法身份，更别提继承权，很早被被赶出种植园。因此，种族歧视也使得白人无法享受正常的爱情和亲情，而罗伯特失去子嗣的凄凉晚景也暗示了白人家族的没落。

盖恩斯探讨了种族制给黑人和白人双方带来的伤害，但其目的并不止于此，而是为了探索如何在黑白种族之间建构反对压迫与强权的新型关系。盖恩斯反对白人的文化霸权，表现出多元文化主义的思想。王恩铭教授认为多元文化主义的“最根本要义，是主张不同种族、不同民族和所有其他不同社会文化群体的平等性”①。笔者将采用这一理解，认为它围绕政治、文化身份等问题展开，关注社会上不同文化群体的平等权利。任何文明都是历史的产物，有其内在的特定的价值体系，并没有一种文明比其他文明更优越。各种文明之间都应该是平等的，各个不同的文化群体之间也应该是平等的。与多元文化主义相对的是文化中心主义或文化霸权主义，即某一文化群体借助自己的优势地位突出、美化、抬高自身文化，同时贬低、压抑、忽视、否定其他文化的现象。因此，多元文化主义最重要的就是平等地对待不同种族，没有尊卑之分，消弭中心与边缘，反对强权、霸权和专制，主张各种族之间平等、和谐的关系。盖恩斯在《简·皮特曼小姐的自传》中借内德之口指出，美国本来是个多种族的国家，它真正的土著居民是印第安人，欧洲白人也不过是移民，因此他们并没有理由将白人种族凌驾于其他种族之上，不能利用自己较为发达的文明与机械奴役其他种族的人民。所有种族的人民都参与了美国的建设，都应该是美国的主人，大家应该是平等的。这充分表现了盖恩斯的多元文化主义思想。在其指导下，盖恩斯探讨了黑人社区与白人社区之间建立平等、和谐、互相尊重、包容的新型关系的可能性。

第一，盖恩斯表现了开明的白人对黑人的平等意识和对黑人的优秀

---

① 王恩铭. 也谈美国多元文化主义[J]. 国际观察，2005(4)：11.

品质的认同与尊重。《刑前一课》中的狱警保罗·博宁是个典型例子。保罗·博宁表现出人道主义精神，即使在种族主义的浓郁氛围中依然用平等的态度来对待黑人，并尽可能地传递善意。当格兰特、爱玛小姐和杰弗逊的教母第一次去探监的时候，保罗·博宁表现得非常真诚、和善。特别是因为杰弗逊表现得冷淡、犹疑、自我贬抑、绝望，拒绝与他们交流的时候，爱玛小姐的情绪非常低落，保罗·博宁礼貌地接过爱玛带来的食物，并表示会转交给杰弗逊，如果杰弗逊不吃的话，保罗·博宁会把食物分发给其他被关押的人。黑人传统食物传递了黑人社区里的人们对杰弗逊的关爱，是黑人传统文化的延续与发展，同时表明了杰弗逊的文化身份。爱玛小姐精心地准备探监食物，不仅是为了给杰弗逊改善生活，也是一种精神慰藉、鼓励和支持。所以可想而见当杰弗逊冷漠地拒绝食物时，爱玛小姐多么沮丧。而保罗·博宁细心地观察到了狱牢里的不和谐的气氛和探监者的情绪波动，他的举动表现了对探监者的发自内心的理解和体贴，而他表示会把食物分给其他人则说明了他对爱玛小姐的尊重和对黑人文化的认可。另外，保罗·博宁还用眼神暗示格兰特安慰爱玛小姐，“他看了我一眼，点了一下头，他告诉我用手臂搂住她。我照样做了”（*A Lesson Before Dying*，74）。这一细节更说明了保罗·博宁对爱玛小姐的关爱。当保罗·博宁和格兰特相处时，他主动提出称呼对方的名字，而格兰特也感到保罗·博宁是狱警中“最有可能以诚实的态度来对待”（*A Lesson Before Dying*，125）他的人。彼此称呼名字，而不是像其他的白人一样要求黑人使用敬语，这事实上在语言领域内颠覆了白人霸权，语言形式的平等暗示了双方平等沟通的可能性。在随后的几次探访中，保罗·博宁每次都会和格兰特闲聊几句，与监狱里的另一位看守冷淡、轻慢、倨傲的态度形成鲜明对比。保罗·博宁甚至会让格兰特并排行走，而不是让后者跟在后面。这种行走中的位置安排也说明了在两人之间，白人不再是高高在上的姿态，白人的优越性被颠覆，黑白种族之间的交往障碍被推翻，两人之间是平等、和谐的新型关系。正是在这种情况下，格兰特向保罗·博宁询问杰弗逊在监狱中的情况，而保罗·博宁所提供的第一手资料帮助格兰特更清楚地认识到杰弗逊的困境，使他更理解杰弗逊的心态，了解杰弗逊的转变过程。保罗·博宁的通信者的形象在小说的最后几章中被进一步强化。保罗·博宁目睹了杰弗逊勇敢地接受电刑死亡的场景，对杰弗逊的勇气表现出由衷钦佩。保罗·博宁将杰弗逊在生命的最后一段时间里写的日记转交给格兰特，并向后者详细地描述了杰弗逊受刑的过程：

> “他是整个拥挤的房里最勇敢的人，格兰特·威金斯，”保罗说道，凝视着我，声音很大，虽然他并不需要用那么大声。“他是的，他确实是。我这么说并不是为了让你感觉好一点，也不是为了减轻你的痛苦。你可以问牧师，问哈里·威廉斯。他是里面最勇敢的人。我们都挤着站在一起，离电椅只有六、八英尺远。我们还有彼此可以依靠。当威森特问他是否还有什么遗言，他看着牧师，说，‘告诉奶奶我是走过去的。’他走的时候身子挺得很直，格兰特·威金斯。他走得很直。我可以作证。他走得很直。”（*A Lesson Before Dying*, 254）

保罗·博宁的一番话使格兰特了解到杰弗逊在面临不公正的死刑时，并没有像白人律师所预言的那样，表现得像头无知识的猪，而是用勇气和尊严，像个真正的男子汉一样来面对死亡，表现出“重压下的优雅”，从而使格兰特倍感安慰，看到了黑人民众身上所隐藏的力量，并对自己的教育责任和作用有了更清楚的认识。而且，这一番话清楚地表现了保罗·博宁对杰弗逊身上所展现的男性气概的认同、佩服和尊敬。保罗·博宁完全摒弃了白人文化中心主义，用赞美的眼光去欣赏黑人的优秀品质，这是对白人优越黑人低劣论的彻底颠覆。保罗·博宁非常真挚地向格兰特道歉，他并不是杀死杰弗逊的凶手，但是他的种族将各种苦难加之于黑人身上，极其简单粗暴不公正地判定黑人有罪的做法让他感到羞耻。保罗·博宁甚至答应格兰特将为黑人孩童们讲述杰弗逊死前的一幕，这将在黑人孩童的心里竖立起积极正面的榜样，激励他们认识到黑人身上所蕴藏着的力量、勇气、尊严和男子汉气概，从而促使他们培养黑人男性气概，为黑人社区的团结和发展而努力。保罗在小说中是信使的形象，起到了桥梁的作用，不仅为格兰特、黑人社区提供了宝贵信息，也是黑白种族建构平等、公正、互相尊重的新型关系的一个开端，是黑白种族之间交流的桥梁。

小说最后，格兰特与保罗并肩在黑人社区里漫步、聊天。格兰特还将杰弗逊曾经生活、成长的地方指给保罗·博宁看，而“当我们经过时，保罗看了看那座屋子。他又回过头去看了看”（*A Lesson Before Dying*, 255）。这表现了保罗对杰弗逊深切的同情，以及他对种族主义的痛恨。而保罗·博宁在黑人社区深处与一位黑人友好、融洽地散步、聊天的事实本身就是对黑白种族之间交往禁忌的背反，具有象征性的意义，说明了黑人社区的开放性，以及黑白社区、黑白种族之间友好交往的可能性。在两人将要分离时，保罗·博宁主动与格兰特握手，说道，“允许我成为你的朋友，格兰特·威金斯。我再也不会忘记这一天。我再也不会忘记他(指杰弗逊)”(*A Lesson Before Dying*, 255)。而格兰特为保罗·博宁的真诚所打动，格兰特“握住他的手。他用双手握住了我的”(*A Lesson Before Dying*, 255)。保罗·博宁的话语里丝毫没有白人的傲慢，他主动向格兰特示好这一动作充分说明了他对黑人的友善和尊敬，而握手这一姿势表现了两人之间初步萌芽的友谊，说明即使在种族主义的大环境中，依然有希望存在，即使是在白人种族内部，也依然有正直、开明、善良、有道德的个体存在。保罗·博宁与格兰特超越种族、阶级、历史界限的友谊，在种族隔离的南方显得尤其可贵，虽然微弱，却充满了希望，象征着黑白种族之间建立友好、和谐、融洽的美好关系的开始。

盖恩斯认为这种尊重并不是来自白人对黑人居高临下的怜悯，或白人带着优越感以黑人的保护者自居，而是建立在平等的基础之上。《老人集会》中的凯蒂是思想开明的白人，对待黑人相对民主、仁慈、友爱。她自幼受到马修的照顾长大，对后者有着深厚的感情，因此在事发后首先想到的就是如何保护马修，避免让他被警察抓走。但她以黑人的保护者自居，“我在保护他们，就像我一直做的那样。就像我的人民一直在保护他们一样”（*A Gathering of Old Man*，174）。凯蒂没有意识到，她的保护其实隐含了双方权力不平等的事实。她在潜意识中把黑人男性定义为无能之人，需要白人的庇佑，这反映的是整个白人社会对黑人的一种轻蔑与歧视。从两性关系的角度来讲，凯蒂身为女性，而她的院子里聚焦的这些黑人均为男性。由于男女的生理差异，在人类社会漫长的发展过程中，一般说来都是男性保护女性。因而在种植园里这种不合常理的伦理关系说明了凯蒂的白人身份给她的特权和强势地位。而这些黑人们，虽然身为男性，而且已经是年逾七旬的长者，却依然被看成需要保护的弱者，这无疑是对他们的尊严的一种蔑视，剥夺了他们成为男子汉的机会，让他们在精神上被奴役。而黑人老人们在商讨如何处理案件时将凯蒂排除在外，要独立地处理自己的事务，充分证明了他们在精神上的成长。小说最后，马修拒绝了凯蒂带他回家的提议，选择与其他黑人一起也说明了黑人民众的团结以及黑人社区的凝聚力。因此，盖恩斯表明，黑白两大种族的融洽关系应该建立在平等和尊重的基础之上，否则，双方的友谊将难以实现。

第二，盖恩斯在作品中强调随着时代的进步，黑人民众觉醒，新黑人不断抗争，黑人运动风起云涌，社会大环境已然发生了变化，白人种族主义者按照过去的一套方法来处理种族关系已然落后，白人应该改变思路与做法，摒弃白人文化中心主义的思想，消解白人霸权，用平等、尊重的态度来对待黑人，探索与黑人种族相处的新模式。

《老人集会》中的吉尔是卡杰人，是东南联盟中最好的橄榄球后卫，卡尔是黑人，是国内优秀的橄榄球中卫，已经被提名参加全美明星赛。两人都是路易斯安那州立大学球队的主力球员，在球场上配合默契，被称为“路易斯安那州立大学的盐和胡椒”（*A Gathering of Old Man*，111）。“盐和胡椒”是欧洲人餐桌上常见的调味品，一般成套摆放，共同合作，为人们的饮食增添滋味。因此，这个绰号说明了两人之间平等合作的关系。“这是第一回有这种事，白人与黑人在同一个赛场上，巴吞·鲁日的黑人社区和白人社区都充分意识到了这一点，国内其他地方的人们也是如此。”(*A Gathering of Old Man*, 112)两人的密切合作跨越了黑白种族间的鸿沟，消解了白人中心主义，肯定了黑人所具有的优秀品质，这也预示着黑白种族之间打破僵局、友好往来的可能性。但即使是吉尔也必须克服残余的种族主义思想，才能在思想上得以升华，真正平等地对待黑人。当吉尔得知他的哥哥比奥·布坦被杀死之后，吉尔一度不分青红皂白地迁怒于卡尔。“吉尔继续摇着头似乎马上就要哭出来了。我扶着他的一只胳膊，卡尔拍着他的背安慰他。突然他转向卡尔。他看着卡尔的样子就好像他突然憎恨起卡尔来了。”(*A Gathering of Old Man*, 113)吉尔的反应说明虽然他接受了高等教育，思想相对开明，和卡尔合作愉快，但旧有的思维定势仍在影响他。一旦有事情发生，吉尔想到的并不是公正地去看待事情真相，而是立刻把责任推到黑人身上，认定是黑人的过失。“这就是为什么他会那样对待卡尔。不管他(指卡尔)是否与此相关，因为其肤色，他都是有罪的。”(*A Gathering of Old Man*, 115)但吉尔最终克服了自己的种族偏见，并没有像过去白人惯常的做法那样，将自己意志凌驾于法律之上，任意给黑人定罪，处置黑人，而是和地方治安官梅普斯平静地交流，诉诸法律，期望通过法律寻找事实真相。当吉尔回家后，面对家人和种族主义者们的压力，吉尔坚定地认为时代已经变了，即使是白人也不能置法律于不顾，滥用私刑。“洛克·威尔的时代已经过去了，爸爸，洛克·威尔的时代已经过去了。永远成为了过去。……你们曾经把法律就掌握在自己手里——那个时代已经过去了。现在是七十年代了，很快要进入八十年代。不再是二十、三十或四十年代了。人们——我们认识的人——为了改变那些事情，付出了自己的生命。那些日子一去不复返了，我希望。”(*A Gathering of Old Man*, 143)吉尔在这段短短的话中将“过去了(gone)”这个词重复了三遍，另外还用了同义词“over”和“past”，强调了时代的变迁，而人们也应该随之改变思维和行为方式。

洛克·威尔是顽固的种族主义分子，有着固执的白人文化中心主义思想，仇视黑人，在生活中处处刁难黑人，会“把黑人的校车弄翻，在祈祷时往黑人的教堂里扔几条蛇进去，或把黑人赶出原来只招待白人的旅馆和餐厅”(*A Gathering of Old Man*, 159)。当费克斯的儿子比奥·布坦被杀之后，洛克极力煽动费克斯去复仇，直接去种植园里用私刑去处置黑人。最后，洛克纠集了一帮人去种植园向黑人老人们开火，在枪战中身亡。洛克的思想还停留在种族主义盛行的时代，把白人的利益凌驾于法律之上，试图用暴力手段使黑人向白人臣服，以固化黑人的低劣性，突出白人的优越地位。但费克斯并没有听从洛克的提议，而且洛克在枪战中死去，说明洛克的思想已经逐渐失去了大众的支持，也说明了旧时代的终结。

小说最后的法庭判决其实是美国社会各种力量的角逐。

> 法庭每天都挤满了人，白人和黑人的数量基本相等，还有大概一半人来自新闻媒体。他们来自南方的各个角落。全国性的报纸也出席了。费克斯和他的人在那儿——包括吉尔，他和家人坐在一起。三K党和纳粹组织的人也在那儿，给路克·威尔的朋友们鼓劲儿。有色人种促进会的代表也在那儿，还有一些黑人好战分子，还有州里派来的士兵。(*A Gathering of Old Man*, 212)

费克斯是死者的父亲，也是农场上过去的白人监工。他们同样是夹缝中的人，一方面作为白人享有一定的权力，监管黑人劳动者；另一方面也受到社会阶层更高、经济上更富有的白人种植园主的压迫和歧视。吉尔是死者的弟弟，接受了高等教育，思想开明，用较为平等的态度来对待黑人。在他的带动下，费克斯也终于接受了时代进步的观点，知道了不能再用旧的方式来随心所欲地对待黑人。而三K党、纳粹组织的人以及路克的朋友们则代表思想最为顽固的白人种族主义者，坚信黑人是低人一等的种族，把后者看成他者，试图通过剥夺后者的一切权利来保护自己的权益，把自己凌驾于黑人之上。全美有色人种促进会是一个旨在促进黑人民权的全国性组织，目标是通过改良的道路，使黑人享有完全的公民权、法庭公平裁判权和经济、社会、教育、政治等方面的平等权利。而黑人好战分子则主张以激进的方法来为黑人争取平等权益，如废除白人政府，成立黑人自己的政权，等等。虽然两者主张的方法、采取的途径有所区别，但他们都是为黑人的权益鼓与呼的，为争取黑人解放、独立和平等而奋斗的。因此，这个法庭其实浓缩了当时美国社会上种族纷争所可能牵涉到的各种不同的势力。而“白人与黑人的数量基本相等”，暗示了双方势均力敌的局面，已经和过去黑人完全任由白人处置的局面全然不同。旁听者的多元化暗示了在美国社会里，白人种族一已独大的霸权地位已被消解，整个社会逐渐去中心化，慢慢由一元向多元发展，以前被忽视、被压抑、被边缘化的群体要求享有与白人种族同等的地位，要求平等权益。最后，由于洛克和杀死比奥的查理在混战中身亡，无法追究主要肇事者的责任，因此法庭只是判决参与者被剥夺枪械持有权。由此可以看出，法庭并没有故意偏袒白人，或不由分说、颠倒黑白，将所有责任都推到黑人身上，对黑人施以不公正的刑罚。而在种族主义时代，黑人个体所犯下的过错可能会使整个黑人社区都遭到厄运。白人甚至可以在并无确切证据、捕风捉影的情况下就给黑人定罪，并处以严厉的处罚。因此，这场法庭判决显示了法律的公正性，表现了时代的进步。《老人集会》的故事发生在20世纪70年代，经过黑人民权运动的浪潮和无数黑人民众以及其他少数族裔的人民的不断努力，整个美国的伦理环境已经发生了变化，美国社会由白人文化中心主义逐渐向多元文化主义转变，整个社会也变得相对公正、平等、合理。

盖恩斯反对白人文化中心主义和白人霸权，强调白人与黑人之间在平等、互助、融合、包容的基础上建立和谐共存的关系。他主张人与人之间无压制的、自由的交往，能在互相理解和尊重的基础上达成共识。这种共识并不是抹杀个性或压制差异或一方对另一方的施舍，而是在承认多元化的前提下的统一。盖恩斯在作品中采用了多种黑人文化元素，如黑人英语、黑人音乐、黑人食物、黑人的生活方式等，甚至在一些作品的篇章结构上也借鉴了黑人音乐，如布鲁斯的特点，这种创作策略本身就构成了对白人文化中心主义的颠覆。通过强调黑人文化的优良传统，塑造新黑人形象等，盖恩斯在意识形态上推翻了白人优越、黑人低劣的观念，以及随之而来的种族主义歧视。正是在各种文化、各个民族平等的基础上，盖恩斯在作品中勾勒出黑白种族友好相处的前景。因此，盖恩斯在小说中表现了随着时代的进步，以及黑人民族的不断抗争，白人逐渐转变观点和态度，认识到黑人身上的优秀品质，因而对黑人表现出尊重，这是黑白种族关系改善的前提。同时，另一方面，黑人当自强不息，表现出自尊、自爱、勇气等优良品质，并敢于为争取平等权益和种族解放而斗争，这样才会推动种族关系不断改善，最终建立健康的、和谐的、崭新的种族间的伦理关系。

综上所述，盖恩斯在其小说中探讨了新黑人社区内外的伦理关系问题。针对黑人社区内部的黑人家庭的两性关系和代际关系失谐的问题，盖恩斯深入探讨了历史、文化、社会、政治等多维度的深层原因，但盖恩斯并没有简单地把一切责任都推给外面的世界，而是同时深刻地反思自我，检讨了黑人民众，特别是黑人男性自身的劣根性，指出黑人男性的家庭责任感淡漠、道德水平低下、对白人社会里的男权思想的内化等，使得他们忽视了家庭或不能正确地处理家庭关系。正如杜波伊斯曾指出的，黑人民众必须战胜他们身上的弊端恶行，否则，那些恶行将战胜他们。① 盖恩斯呼唤黑人男性回归家庭，加强个人素养与修为，提高道德水平，增强家庭责任感，与妻子建立和谐、稳定、平等、互相关心、彼此帮助的新型夫妻关系，同时要关爱子女，不仅仅是提供物质保障，更要在精神上能够引导子女健康成长。针对黑人社区内部的个体与

① 参见王恩铭. 美国黑人领袖及其政治思想研究[M]. 上海：上海外语教育出版社，2006：121.

集体之间的关系问题，盖恩斯指出个体与社区的紧密关系。个体如果脱离黑人社区，则会陷入无根的迷茫之中，就像盖恩斯小说中所描述的一些黑人知识分子如杰克逊、格兰特等，无法找到归属感和认同感，也找不到发挥个人价值、实现个人抱负的社会空间。只有当个人把自己与社区、与集体的前途和命运联系在一起，个人才有明确的奋斗目标，个人价值才能得以真正实现。同时，盖恩斯也指出了黑人精英分子对新黑人社区的引领作用。普通黑人民众由于教育程度低下、视野狭窄、觉悟相对较低，不愿意为了更宏伟深远的目标而放弃眼前的安稳生活。因此，精英分子对黑人民众精神上的启迪和方向上的指引尤为重要。此外，盖恩斯反对新黑人社区内部的分裂与疏离，强调了新黑人社区必须团结一致，为共同的民族独立解放的目标而奋斗。针对新黑人社区与外部的社会大环境，最主要的是与白人社区之间的伦理关系问题，盖恩斯严肃地站在人性主义的高度，通过黑白种族之间的爱情悲剧的书写，控诉了种族主义对黑白双方所造成的戕害，和对人性的禁锢。种族偏见与种族歧视不仅使黑人种族饱受苦难，同时也使白人种族被永远钉在道德的耻辱柱上，让任何一个有良知的人都无法安宁，而他们加诸于他人的罪恶最终会成为他们无法逃脱的惩罚。盖恩斯在作品中提倡以多元文化主义原则为基础来处理种族间关系，去中心化，主张各种文明、各种文化、各个种族之间平等和谐共存。盖恩斯塑造了具有人道主义精神的白人，他们身上所具备的善的人性因子，对他人的尊重，使黑白种族之间建立和谐共处的新型关系有了可能性。同时，盖恩斯强调随着时代的进步与发展，黑人民众和其他各种族人民的不断努力，白人种族主义者也将不得不改变他们固有的“白人优越”观，抛弃固守的旧规则，消解白人霸权主义的思维与行为方式，从心底接受其他种族的崛起、承认其他种族的人民的优良品质，用平等、尊重的态度来对待其他种族的人民。这样，通过对新黑人社区内外新型伦理关系的建构，盖恩斯打造了和谐、平等、尊重、宽容的社会公共空间和家庭私密空间，使新黑人社区能够真正成为黑人民众的美好家园。

结　语

20世纪六七十年代，美国黑人权力运动风起云涌，美国黑人文学亦进入一个新的发展阶段，继赖特·理查德、拉尔夫·埃里森、詹姆斯·鲍德温之后，涌现出许多优秀的黑人作家。欧内斯特·盖恩斯就是其中之一。盖恩斯于20世纪60年代中期开始发表作品，虽然他长居旧金山，但其作品却并没有沿袭一些城市作家如赖特的抗议传统，把书写重点放在表现黑白种族之间的激烈冲突，以及黑人个体对于不公正的社会体制的愤怒和不断抗争上面，而是把目光投向美国南方路易斯安那州的乡村，更多的从内部审视黑人民族，建构新黑人社区，分析黑人个体身上的优良品质和陋习及错误观念，塑造勇敢、自尊、自强、自立的新黑人等，从另一个视角表现了他对黑人民族生存困境的关注和黑人民族出路的探索。

盖恩斯曾经说过，他只不过是想要写作一本真实的书，而当他不得不回答写作的对象是谁时，他说“是南方的黑人青年和南方的白人青年”①。这说明了盖恩斯写作的初衷是为了挖掘被官方叙事所忽略、所掩盖的真实的黑人民族的历史、文化、生活、观念等，从而让新一代的美国人能够真切地了解黑人民族所经历的苦难、承受的折磨，以及他们为争取和谐美好幸福的生活、公正公平民主的社会而付出的不懈努力。

① John Lowe, ed. Collection of Conversations with Ernest Gaines[M]. Jackson: University Press of Mississippi, 1995: 151.

盖恩斯具有高度的责任意识和使命感，他对自己的民族和人民有着深厚的感情，因此，盖恩斯对美国官方叙事中黑人历史被扭曲、遗漏，以及黑人形象的缺席、被丑化、被抹黑等感到非常愤怒，并立志把他所熟悉的人民的生活写出来。

黑人社区是黑人民众生活的物质空间和社会空间。黑人社区是黑人民众生活的基本场所，由黑人民众所建构，但同时黑人社区又具有一定的制约性，帮助黑人个体找到集体的归属感和文化传统之根，从而反过来帮助黑人个体定义自我，明确自己的文化身份。虽然奴隶制已经废除，但由于种族主义和种族隔离政策，黑人社区里的情况并不容乐观。黑人社区在物质层面上显得衰败、破落、陈旧，黑人民众依然过着穷困的生活；而在精神层面上，黑人社区里表现得死气沉沉、缺乏生气，看不到希望和未来，许多黑人民众虽心有不甘，但却麻木不仁地沿袭着过去的生活模式。如何建构新黑人社区，使其真正成为美国黑人的美好家园，是盖恩斯亟须解决的重大命题。

盖恩斯在作品中力图从文化、精神特质和人际关系三个维度建构新黑人社区。笔者从三个方面讨论了盖恩斯对新黑人社区的文化建构：黑人民族历史的梳理；新黑人社区里的精神家园，即宗教信仰；新黑人社区的文化传统的传承与发展。首先，在文化建构方面，盖恩斯在其作品中梳理了美国黑人民族的发展史，以填补美国官方叙事中对黑人历史的忽略和空白，纠正对黑人历史的扭曲，以明确历史真相。盖恩斯表现了海登·怀特所说的，“对历史记载中的零散插曲、逸闻轶事、偶然事件、异乎寻常的外来事物、卑微甚或简直是不可思议的情形等许多方面特别的兴趣”①。盖恩斯关注的是小写的复数的历史，碎片式的、由普通民众自己所讲述的、由下至上的历史，而这些碎片拼凑起来，填补了官方叙事的空白和缝隙。盖恩斯相信，没有历史，就没有未来。如果不

① 张京媛. 新历史主义与文学批评［M］. 北京：北京大学出版社，1997：106.

把历史的伤疤挖出来，在阳光下暴晒的话，那么伤疤永远无法愈合。只有当黑人民众了解前辈们在生理和心理上所遭受的摧残和苦难，了解黑人民族发展的真正历程，他们才能更清楚地认识到黑人民族的现状，以及需要努力的方向。

同时，盖恩斯指出宗教信仰在新黑人社区的重要地位，是黑人民众的精神家园和寄托希望所在，是他们忍受现世的苦难与折磨的重要的精神力量。同时，宗教信仰起到了团结民众，增强社区凝聚力以及在客观上带领黑人民众争取平等权益的作用。新黑人社区里的民众主要信奉基督教，虽然这是源自白人的宗教，但黑人民众对其进行改头换面，将非洲的宗教传统与白人宗教结合起来，无论在形式或是内容上都增添了黑人民族自己的东西，从而使基督教成为黑人民众表达自我、应对白人霸权的策略之一。“通过宗教的特殊形式和礼拜活动，黑人找到了一种群体的归属感，减轻了他们心理上的孤独与恐惧，使长期受压抑的情感得以宣泄。”①因此，基督教逐渐成为黑人社区里黑人民众重要的精神支柱。但盖恩斯对基督教的态度是一分为二、辩证统一的。盖恩斯同时揭露了基督教的虚伪性和欺骗性，犀利地指出基督教是白人统治和愚化黑人的工具，维护白人的优越性，在思想上麻痹黑人民众，使后者为了来世虚幻的幸福而心甘情愿地接受现世的奴役。同时，盖恩斯批判了部分黑人牧师在思想上被驯化的现象，或过于物质化、贪图享乐和安逸的生活而拒绝变革的现象。这些消极因素不利于黑人的解放和救赎，也不利于黑人社区的稳定和团结。但总的来说，宗教信仰在建构新黑人社区方面起到了重要作用，是黑人社区里不可或缺的精神力量。

盖恩斯也突出了黑人文化传统在新黑人社区文化建构中的重要作用。黑人英语、黑人音乐、黑人食物，黑人传统的生活和社交方式如门廊聊天，以及黑人民间故事等传统文化元素在作品中的运用，突出了盖

① 罗虹．从边缘走向中心——非洲裔美国黑人文化[M]．北京：中国社会科学出版社，2013：51.

恩斯的民族和文化立场，帮助黑人民众确立自己的文化身份，传递着社区内黑人民众之间才知晓的文化密码，增强了黑人民众的民族归属感和自信心，像一根无形的纽带一样将整个黑人社区更紧密地联系在一起。同时，黑人民众对黑人传统文化的认同也是他们对抗白人霸权和种族主义的策略之一。通过对自己传统文化的再认识和文化传统精粹的发扬光大，去芜存菁，黑人民众强调了黑人文化与白人文化平等共存，在事实上解构了白人文化霸权，颠覆了白人文化中心主义。

其次，盖恩斯建构了新黑人社区的精神特质，即男性气概。男性气概并没有局限于性别，但由于盖恩斯在作品中更关注黑人男性，而且相对而言，黑人男性在社会中承受着更大的压力和负担，因此，改写白人叙事中的黑人男性形象，建构新的黑人男性气质显得更为迫切，更具有现实意义。盖恩斯所塑造的男性气概，简言之，可以被界定为“站起来”或“压力下的勇气”。对于仍处在种族主义氛围中，现实处境依然困难重重的黑人民众而言，这种勇敢、坚韧、顽强的品质是“黑人个体与族群获得自由与解放的精神保障”①。盖恩斯认为黑人解放的真正标志在于思想上解放，心理上摆脱被奴役状态，卸下历史的重负，成为自尊、自强、自爱、自主的新黑人。只有当最普通的黑人民众觉醒过来，表现出反叛精神和大无畏的勇气，真正意识到黑人并不是白人所定义的“猪”，而是有尊严、自主性和仁爱精神的“人”，能够用自己的行为重新定义自我，从而彻底颠覆白人种族主义者对黑人的充满歧视的否定性定义，推翻“白人优越、黑人低劣”的论断；当整个黑人社区能够在黑人精英分子的启迪和带领下，不再唯命是从、胆小懦弱地默默忍受苦难和折磨，而是积极抗议不公正的社会体制，努力争取黑人的平等权益，甚至不惜为黑人的崛起和民族解放牺牲宝贵的生命；当整个黑人社区里的个体都能团结一致，在语言领域内争夺话语权，打破沉默，即使面对

① 隋红升. 危机与建构——欧内斯特·盖恩斯小说中的男性气概研究[M]. 杭州：浙江大学出版社，2011：203.

白人的威胁，在代表白人司法体制的地方治安官和法官面前，也敢于发出自己的声音，控诉奴隶制和种族主义对黑人民族所犯下的罪恶，敢于表达自己的诉求，黑人民众才真正从心理上强大起来，黑人民族的未来发展才有出路。发声“既是积极自我改造的方式，也是黑人民众从客体转变为主体的渠道”①。因此，盖恩斯所建构的黑人男性气概，改写了白人主流叙事中的黑人男性形象，帮助黑人走出政治身份的困惑，超越“双重意识”，重新定义自我，认识自己的价值，并承担起对家庭、社区和民族应尽的责任。只有这样，新黑人社区才会拥有变革的中坚力量和新的生机，才有可能在充满种族歧视的氛围中发展壮大。

其次，盖恩斯对新黑人社区内外的人际关系进行了建构。黑人社区内部，以及黑人家庭内部并没有因为人们所共同承受的苦难而团结一致，而是存在矛盾、分歧、冲突、疏离与纷争。黑人家庭的分崩离析、黑人社区内部的分裂对黑人个体的身心健康都造成了严重的伤害，也不利于社区安定、民族团结和民族解放事业的顺利开展。但盖恩斯并没有简单地把一切问题都归罪于种族主义，而是探讨了社会、历史、文化、政治等多维度的深层原因，表现出对这些问题的深刻反思。

盖恩斯强调个人与社区之间相互关联、相互依靠、不可分割的关系。第一，盖恩斯在作品中表现了疏离黑人社区的个体所处的尴尬境地。一旦个体脱离了黑人社区，失去与黑人传统文化的联系，他就像无根之木、无源之水，陷入身份困惑之中，没有归属感。同时，在种族主义的大环境里，黑人个体仅凭个人之力无法与庞大的社会机制对抗，他们的努力往往是徒劳无效的。盖恩斯意识到个人英雄主义式的报复的危险性，反对脱离集体，也不关心集体的个人英雄主义行为。个体需要社区的帮助和支持。只有个体将自身的奋斗目标与集体的前途结合起来，个体才会真正认识到自己的价值，其努力才有明确的方向和成功的希

① 赵思奇. 贝尔·胡克斯黑人女性主义文学批评[M]. 北京：中国社会科学出版社，2014：52.

望。第二，黑人社区需要黑人先进精英分子的启迪和带领，解放思想，明确方向，从而为共同的目标，即民族的独立与解放而奋斗。黑人精英分子是黑人解放运动的引领者，而黑人民众是黑人解放运动的中坚力量和成功保证。盖恩斯强调黑人社区内的团结，反对分裂。只有当整个黑人社区团结起来，为一个共同目标而斗争，化零为整，黑人民众才能迸发出更大的力量，共同抵制种族歧视，开展民族自救运动。盖恩斯特别指出了黑白混血儿在美国社会中的尴尬处境，“一滴血”原则对于混血儿的迫害，以及混血儿对白人以肤色作为个人价值的判断标准的内化不利于社区的团结，是黑人社区的不稳定因素。因此，如何帮助混血儿走出困境，增加其对黑人社区、黑人民族的认同感，使其成为黑人社区内的建设性力量也是新黑人社区面临的责任之一。

黑人家庭内的两性关系和代际关系的失谐在黑人社区内并非偶然现象，而是有一定的普遍性，是一种显在表征。盖恩斯指出黑人的家庭问题其实是美国社会大环境下黑人所承受的各种压力的投射，是种族矛盾与种族间的紧张关系的反映。奴隶制和后奴隶制时期的种族主义造成黑人家庭观念相对淡漠，而且，“黑人男性几乎在生活的每一个领域都被完全剥夺权利，他们发现，性别歧视是他们获取父权权力的唯一表现”①，因此，黑人男性往往把外在的压力通过家庭暴力的形象释放出来，或者，当黑人男性由于在劳动市场上处于劣势以至于无法顺利实现社会对于男性的传统期待时干脆推卸责任，一走了之，导致家庭的分崩离析。但盖恩斯并没有忽视种族矛盾内化和异化下黑人自身问题的存在，如黑人男性的家庭责任感的缺失、黑人男性的男权主义思想以及道德水准下降等。这并不是宗教信仰或是黑人权力运动就能解决的问题。关键还在于黑人男性必须反思自我，认识到问题的症结所在，提高个人修养，增强家庭责任感，从而建构和谐的两性关系和代际关系。盖恩斯

① 赵思奇. 贝尔·胡克斯黑人女性主义文学批评研究[M]. 北京：中国社会科学出版社，2014：161.

反对男权主义，认为夫妻双方应该在平等和尊重的基础上彼此交流、相互理解和扶持，双方都应该负起自己应负的责任，尽力为创造良好的家庭氛围努力。盖恩斯的小说《在父亲的房子里》则专门讨论了代际关系问题，揭示了父亲的不负责任会摧毁下一代，造成无可弥补的损失甚至悲剧，从而从反面强调了家庭责任感的重要性。

黑人社区与白人社区之间、黑人种族与白人种族之间的关系是一个无法避开的话题。黑人社区的建构无法脱离外部大环境而独立存在，黑人社区是在半强制、半自发的状况下形成的一个开放的社区，与白人社区之间有着千丝万缕的联系。盖恩斯揭示了虽然白人种族利用奴隶制和种族主义将黑人种族固定于低等的社会地位，剥夺了后者的政治权利和经济利益，但这一无耻的罪行也使得白人种族被永久地钉在耻辱柱上，使他们受到道义和良心的折磨，并为之付出代价。盖恩斯批判了违背人性的种族制度给黑白种族双方所带来的伤害，描述了敢于违反种族禁忌的人所付出的沉重的代价，以揭示不合理的种族关系对人性的戕害。而随着时代进步和黑人解放运动的进一步发展，在白人民主人士及各族裔人民的共同努力下，这一制度终将被取缔，思想僵化、固守陈规、故步自封的人终将被时代淘汰。而对于如何建构黑白种族之间和谐、融洽、平等的关系，盖恩斯表现出多元文化主义的思想，反对白人文化中心主义，反对霸权与专制，主张各种族之间平等、各种文化没有高低优劣之分、消除中心与边缘的界限。白人不应该用高高在上的保护者的姿态，带着优越感表达对弱者的怜悯和关怀，因为这种姿态依然隐含了“白人优越、黑人低劣”的思想，而是应该真正平等地对待黑人，跳出种族主义偏见对黑人的贬低性认知的窠臼，认识到黑人身上的优秀品质，欣赏黑人在危机面前迸发的勇气和尊严。同时，黑人也应该自尊、自爱、自强、自主，以抹去白人主流文化中对旧黑人的刻板印象，不畏艰难，用实际行为去努力推翻不公正的社会体制，以期创造一个公平、民主、仁爱的新社会，唯有这样，黑人才能赢得他人的尊重。也只有这样，双方才可能在平等的基础上建构和谐、友爱、尊重、包容、融合的新型关系。

综上所述，盖恩斯从文化、精神特质和伦理关系三个维度对新黑人社区进行了建构。新黑人社区的民众首先必须了解自己的历史根源和文化传统，找到自己的精神家园，这样，他们才能克服双重意识的困惑，明确自己的文化身份，拥有恒定的精神力量来支持他们顽强地、坚韧地应对现世生活中的种种苦难与折磨。同时，文化建构增强了社区的凝聚力，促进黑人民众的团结，让他们找到集体归属感。精神特质的建构改写了白人主流文化和文学作品中所塑造的唯唯诺诺、胆小怕事、懦弱无能或安于天命的黑人传统形象，让黑人呈现出崭新的精神面貌，表现出大无畏的勇气和反叛精神，具有尊严和主体性，成为建构新黑人社区的具体实施者和新黑人社区能够得以蓬勃发展的中坚力量。新黑人社区内部和外部建构和谐、融洽、尊重、平等的新型关系则为新黑人社区创造了良好的内外环境。新黑人社区内部的黑人家庭保持其完整性，为家庭成员的身心健康提供保障，为个人成长提供养分和动力，社区内的个人与个人、个人与社区之间则互助互爱、彼此支持，从而使新黑人社区能消除纷争与内讧，紧密团结，为共同的民族解放与自由的目标而努力奋斗。新黑人社区与白人社区之间的关系则应该颠覆以种族偏见为基础的白人文化中心主义，以多元文化主义为原则建构族裔间的关系，使美国社会这一“色拉盘”能够为各族裔提供自由、开放、民主、公正、和平的发展空间。这三个方面缺一不可，从不同的角度建构新黑人社区，使其成为黑人民众能够真正发挥自我价值、拥有尊严和主体性、可以安居乐业的美好家园。

杜波伊斯曾指出，种族问题是美国在 20 世纪所面临的最重要的国内问题①，如果这一问题不能得以妥善解决，美国社会将一直处于动荡不安之中，20 世纪风起云涌的各族裔为争取平等的经济利益和政治权

① James E. Blackwell. The Black Community: Diversity and Unity [M]. New York: HarperCollins Publishers Inc., 1991: 467.

利而掀起的层出不穷的民权运动证明了这一点。长久以来，美国的黑人民众为能消除种族偏见与壁垒而斗争，希望能推翻不公正的社会体制，黑人民族能够融入美国社会，各族裔之间能和谐共存。许多黑人作家以写作为策略，提出了自己的政治主张。理查德·赖特开创了美国黑人抗议文学的传统，以北方大都市如芝加哥为背景，书写黑人在令人窒息的种族氛围中的挣扎，“诉诸白人的道德观和良心，希望白人听到黑人的苦难和不满后改变自己，使黑人的状况得到改善”①，而黑人文艺运动中的一些作家如阿米里·巴拉卡等则积极呼应并服务于黑人权力运动，以作品为武器，思想激进，主张用暴力手段回应种族迫害和种族歧视，用非洲中心主义来抵抗白人文化中心主义，“要求黑人拥有更多的权利，逐渐发展成为黑人国家主义者”②。

盖恩斯曾多次在访谈中否认受到黑人文学前辈如理查德·赖特的影响，他认为城市黑人的际遇并不能全面、深刻地反映出美国黑人的境状，美国黑人的根在南方乡村，当所有的美国人来到美国时，他们就是在被奴役的状态中被迫移民的。盖恩斯并非要为历史哀悼，但他认为不了解历史，黑人民众就无法迎接未来。同时，盖恩斯认为南方的乡村生活有其重要意义。“薇薇安反复告诉格兰特种植园的生活具有田园色彩，如果他待的时间再长一些，他就能意识到其意义所在。我认为这就是我要在作品中表现的东西——这种田园的、乡村的生活——田野、河流、树木，所有这些东西。”③南方乡村生活代表了黑人的文化传统和历史渊源，是黑人在美国最初生活的地方，有着家园意义。

同时，盖恩斯也不赞同黑人权力运动中的黑人作家的暴力书写，他

① 王家湘. 20世纪美国黑人小说史[M]. 南京：凤凰出版传媒集团，2006：219.

② 王家湘. 20世纪美国黑人小说史[M]. 南京：凤凰出版传媒集团，2006：222.

③ John Lowe. Conversations with Ernest Gaines[M]. Jackson：The University Press of Mississippi，1995：318.

并不认为以暴制暴是解决种族问题的有效方法，虽然以暴制暴是黑人民众在种族歧视的环境中应对白人霸权的无奈之举，但这并不能否定这一策略反伦理的事实。而且，盖恩斯在作品中揭示了种族内部的暴力给黑人自身带来的危险，给黑人社区内部团结所带来的毁灭性的结果。黑人的男性气概并不是通过暴力手段来彰显的，“仅仅因为你能把别人打倒，并不会使你成为一个男人”①，黑人民族的解放也无法仅凭暴力得以实现。盖恩斯的小说中也书写了种族制的残酷、黑人男性气概的被阉割、种族间的矛盾和斗争，但盖恩斯更多强调的是黑人民众的觉醒和心理上的解放，强调黑人民众自身的男性气概的建构，以及自身的道德水准和素养的不断提高。当黑人民众真正站起来后，他们就会在改变自身的同时，改变周围的世界，使之变得更为合理和美好。盖恩斯有着进步的时代观，他相信随着社会的发展、社会变革的不断推进、各族裔人民的共同努力和不断抗争，民主公平的理念会得到更多拥护，多元文化主义会被广泛接受并得以贯彻，阻碍时代进步、违背人性伦理原则的种族制度会自然消亡，而维持这一制度的一切传统观念和思维定式必然落伍而被淘汰，族裔问题最终会得到妥善解决。

因此，盖恩斯虽然没有直接投身于黑人权力运动，但这并不说明他置身于政治之外。事实上，“每一部作品都传达一种政治立场，哪怕这种立场在文本中很隐蔽”②。盖恩斯只不过采取了一种不那么激进的策略，重点建构他理想中的新黑人社区，探索黑人民族的出路和未来发展方向。盖恩斯对新黑人社区的建构有着重要的现实意义：有利于黑人民众在困惑中找到组织和方向，明确自己的文化身份，增强自身的民族归属感和集体意识；有利于黑人民众对自身问题进行反思，建构和谐的黑人家庭两性和代际关系，增强个人与社区的联系；也有利于黑白社区之

---

① John Lowe. Conversations with Ernest Gaines [M]. Jackson: The University Press of Mississippi, 1995: 321.

② 赵思奇. 贝尔·胡克斯黑人女性主义文学批评研究[M]. 北京：中国社会科学出版社，2014：65.

间交流、沟通，以最终消除种族隔阂和种族歧视，建构和谐、公平、民主、合理的美国新社会。盖恩斯在作品中所表现出的超越种族界限的人文关怀，对困境中所迸发的人性光芒的宣扬与赞颂表现了他悲天悯人的情怀、对人性中的善的因子的肯定、对美好生活的向往，以及对建立崭新的更为公平、合理的世界秩序的坚定信心。

参 考 文 献

英文参考文献

欧内斯特·盖恩斯的作品

Gaines, Ernest J. Bloodline [M]. New York: Vintage Contemporaries, 1997.

Gaines, Ernest J. Catherine Carmier[M]. New York: Atheneum, 1964.

Gaines, Ernest J. Of Love and Dust[M]. New York: Dial Press, 1967.

Gaines, Ernest J. In My Father's House[M]. New York: Alfred A. Knopf, 1978.

Gaines, Ernest J. A Gathering of Old Man [M]. New York: Alfred A. Knopf, 1984.

Gaines, Ernest J. A Lesson Before Dying [M]. New York: Alfred A. Knopf, 1993.

Gaines, Ernest J. Mozart and Leadbaly[M]. New York: Alfred A. Knopf, 2005.

Gaines, Ernest J. The Autobiography of Miss Jane Pittman[M]. New York: Dial Press, 1971.

英文著作

Abrams, Dennis. Ernest J. Gaines[M]. New York: Infobase Publishing,

2010.

Babb, Valerie Melissa. Ernest J. Gaines[M]. Boston: Twayne Publishers, 1991.

Bachelard, Gaston. The Poetics of Space [M]. Boston: Beacon Press, 1994.

Baldwin, James. The Fire Next Time [M]. New York: Penguin Books, 1963.

Beavers, Herman. Wrestling Angels into Song: The Fictions of Ernest J. Gaines and James Alan McPherson [M]. Philadelphia: University of Pennsylvania Press, 1995.

Bell, Bernard W. The Afro-American Novel and Its Tradition[M]. Massachusetts: The University of Massachusetts Press, 1987.

Blackwell, James E. The Black Community: Diversity and Unity[M]. New York: HarperCollins Publishers Inc., 1991.

Byerman, Keith. Remembering the Past in Contemporary African American Fiction [M]. Chapel Hill: The University of North Carolina Press, 2005.

Carbado, Devon W. ed. Black Men on Race, Gender and Sexuality: A Critical Reader[M]. New York: NYU Press, 1999.

Carmean, Karen. Ernest J. Gaines: A Critical Companion[M]. Westport, Connecticut/London: Greenwood Press, 1998.

Carey, Gary. Cliffs Notes on Gaines' A Lesson Before Dying[M]. Nebraska: Cliffs Notes, Inc., 1999.

Clark, Keith. Black Manhood in James Baldwin, Ernest J. Gaines, and August Wilson[M]. Urbana: University of Illinois Press, 2004.

Cook, William W. & Tatum, James. African American Writers and Classical Tradition[M]. Chicago: The University of Chicago Press, 2010.

Doyle, Mary Ellen. Voices from the Quarters: The Fiction of Ernest J.

Gaines[M]. Baton Rouge: Louisiana State University Press, 2002.

Du Bois W. E. B. The Souls of Black Folk[M]. New York: Bantam Books, 1989.

Eagleton, Terry. Literary Theory: An Introduction[M]. Beijing: Foreign Language Teaching and Research Press, 2004.

Estes, David C. Critical Reflections on the Fiction of Ernest J. Gaines[M]. Athens: The University of Georgia Press, 1994.

Ervin, Hael Arnett. African American Literary Criticism, *1773* to *2000*[M]. New York: Twayne Publishers, 1999.

Fanon Frantz. Black Skin, White Masks [M]. Trans. by Markmann, Charles Lam. London: Pluto Press, 2008.

Gallagher, Catherine & Greenblatt, Stephen. Practicing New Historicism[M]. Chicago: The University of Chicago Press, 2000.

Gaudet, Marcia. & Wooton, Carl. Porch Talk with Ernest Gaines: Conversations on the Writer's Craft[M]. Baton Rouge: Louisiana State University Press, 1990.

Gates, Jr. Henry Louis, ed. Black Literature & Literary Theory[M]. New York: Harper & Row Publishers, 1971.

Gates, Jr. Henry Louis, ed. "Race", Writing and Difference[M]. Chicago: The University of Chicago Press, 1986.

Gilroy, Paul. The Black Atlantic: Modernity and Double Consciousness[M]. Boston: Harvard University Press, 1995.

Graham, Maryemma & Jerry W. Ward Jr. ed. The Cambridge History of African American Literature [M]. New York: Cambridge University Press, 2011.

Hornsby, Alton, Jr. ed. A Companion to African American History [M]. Malden: Blackwell Publishing, 2005.

Hooks, Bell. Black Men and Masculinity [M]. New York: Boutledge,

2004.

Humphries, Jefferson & Lowe, John. The Future of Southern Letters[M]. Oxford: Oxford University Press, 1996.

Jenkins, Earnestine & Hine, Darlene Clark. A Question of Manhood[M]. Bloomington: Indiana University Press, 2001.

Jones, Suzanne W. Race Mixing: Southern Fiction Since the Sixties[M]. Baltimore and London: The Johns Hopkins University Press, 2004.

King, Lovalerie. & Scott, Lynn Orilla. James Baldwin and Toni Morrison: Comparative Critical and Theoretical Essays[M]. New York: Palgrave MacMillan, 2006.

Lemelle, Anthony J. Black Masculinity and Sexual Politics[M]. New York: Routledge, 2010.

Lowe, John, ed. Conversations with Ernest Gaines[M]. Jackson: University Press of Mississippi, 1995.

Michael, Magali Cornier. New Visions of Community in Contemporary American Fiction[M]. Iowa: University of Iowa Press, 2006.

Nelson, Dana D. The Word in Black and White: Reading "Race" in American Literature 1638-1867[M]. Oxford: Oxford University Press, 1992.

Ryan, Tim A. Calls and Response: The American Novel of Slavery Since Gone with the Wind[M]. Baton Rouge: Louisiana State University Press, 2008.

Samuels, Wilfred D. Encyclopedia of African-American Literature[M]. New York: Facts on File, Inc., 2007.

Selden, Raman. A Reader's Guide to Contemporary Literary Theory[M]. Beijing: Foreign Language Teaching and Research Press, 2004.

Sickels, Amy. African-American Writers[M]. New York: Infobase Publishing, 2010.

Simpson, Anne K. A Gathering of Gaines: The Man and the Writer[M].

Lafayette: University of Southwestern Louisiana, 1991.

Washington, Durthy A. Cliffs Notes on Gaines's A Lesson Before Dying[M]. USA: Cliffs Notes, Inc., 1999.

Wolfreys, Julian. Introducing Criticism at the 21st Century[M]. Edinburgh: Edinburgh University Press Ltd., 2002.

Youn, Reggie Scott & Marcia Gaudet, etc. This Louisiana Thing That Drives Me: The Legacy of Ernest J. Gaines[M]. Lafayette: University of Louisiana at Lafayette Press, 2009.

英文博硕士论文

Auger, Philip. Rewriting Afro-American Manhood[D]. Kingston: University of Rhode Island, 1995.

Clark, Keith Spencer. Reforming the Black Male Self: A Study of Subject Formation in Selected Works by James Baldwin, Ernest Gaines, and August Wilson[D]. Chape Hill: The University of North Carolina at Chapel Hill, 1993.

Dragulescu, Luminita M. The Trauma of Race, the Race of Trauma: American Culture Between Racial Segregation and "Political Correctness"[D]. Morgantown: West Virginia University, 2011.

Francis, Conseula Alena. (Re)Making A Difference: Theorizing Experience and Racial Individuality in Twentieth Century African American Literature and Literary Theory[D]. Washington, D. C.: University of Washington, 2002.

Kelly, Evelyn. Pray If You Want To: A Reevaluation of Religion in the Fiction of Ernest J. Gaines[D]. Greensboro: The University of North Carolina at Greensboro, 2010.

Patterson, Robert J. Many Are Invited, But Few Are Chosen: Civil Rights, Historical Memory, and the Figure of the "Chosen" One in the African American Literary Tradition, 1971-1989[D]. Washingto, D. C.: B.

A. Georgetown University, 2002.

Qi, Luan. Progress Through Changes: An Analysis of Ernest J. Gaines's A Lesson Before Dying [D]. Shanghai: Shanghai International Studies University, 2009.

Roth, Lauren J. Power Play in the African-American Home: Female Authority and Male Neglect in the Private Spheres of Ernest Gaines's A Lesson Before Dying, Of Love and Dust, and In My Father's House [D]. Lynchburg: Liberty University, 2010.

Whitted, Qiana Robinson. African-American Literature and the Crisis of Faith[D]. New Haven: Yale University, 2003.

英文论文

Andrews, William L. WeAin't Going Back There: The Idea of Progress in The Autobiography of Miss Jane Pitman[J]. Black American Literature Forum, 1977, 11: 146-149.

Aubert, Alvin. Ernest J. Gaines's Truly Tragic Mulatto [J]. Callaloo, 1978, 1: 68-75.

Aubrey, Bryan. Critical Essays on A Gathering of Old Men[J]. Novels for Students. Ed. David M. Galens. Vol. 16. Detroit: Gale.

Auger, Philip. A Lesson about Manhood: Appropriating "The Word" in Ernest Gaines's A Lesson Before Dying[J]. Southern Literary Journal, 1995, 2(27): 74-85.

Beckhman, Berry. Jane Pittman and Oral Tradition[J]. Callaloo, 1978, 3: 102-109.

Brister, Rose Anne. The Last Regionalist? [J] Callaloo, 2003, 3(26): 549-564.

Brown, Anne Gray & Ernest J. Gaines. The Scribe of River Lake Plantation: A Conversation with Ernest J. Gaines[J]. Southern Quarterly, 2006, 1(44): 9-31.

Bryant, Jerry H. From Death to Life: The Fiction of Ernest J. Gaines[J]. The Iowa Review, 1972, 1(3): 106-120.

Burke, William. Bloodline: A Black Man's South[J]. CLA Journal, 1976, 4(19): 545-558.

Callahan, John F. Hearing is Believing: The Landscape of Voice in Ernest Gaines's Bloodline[J]. Callaloo, 1984, 20: 86-112.

Cash, Wiley & Ernest J. Gaines. "What Men Dream About Doing": A Conversation With Ernest J. Gaines[J]. Mississippi Quarterly, 2007, 2(60): 289-304.

Clark, Keith. Que(e)rying the Prison-House of Black Male Desire: Homosociality in Ernest Gaines's "Three Men"[J]. African American Review, 2006, 2(40): 239-255.

Clark, Keith. Re-(W)Righting Black Male Subjectivity[J]. Callaloo, 1999, 1(22): 195-207.

Doyle, Mary Ellen. Ernest Gaines' Materials: Place, People, Author[J]. MELUS, 1988, 3(5): 75-93.

Clark, Keith. A MELUS Interview: Ernest J. Gaines—"Other Things to Write About"[J]. MELUS, 1984, 2(11): 59-81.

Fabre, Michael. Bayonne or the Yoknapatawpha of Ernest Gaines[J]. Callaloo, 1978, 3: 110-124.

Folks, Jeffrey J. Communal Responsibility in Ernest J. Gaines's A Lesson Before Dying[J]. The Mississippi Quarterly, 1999, 2(52): 259-265.

Folks, Jeffrey J. Ernest Gaines and the New South[J]. Southern Literary Journal, 1991, 1(24): 32-46.

Gaudet, Marcia. Miss Jane and Personal Experience Narrative: Ernest Gaines' The Autobiography of Miss Jane Pittman[J]. Western Folklore, 1992, 1(51): 23-32.

Gaudet, Marcia & Carl Wooton. Talking with Ernest J. Gaines[J]. Callaloo, 1988, 35: 229-243.

Griffin, Joseph. Ernest J. Gaines's Good News: Sacrifice and Redemption in Of Love and Dust[J]. Modern Language Studies, 1988, 3(18): 75-85.

Griffin, Joseph. Calling, Naming, and Coming of Age in Ernest Gaines's A Gathering of Old Man[J]. Names, 1992, 2(40): 89-97.

Harper, Mary T. From Sons to Fathers: Ernest Gaines's A Gathering of Old Men[J]. CLA Journal, 1988, 3(31): 299-308.

Hebert-Leiter, Maria. A Breed Between: Racial Meditation in the Fiction of Ernest Gaines[J]. MELUS, 2006, 2(31): 95-105.

Hicks, Jack. To Make These Bones Live: History and Community in Ernest Gaines's Fiction[J]. Black American Literature Forum, 1977, 1(11): 9-19.

Lambert, Raphaël. Race and the Tragic Mode in Ernest J. Gaines's A Gathering of Old Men[J]. Southern Literary Journal, 2010, 2(42): 106-124.

McDonald, Walter R. "You Not a Bun, You a Man": Ernest J. Gaines's Bloodline[J]. Negro American Literature Forum, 1975, 2(9): 47-49.

Mallon, William T. Voicing Manhood: Masculinity and Dialogue in Gaines's "The Sky is Gray", "Three Men", and A Gathering of Old Men[J]. Southern Studies, 1994, 3-4(5): 49-67.

Nash, William R. "You Think A Man Can't Kneel And Stand?" Ernest J. Gaines's Reassessment of Religion as Positive Communal Influence In A Lesson Before Dying[J]. Callaloo, 2001, 1(24): 346-362.

Papa, Lee. "His Feet on Your Neck": The New Religion in the Works of Ernest J. Gaines[J]. African American Review, 1993, 2(27): 187-193.

Piacentino, Ed. "The Common Humanity That is in Us All": Toward Racial

Reconciliation in Gaines's A Lesson Before Dying[J]. Southern Quarterly, 2004, 3(42): 73-85.

Roberts, John W. The Individual and the Community in Two Short Stories by Ernest J. Gaines [J]. Black American Literature Forum, 1984, 3(18): 110-113.

Rowell, Charles H. The Quarters: Ernest Gaines and the Sense of Place[J]. Southern Review, 1985, 3(21) : 733-750.

Shelton, Frank W. My Father's House: Ernest Gaines after Jane Pittman[J]. Southern Review, 1981, 2(17): 340-345.

Spanberg, Erik. Gaines Tells the Stories of His People and His Land[J]. Short Story Criticism. Ed. Jelena O. Krstovic. Vol. 137. Detroit: Gale.

Vancil, David E. Redemption According to Ernest Gaines[J]. African American Review, 1994, 3(28): 489-491.

Walker Alice. Jane Didn't Stay in a Corner[J]. New York Times Book Review, 1971: 6-8.

Washington, Mary Helen. The House That Slavery Built[J]. Nation, 1984, 1(238): 22-24.

中文参考文献

中文著作

鲍忠明. 最辉煌的失败——福克纳对黑人群体的探索[M]. 北京: 北京理工大学出版社, 2009.

贝尔·伯纳德. 非洲裔美国黑人小说及其传统[M]. 刘捷, 等, 译. 成都: 四川人民出版社, 2000.

陈志杰. 顺应与抗争——奴隶制下的美国黑人文化[M]. 北京: 中国社会科学出版社, 2010.

程锡麟，王晓路．当代美国小说理论[M]．北京：外语教学与研究出版社，2001.

董馨．文学性与历史性的融通——海登·怀特历史诗学研究[M]．北京：中国社会科学出版社，2010.

弗朗兹·法农．黑皮肤，白面具[M]．万冰，译．南京：译林出版社，2005.

高春常．文化的断裂——美国黑人问题与南方重建[M]．北京：中国社会科学出版社，2000.

Gutting，Gary．福柯[M]．王育平，译．南京：译林出版社，2010.

哈维·曼斯菲尔德．男性气概[M]．刘玮，译．南京：译林出版社，2008.

洪增流．美国文学中上帝形象的演变[M]．北京：中国社会科学出版社，2009.

黄华．权力，身体与自我——福柯与女性主义文学批评[M]．北京：北京大学出版社，2005.

拉曼·塞尔登．文学批评理论——从柏拉图到现在[M]．刘象愚，等，译．北京：北京大学出版社，2005.

李荣庆．新历史主义批评《外婆的日用家当》研究[M]．杭州：浙江大学出版社，2011.

刘捷，邱美英，王逢振．二十世纪西方文论[M]．北京：外语教学与研究出版社，2009.

罗良功．艺术与政治的互动——论兰斯顿·休斯的诗歌[M]．上海：上海外语教育出版社，2010.

马新国．西方文论史[M]．北京：高等教育出版社，2002.

米歇尔·福柯．古典时代疯狂史[M]．林志明，译．北京：生活·读书·新知三联书店，2005.

聂珍钊．文学伦理学批评导论[M]．北京：北京大学出版社，2014.

欧内斯特·盖恩斯．简·皮特曼小姐的自传[M]．紫军，译．北京：外国文学出版社，1981.

查尔斯·契斯纳特，等. 阴沉沉的天——美国黑人短篇小说选[M]. 吴持哲，译. 北京：外国文学出版社，1987.
申昌英. 性别·种族·阶级·空间[M]. 北京：外语教学与研究出版社，2008.
生安锋. 霍米·巴巴的后殖民理论研究[M]. 北京：北京大学出版社，2011.
石坚，王欣. 似是故人来——新历史主义视角下的20世纪英美文学[M]. 重庆：重庆大学出版社，2008.
嵇康. 美国黑人女权主义视域下的女性书写[M]. 北京：科学出版社，2011.
隋红升. 危机与建构：欧内斯特·盖恩斯小说中的男性气概研究[M]. 杭州：浙江大学出版社，2011.
唐红梅. 自我赋权之路——20世纪美国黑人女作家小说创作研究[M]. 武汉：华中师范大学出版社，2012.
特雷·伊格尔顿. 二十世纪西方文学理论[M]. 伍晓明，译. 北京：北京大学出版社，2007.
托马斯·杰费逊. 弗吉尼亚纪事[M]. 刘阼昌，编译. 北京：生活·读书·新知三联书店，1993.
王恩铭. 美国黑人领袖及其政治思想研究[M]. 上海：上海外语教育出版社，2006.
王家湘. 20世纪美国黑人小说史[M]. 南京：译林出版社，2006.
汪民安. 福柯的界线[M]. 南京：南京大学出版社，2008.
王守仁. 新编美国文学史：第四卷[M]. 上海：上海外语教育出版社，2002.
王守仁，吴新云. 性别·种族·文化——托尼·莫里森与二十世纪美国黑人文学[M]. 北京：北京大学出版社，1999.
王岳川. 当代西方最新文论教程[M]. 上海：复旦大学出版社，2011.
王岳川. 后殖民主义与新历史主义文论[M]. 济南：山东教育出版社，

1999.
吴新云. 身份的疆界[M]. 北京：中国社会科学出版社，2007.
小亨利·路易斯·盖茨. 意指的猴子[M]. 王元陆，译. 北京：北京大学出版社，2011.
小亨利·路易斯·盖茨. 有色人民——回忆录[M]. 王家湘，译. 北京：北京大学出版社，2011.
虞建华，等. 美国文学的第二次繁荣[M]. 上海：上海外语教育出版社，2004.
张进. 新历史主义与历史诗学[M]. 北京：中国社会科学出版社，2004.
张京媛. 新历史主义与文学批评[M]. 北京：北京大学出版社，1993.
张立新. 文化的扭曲：美国文学与文化中的黑人形象研究，1877—1914[M]. 北京：中国社会科学出版社，2007.
赵一凡. 西方文论关键词[M]. 北京：外语教学与研究出版社，2006.
赵一凡. 从胡塞尔到德里达西方文论讲稿[M]. 北京：生活·读书·新知三联书店，2009.
赵一凡. 从卢卡奇到萨义德西方文论讲稿续编[M]. 北京：生活·读书·新知三联书店，2009.
朱振武. 美国小说本土化的多元因素[M]. 上海：上海外语教育出版社，2006.
朱利安·沃尔弗雷斯. 21 世纪批评述介[M]. 张琼，张冲，译. 南京：南京大学出版社，2009.
朱立元. 当代西方文艺理论[M]. 上海：华东师范大学出版社，2005.
邹建军，李淑春，陈富瑞. 中国学者眼中的华裔美国文学[M]. 武汉：武汉出版社，2012.

中文博硕士论文

马广利. 文化霸权：后殖民批评策略研究[D]. 苏州：苏州大学，2008.
谭惠娟. 创新·融合·超越：拉尔夫·埃利森文学研究[D]. 北京：北京语言大学，2003.

王德义. 从多元文化到多元文化主义[D]. 上海：上海外国语大学，2009.
王美华. 从权力与话语角度解读《最蓝的眼睛》[D]. 济南：山东大学，2012.
王娜. 身份的焦虑与建构[D]. 武汉：武汉大学，2013.
王松林. 康拉德小说伦理观研究[D]. 武汉：华中师范大学，2008.
王玉. 在差异的世界中重构黑人文化身份[D]. 上海：上海外国语大学，2006.
肖亚楠. 身份认同与种族意识——哈莱姆文艺复兴时期的黑人小说研究[D]. 南昌：江西师范大学，2012.
杨波怡. 福柯话语权简梳[D]. 上海：上海交通大学，2008.
张德文. 种族身份的思考及其复杂心态的书写[D]. 长春：吉林大学，2009.
钟京伟. 詹姆斯·鲍德温小说的伦理研究[D]. 上海：上海外国语大学，2013.

中文论文

沃尔夫冈·莱普斯切. 南方黑人文化的记录者——欧内斯特·盖恩斯访谈[J]. 李庆学，译. 译林，2007(4)：183-186.
鲍维娜. 美国黑人文学的两种思潮[J]. 甘肃社会科学，1998(3)：76-79.
宓芬芳，谭惠娟. 没有宗教的宗教——论詹姆斯·鲍德温对宗教的解构与回归[J]. 上海理工大学学报，2012(9)：223-228.
陈志杰. 美国黑人的取名与黑人文化身份[J]. 史学集刊，2008(7)：71-76.
陈志杰. 美国内战前黑人宗教文化刍议[J]. 解放军外国语学院学报，2004(3)：87-91.
陈世丹. 向苍天呼吁：走向一种生态社会[J]. 山东外语教学，2011(4)：62-68.

程锡麟. 美国黑人美学述评[J]. 当代外国文学，1994(1)：168-173.

程锡麟. 西方文论关键词：黑人美学[J]. 外国文学，2014(2)：106-117.

程锡麟. 一种新崛起的批评理论：美国黑人美学[J]. 外国文学，1993(6)：73-78.

丁世忠，朱颂.《卡斯特桥市长》的家庭伦理维度[J]. 世界文学评论，2008(1)：66-69.

董小川. 美国多元文化主义理论再认识[J]. 东北师大学报，2005(2)：5-14.

葛新斌. 学校，抑或监狱？——福柯对学校与规训关系之描绘[J]. 华南师范大学学报，2009(3)：92-97.

郭家铨. 美国黑人英语的起源和历史发展[J]. 外语学刊，1987(1)：59-66.

郭晓萍，马艳红. 论杜波伊斯的"双重意识"及其对美国黑人文学的影响[J]. 东北大学学报：社会科学版，2007(5)：279-282.

傅洁琳. 西方马克思主义视域中的文化诗学[J]. 南京大学学报，2008(5)：11-16.

韩家炳. 多元文化、文化多元主义，多元文化主义辨析——以美国为例[J]. 史林，2006(5)：185-188.

郝俊杰. 布鲁斯：美国黑人忧伤的音乐和文学诉说[J]. 河南师范大学学报：哲学社会科学版，2006(9)：169-171.

何其敏. 论宗教与政治的互动关系[J]. 世界宗教研究，2001(4)：6-17.

洪增流，姚学丽. 为分裂的灵魂找到属于自己的位置——析托尼·莫里森小说中的黑人宗教思想[J]. 国外文学，2008(1)：90-96.

胡锦山. 1940—1970 年美国黑人大迁徙概论[J]. 美国研究，1995(4)：99-113.

胡锦山. 美国黑人的第一次大迁徙[J]. 东北师大学报：哲学社会科学版，1996(2)：13-17.

黄卫峰. 美国历史上的黑白混血儿问题[J]. 世界民族, 2006(5): 46-52.

黄虚峰. 美国南方黑人社区的自我建设(1863—1920)[J]. 历史教学问题, 2005(6): 65-69.

姬虹. 民权运动与美国南方黑人政治力量的兴起[J]. 美国研究, 2000(2): 109-142.

靳琰. 美国黑人的社会地位与黑人英语[J]. 外语研究, 1995(1): 19-23.

计艳辉. 成长的艰难——美国非洲裔作家成长小说中儿童成长的现实[J]. 长春大学学报, 2012(1): 53-55.

蒋天平. 上帝还是恶魔——20 世纪美国黑人小说中的父性[J]. 海外文坛, 2003(8): 155-157.

荆兴梅. 莫里森作品的历史记忆和身份危机[J]. 当代外国文学, 2011(1): 12-18.

栾奇. 进步源自任何微小的有益的改变——论盖恩斯小说《临终一课》人物格兰特内心改变的意义[J]. 社会科学战线, 2009(12): 151-156.

李纲. 从混血儿形象看福克纳的种族观[J]. 外国文学研究, 2004(2): 43-49.

李桂梅. 略论西方家庭伦理的发展历程[J]. 中央长春市党校学报, 2008(4): 12-16.

李尚宏. “你自己的歌召唤着你”——论《乔特纳来过又走了》中的黑人身份问题[J]. 外国文学评论, 2012(3): 169-180.

李燕. 美国黑人英语的民族性[J]. 外语教育, 2003(00): 53-56.

李怡. 从文学伦理学批评视角解读《土生子》[J]. 海南大学学报: 人文社会科学版, 2012(2): 35-40.

林玲. 美国黑人穆斯林运动与黑人民族主义思想[J]. 西北民族研究, 2012(4): 100-106.

林元富. 历史与书写——当代美国新奴隶叙述研究述评[J]. 当代外国文学，2011(2)：152-160.

刘茂生. 文学伦理学批评方法的理论与实践——兼评《英国文学的伦理学批评》[J]. 外国文学研究，2008(2)：173-175.

刘晓燕. 沉默·言说·颠覆白人的主流话语霸权[J]. 湖北社会科学，2014(6)：128-132.

刘晓燕. 从文学伦理学批评视角解读《爱与尘》中的黑白爱情悲剧[J]. 湖北第二师范学院学报，2014(1)：1-5.

刘晓燕. 新历史主义视角中的《简·皮特曼小姐的自传》[C]//郑建青，罗良功. 在全球语境下美国非裔文学国际研讨会论文集. 武汉：华中师范大学出版社，2011.

鲁莉. 回顾历史·展示现状·思索未来——简评欧内斯特盖恩斯作品《老人集合》[J]. 时代文学，2009(3)：95-97.

鲁莉，郝明星.《老人集合》叙述手法评析[J]. 飞天，2009(14)：61-63.

骆洪. "双重意识"问题与美国黑人的身份建构[J]. 学术探索，2009(8)：109-114.

罗虹、张静. 美国黑人文学中的文化身份意识[J]. 中南民族大学学报：人文社会科学版，2008(4)：165-168.

聂珍钊. 关于文学伦理学批评[J]. 外国文学研究，2005(1)：8-11.

聂珍钊. 文学伦理学批评：基本理论与术语[J]. 外国文学研究，2010(1)：12-22.

聂珍钊. 文学伦理学批评：文学批评方法新探索[J]. 外国文学研究，2004(5)：15-24.

庞好农. 三重意识的张力之源[J]. 辽宁师范大学学报，2007(3)：88-91.

尚必武. 伦理选择·伦理身份·伦理意识：《慈悲》的文学伦理学解读[J]. 外国文学研究，2011(6)：14-23.

沈晓红，聂薇. 南方黑人文化之树——盖恩斯的《正如一棵树》赏析[J]. 英语自学，2008(6)：29-31.

隋红升. 从《十一月漫长的一天》到《刑前一课》——欧·盖恩斯的小说创作[J]. 外国文学动态，2010(2)：18-20.

隋红升. 个人与集体之间：论欧内斯特·盖恩斯小说中的社区意识[C]//在全球语境下美国非裔文学国际研讨会论文集. 郑建青，罗良功，编. 武汉：华中师范大学出版社，2011：225-233.

隋红升. 欧内斯特盖恩斯小说中黑人父性的缺失与回归[J]. 外国文学研究，2010(3)：123-130.

隋红升. 认同与危机——海姆斯《孤独的征战》中的男性气概探究[J]. 外国文学，2013(11)：132-138.

隋红升. 约翰·基伦斯《杨布拉德》对美国南方男性气概的伦理批判[J]. 外国文学研究，2014(3)：102-109.

孙银娣，李笑蕊. 中国美国非裔文学研究特点[J]. 中国比较文学，2010(3)：122-130.

谭惠娟. 詹姆斯·鲍德温的文学'弑父'与美国黑人文学的转向[J]. 外国文学研究，2006(6)：130-138.

谭惠娟，金兰芬. 美国非裔文学研究在中国：现状与问题[J]. 山东外语教学，2013(2)：18-25.

滕学明. 浅析非裔美国作家盖恩斯与里德后现代作品中的道德伦理[J]. 文教资料，2012(6)：27-28.

田园. 欧内斯特·盖恩斯小说黑人身份的危机与建构[J]. 作家杂志，2013(8)：25-26.

万涛. 论华裔美国文学的沉默主题[J]. 江西社会科学，2010(7)：133-136.

王恩铭. 美国黑人民族主义思想：马库斯·加维政治思想初探[J]. 世界民族，2009.

王恩铭. 美国多元文化主义与美国政治[J]. 解放军外国语学院学报，

2009(9)：113-119.
王恩铭．也谈美国多元文化主义[J]．国际观察，2005(4)：10-19.
王锋．社会变迁中的家庭伦理[J]．黑龙江社会科学，2006(2)：135-137.
王桂莲．一个并非民权运动领袖的黑人领袖——论马尔科姆·爱克斯与美国黑人民权运动的关系[J]．世界民族，2010(6)：86-93.
王守仁，吴新云．国家·社区·房子——莫里森小说《家》对美国黑人生存空间的想象[J]．当代外国文学，2013(1)：111-119.
王伟．试论20世纪50—60年代美国黑人民权运动的艰苦历程[J]．吉林师范大学学报，2003(4)：42-44.
王希．多元文化主义的起源、实践与局限性[J]．美国研究，2002(2)：44-80.
王晓路．差异的表述：黑人美学与贝克的批评理论[J]．国外文学，2000(2).
王玉括．在新历史主义视角下重构《宠儿》[J]．外国文学研究，2007(1)：140-144.
王育平，杨金才．从惠特莉到道格拉斯看美国黑人奴隶文学中的自我建构[J]．外国文学研究，2005(2)：92-98.
武玉莲．论《贝利小餐馆》中的黑人男性气概建构[J]．当代外语研究，2013(10)：52-56.
谢荣谦．基督教传统对美国政治、社会的认知及影响[J]．世界宗教文化，2011(4)：24-29.
许海燕．从反映种族歧视到呼唤民族文化意识的觉醒——论20世纪美国黑人小说的思想发展轨迹[J]．南京师范大学文学院学报，2004(3)：98-102.
徐金海．学校教育中的规训与惩罚——基于福柯规训权力理论的视角[J]．教育导刊，2010(7)：12-15.
严华，谈金玲．是神话，还是谎言？——解读盖恩斯《死前一课》[J].

扬州大学学报，2007(7)：67-69.
晏辉．守望家园——家庭伦理的当代境遇[J]．北京师范大学学报：社会科学版，2006(2)：107-113.
尹锐，顾华．白人权力与种族知识的产物——福克纳笔下的混血儿初探[J]．东北大学学报，2008(6)：546-550.
曾梅．非洲宗教和哲学观在托尼·莫里森作品中的体现[J]．英美文学研究论丛，2010(2)：250-261.
曾竹青．祖先的遗产：美国黑人文学寻根主题的变奏曲[J]．湖南师范大学社会科学学报，2000(5)：108-111.
张阔，董小川．美国黑人布鲁斯音乐的历史渊源[J]．历史教学问题，2011(3)：95-98.
张军．美国黑人文学的三次高潮和对美国黑人出路的反思与建构[J]．当代外国文学，2008(1)：51-59.
张立新．白色的国家，黑色的心灵[J]．国外文学，2005(2)：63-70.
张立新．难言之痛——美国文学与文化中的黑人文化身份焦虑与自我憎恨[J]．山东外语教学，2008(3)：89-95.
张剑．西方文论关键词：他者[J]．外国文学，2011(1)：118-129.
张聚国．杜波伊斯对解决美国黑人问题道路的探索[J]．史学月刊，2000(4)：93-101.
张小丽．《简·皮特曼小姐的自传》文本的历史性[J]．南昌教育学院学报，2011(12)：38-39.
张之沧．福柯的微观权力分析[J]．福建论坛：人文社会科学版，2005(5)：45-50.
祝贺，张斌贤．20世纪上半叶美国黑人争取教育平等权利的历程[J]．社会科学战线，2013(5)：220-226.

后　记

本书是我于2014年获得的教育部人文社会科学研究青年基金项目(14YJC752015)的最终成果，其中部分内容已经以论文形式发表于一些学术期刊。本书在我的博士论文的基础上修改完成，是对论文的进一步完善和延伸，也是对几年来的研究作的阶段性总结。

心怀感恩，几年的博士生涯中，有太多人给予我无私的帮助和宝贵的支持。首先要感谢恩师罗良功教授，他不仅博学多才，治学严谨，而且品德高尚，为人宽厚。正是在罗老师的谆谆教诲、耐心引导和不断鼓励下，我才逐渐对美国非裔文学产生了浓厚的兴趣，在学术海洋中找到并确立了研究方向和研究对象，让我的学术生涯有个良好的开端。罗老师平时工作十分繁忙，但他指导学生的论文写作从不马虎，总是细致认真地指出学生论文的不足，不厌其烦地提出修改意见。罗老师开阔的国际视野、深厚的学术底蕴、严密的逻辑思维总是让我有豁然开朗、茅塞顿开的感觉。本书的选题、结构和行文无不浸润着罗老师的心血，闪现着罗老师的智慧。从初稿到终稿的完成，反复修改，不断锤炼，我都得到了罗老师的指点和宝贵建议。罗老师帮助我理清思路，使文章的结构更为合理，论证更具有逻辑性。罗老师在为人处世方面也对我有着重要的积极影响，使我对自己的不足感到惭愧，并促使我不断修炼、提升自我。

其次我要诚挚地感谢聂珍钊教授。聂老师治学严谨，待人真挚友善，无私地将自己的所学和治学方法慷慨传授，并赠以大作，使我受益匪浅。聂老师的治学精神和为人之道亦始终激励着我朝着更为高远的目标努力。我还要感谢在求学期间给博士生开课的各位导师，如朱卫红教授、张强教授、陈红教授等，还有美国的 Jerry Ward 教授、Steven Tracy 教授等，他们的课程、讲座和讨论等都极大地开阔了我的学术视野，训练了我的学术思维，增强了我的学术素养。

接着我要感谢读博期间的各位同窗。他们或从遥远的太平洋彼岸为我搜寻珍贵的文献资料，或在一次次上课、讲座、讨论时启发我，梳理我的思路，为我的论文提出宝贵意见，为我不断地加油鼓劲。正是有了大家的陪伴和帮助，我才深感学术之路并不孤单，才能在沮丧与失落时亦不丧失斗志，才能咬牙克服困难，不断学习，不断成长。

我更要特别感谢的是家人。在我读博期间，年迈的父母虽已日渐衰弱，却仍每日奔走于菜市，忙碌于厨房，为家人精心烹制营养美餐。而今母亲已经仙逝，念起她往日的慈爱和对我的殷殷期待，常不禁泪目。爱人在繁忙的工作之余，用种种方法帮我缓解精神压力，并自愿承担了部分家务琐事和指导幼儿功课的重担。小儿懂事乖巧，努力上进，给我许多安慰。他们是我的精神支柱，让我能安心地专注于自己的事情。

几年的博士学习，是我人生中最重要、最充实的一段时光，不仅使我在学术领域有所进展，也让我收获了世界上最为宝贵的师生情、同窗情、朋友情和亲情。我觉得非常幸运，能够做自己感兴趣的事情，还得到了那么多人的帮助、鼓励和支持。本书的完成，是终点也是起点，我将心怀感恩再次起航，不断探索，不断进步，不断挖掘自己的潜力，争取在学术之路上走得更远。